Bella Andre

Quero Ser Seu

Tradução
Shirley Gomes

Novo Conceito

Publicado sob acordo com o autor, c/o BAROR INTERNATIONAL, INC.,
Armonk, New York, USA

1ª Impressão — 2013

Produção editorial:
Equipe Novo Conceito
Impressão e Acabamento Geográfica 111013

Este livro segue as regras da Nova Ortografia da Língua Portuguesa.

Dados Internacionais de Catalogação na Publicação (CIP)
(Câmara Brasileira do Livro, SP, Brasil)

Andre, Bella
Quero ser seu / Bella Andre ; tradução Shirley Gomes. -- Ribeirão Preto, SP : Novo Conceito Editora, 2013.

Título original: Let me be the one.
ISBN 978-85-8163-282-7

1. Ficção norte-americana I. Título.

13-10380 CDD-813

Índices para catálogo sistemático:
1. Ficção : Literatura norte-americana 813

Novo Conceito

Rua Dr. Hugo Fortes, 1885 – Parque Industrial Lagoinha
14095-260 – Ribeirão Preto – SP
www.editoranovoconceito.com.br

Um bilhete de Bella

Sempre desejei escrever sobre uma família grande e unida, cheia de irmãos e irmãs que se divertem, se provocam, se adoram e se apoiam em qualquer circunstância. Desde o ano passado, tenho convivido, respirado — e escrito! — Sullivans.

Não sei como agradecer pelos milhares de e-mails, posts no Twitter, Facebook e Goodreads que vocês escreveram sobre os meus Sullivans, levando às listas de *best-sellers* do *New York Times* e do *USA Today* os livros de Gabe, Sophie e Zach.

Ryan Sullivan esteve presente em cinco dos livros anteriores, portanto achei que o conhecia. Ele é engraçado. Atraente. Excelente irmão. E é realmente rápido ao lançar uma bola de beisebol. Porém, até o momento em que Ryan e sua velha amiga Vicki apareceram juntos na mesma página, eu não tinha me dado conta do amor que ele tinha a oferecer.

Desde a primeira página, Ryan e Vicki têm profundo carinho um pelo outro. Enquanto escrevia esta história, logo percebi que era um tanto diferente dos outros cinco livros da série. Mais leve em alguns aspectos — mesmo quando as faíscas entre eles provocam curto-circuito —, pois, na história deles, ou na amizade deles, não há espaço para discussões, conflitos de personalidade nem explosões. Portanto, ainda que tenha um verdadeiro *bad boy*, *Quero ser seu* é, em última análise, uma história sobre navegar pelas águas agitadas do mais puro e doce amor, da amizade ao amor mais forte e profundo (e muito mais ardente).

Pelas próximas horas, espero que você encontre um cantinho onde se aconchegar com a história de amor de Ryan e Vicki... e que seu prazer seja tão grande quanto o meu ao escrevê-la.

Boa leitura,
Bella

CAPÍTULO UM

Quinze anos antes, na Escola de Palo Alto

Ao cruzar o estacionamento da escola até a loja de arte da Avenida University, Victoria Bennet não conseguia tirar os olhos de Ryan Sullivan, que estava às gargalhadas com alguns rapazes do time de beisebol.

Nenhuma das outras meninas de sua classe conseguia tirar os olhos dele também, portanto ela não se destacava. Pelo menos não por esse motivo. Os dedos e as roupas sujos de argila — mais o aviso de "menina nova na escola" que ela sempre tinha a impressão de carregar nas primeiras semanas em uma escola nova — faziam isso sem precisar da ajuda de Ryan ou de sua absurda boa aparência.

Em geral, ela conseguiria ignorar o rosto bonito dele sem dificuldade. Como artista, sempre procurava enxergar além da superfície, a fim de encontrar a real essência de uma pintura, escultura ou canção. Fazia isso com gente também. Principalmente com rapazes que, até onde sabia, tinham um só motivo para dizer o que as moças queriam ouvir.

Mas não, o que a atraíra em Ryan Sullivan havia sido o fato de ele estar sempre rindo. Mesmo sem ser o palhaço da turma, ele tinha o dom de deixar as pessoas à vontade e se sentindo bem.

Antes que pudesse se conter, ela levou os dedos aos lábios... imaginando como seria o beijo dele.

Afastou a mão da boca. Não só porque sonhar com beijos beirava o patético diante da improbabilidade dessa cena, mas também porque precisava se concentrar em sua arte.

Ela não era só mais uma aluna devaneando com o menino mais gostoso da escola.

Estava estudando sua inspiração.

Vicki nunca havia se interessado por esculpir bustos. Pessoas velhas, cinzentas, mortas e muito sérias não tinham a ver com ela. Mas bastaram alguns minutos com Ryan durante o almoço na escola em sua primeira semana para ela querer capturar o sorriso dele na argila. Desejava chegar mais perto daquela alegria fácil, mesmo que fosse só para compreender como traduzi-la com seus dedos.

Sim, pensou, com um leve sorriso, podia muito bem sofrer pela arte. Principalmente se isso significasse ficar olhando para Ryan Sullivan.

O semáforo mudou do vermelho para o verde, e ela pôde retomar o passo e cruzar a rua. No entanto, estava tendo dificuldade para ajeitar o canto dos olhos e da boca de sua escultura do *Rapaz Sorridente*. Sabendo que Ryan e seus amigos não a notariam, ela diminuiu a distância entre eles do modo mais desinteressado que conseguiu, olhando-o sub-repticiamente por entre a franja, que havia crescido demais durante o verão.

Uns segundos depois, os amigos dele o cumprimentaram com um tapa na palma da mão e foram embora. Ryan curvou-se para terminar de arrumar a bolsa comprida e escura a seus pés, que ela supunha conter os equipamentos de beisebol.

E se falasse com ele, pensou, apreciando a flexibilidade dos músculos dos braços e dos ombros enquanto ele pegava a bolsa? O que ele diria se lhe propusesse francamente que posasse para ela?

Estava prestes a rir alto diante desses pensamentos loucos quando ouviu um guincho no estacionamento. Numa fração de segundo, percebeu um carro desgovernado indo na direção de Ryan.

Não havia tempo para pensar nem planejar. Vicki cruzou correndo a distância que os separava e se jogou sobre ele.

— O carro!

Felizmente, a natureza atlética de Ryan veio à tona de imediato. Embora tenha sido ela a tirá-lo do caminho, em menos de um segundo era ele quem a erguia e praticamente a lançava na grama, saltando em seguida e protegendo-a com seu corpo.

Ela apertou bem os olhos enquanto o carro passava derrapando muito perto deles. Respirando com dificuldade, Vicki se segurou em Ryan. Sentiu o rosto úmido e depois se deu conta de que lacrimejara ao cair com força na grama.

Os segundos passaram em câmara lenta, no ritmo dos batimentos
do coração de um e de outro. Ele era tão forte, quente e lindamente real! Desejou ficar daquele jeito para sempre, mais intimamente, mais perto do que jamais ficara antes de nenhum rapaz.

No entanto, vozes se fizeram ouvir ao redor deles, e de repente ela deu-se conta do que acabara de ocorrer.

Ai, meu Deus, eles poderiam ter morrido!

Começava a empalidecer quando ele ergueu a cabeça e sorriu.

— Oi, meu nome é Ryan.

A maneira como ele disse isso, como se ela ainda não soubesse quem ele era, a surpreendeu. Ele agia como se fosse normal estar esparramado no chão com uma moça. E talvez fosse mesmo, ela pensou. Para ele.

Definitivamente, *não* para ela.

Seus lábios estavam secos, e ela teve que umedecê-los uma ou duas vezes antes de responder:

— Sou Victoria. — E mais palavras escaparam sem querer: — Mas meus amigos me chamam de Vicki.

Ele abriu mais o sorriso, e o coração dela ficou ainda mais acelerado. Não de espanto, mas de pura liberação de hormônios adolescentes provocada pelo sorriso dele.

— Obrigado por salvar a minha vida, Vicki. — Em um instante, o sorriso dele sumiu ao ver o rosto dela úmido de lágrimas. Os olhos que ela tantas vezes vira cheios de riso durante as primeiras semanas na escola ficaram sérios. — Eu machuquei você.

Ela teria dito que não, que estava bem, mas o fôlego e as palavras lhe foram roubados quando ele enxugou suas lágrimas com a ponta dos dedos. Conseguiu sacudir a cabeça e emitir com um sussurro a palavra "não".

Os olhos sorridentes dele estavam sombrios e mais intensos agora.

— Tem certeza? Não tive a intenção de jogar tanto peso em cima de você.

— Estou...

Como o cérebro dela podia funcionar se ele começava a passar as mãos lentamente por sua cabeça, braços e ombros de um jeito surpreendentemente gentil?

Mais uma palavra. Era só do que precisava para responder à pergunta dele:

— ... bem.

— Ótimo! — A voz dele era mais profunda e cheia do que a de qualquer outro rapaz de 15 anos. — Que bom.

Mas, ao olhar para ela, sua expressão ficou mais intensa, e ela prendeu o fôlego.

Será que ele a beijaria? Será que sua vida se transformaria na mais pura fantasia escolar: a garota com dons artísticos chamando a atenção do atleta, e a escola inteira se espantando diante desse par improvável, mas perfeito e inevitável?

— Se um dia precisar muito de mim, prometo ajudar você, Vicki.

Oh. Ela engoliu em seco. *Nossa!*

Ele não a beijou... mas essa promessa era muito mais importante do que um simples beijo.

Mais uma vez, antes que ela se desse conta, ele se levantou e lhe estendeu a mão para que também se levantasse. Sentindo instantaneamente o calor dele, dos músculos firmes junto de seu corpo macio, todas as mentiras que dizia a si mesma sobre Ryan ser apenas "sua inspiração" se dissiparam.

— Posso acompanhar você até em casa?

Espantada pelo fato de ele querer passar mais tempo em sua companhia, ela sacudiu rapidamente a cabeça.

Ele também ficou surpreso com a resposta dela, provavelmente porque nenhuma garota jamais o recusara.

— Não posso acompanhar você?

— Não vou para casa — ela gaguejou. — Estava indo para a loja de arte, atrás de material para uma nova escultur....

Mal conseguiu se impedir de tagarelar sobre seu último projeto. Por que Ryan se interessaria por isso? Afinal, lembrou-se com franqueza brutal, ele devia ter lindas líderes de torcida à sua espera. E nem precisaria de um carro desgovernado para cair em cima delas.

A verdade era que estar tão perto de Ryan não havia passado de um golpe de sorte, ainda que fosse tentador acreditar na repentina magia de um conto de fadas romântico.

E Vicki continuava sendo a protagonista de uma vida de artista adolescente, em geral solitária, mudando de cidade todo ano com a família de militar.

Porém, por alguma estranha razão que ela não compreendia, Ryan não saiu correndo na direção oposta. *Talvez porque achasse que lhe devia algo, já que ela tinha salvado sua vida.* Afinal, não havia acabado de lhe dizer que poderia contar com ele se precisasse?

— Pra que precisa desse material? — ele perguntou, como se estivesse realmente interessado no assunto.

— Estou fazendo um... — Calma, não contaria a ele o que estava fazendo. Estava fazendo uma escultura *dele*. — Trabalho com argila. Ultimamente venho tentando capturar expressões faciais específicas.

— Quais?

Ela nunca havia imaginado que falaria com ele, muito menos que teria uma conversa longa. O que mais a espantava, no entanto, era como se sentia à vontade. Mesmo com todos os seus hormônios adolescentes em alerta máximo. Ryan parecia a pessoa mais tranquila com quem já estivera. E ela desejou ficar mais tempo ao lado dele além daqueles cinco minutos roubados.

Seus nervos começavam a se acalmar. Então, disse:

— Comecei com todas as expressões normais que todo artista conhece bem. — Ela as enumerou: — Lágrimas. Dor. Sofrimento. O nada existencial.

O riso dele fez com que ela sentisse que poderia ir flutuando até a loja.

— Parece divertido.

— Ah, é — ela gracejou —, é uma confusão. Por isso estou tentando algo diferente agora. — Recuperou o fôlego antes de admitir: — Estou trabalhando o sorriso.

— O sorriso, é? — Ele deu um sorriso. — Que bom. Como está se saindo?

Estar tão perto da voltagem do sorriso dele fazia com que perdesse o fôlego. Esforçando-se para ocultar essa reação tão óbvia, ela franziu o cenho:

— Digamos assim: acho que cheguei perto daquelas outras expressões.

— Inclusive a do nada existencial?

Como se observasse ambos a distância, Vicki soube que sempre se lembraria desse momento como sendo importante demais. O momento em que caiu de paixão por Ryan Sullivan. E não por causa de sua bela aparência.

Mas porque ele a havia escutado.

Melhor ainda, ele havia gostado.

— Principalmente dessa aí — ela respondeu.

Ele pegou a bolsa dela no gramado.

— Parece ótimo. Posso ir com você?

Tudo bem, talvez em tese eles não combinassem, mas Vicki não podia negar que haviam se entendido.

— Claro — concordou —, se não tiver que ir a outro lugar.

Ele dependurou a mochila no ombro, andando ao lado dela.

— Nada mais importante do que sair com uma amiga nova.

Dessa vez foi ela quem sorriu. Desde que se mudara para Palo Alto com a família, havia duas semanas, não se saíra muito bem em termos de amizade na escola. Como sua família se mudava o tempo todo, ela havia parado de se esforçar ao perceber como era difícil fazer parte das panelinhas formadas ou para conservar amizades a distância, depois que ela deixava os lugares.

Mas Ryan fazia tudo parecer tão simples, como se a única coisa sem sentido fosse eles não andarem juntos.

Ao final da caminhada para a loja de arte, ela já sabia tudo sobre os sete irmãos dele, ele sabia que ela tinha dois irmãos menores e chatinhos, ele havia contado do que gostava no beisebol, ela havia falado do que gostava em esculturas e fora convidada a jantar na casa dos Sullivans.

Foi o início de uma bela amizade. A melhor que ela já havia tido.

São Francisco, nos dias atuais

Ryan Sullivan jogou a chave do carro para o manobrista assim que passou por ele. Os olhos do jovem se arregalaram ao se dar conta de que, além de estar prestes a dirigir uma Ferrari no estacionamento subterrâneo, ela pertencia a um de seus ídolos do esporte.

— Senhor Sullivan, não vai pegar o comprovante?

Ryan levava muito a sério suas responsabilidades com os fãs e fazia questão de não os decepcionar. Mas, essa noite, só se preocupava com Vicki. Embora uma meia dúzia de mal-entendidos houvesse impedido que se encontrassem pessoalmente desde os tempos da escola, eles sempre mantiveram contato por e-mail e telefone.

Vicki era sua amiga.

E ele não deixaria que ninguém magoasse uma amiga sua.

Ryan passou rapidamente pelas portas de vidro escuro do saguão do hotel, parando tempo suficiente apenas para dar uma rápida olhada no ambiente luminoso. O Pacific Union Club não era o tipo de lugar que frequentava — era pretensioso demais —, e não achava que fosse o tipo de lugar de Vicki, tampouco.

Então, por que ela estaria ali? E por que não lhe havia dito que finalmente voltara à Califórnia depois de tantos anos na Europa?

Ele estava comemorando o nascimento do filho de seu irmão Chase quando recebera a mensagem dela.

Preciso de sua ajuda. Venha logo.

Ryan havia percorrido os 56 quilômetros até a cidade, vindo da casa de sua mãe, xingando o tempo todo. Enviara a Vicki uma mensagem atrás da outra a fim de obter mais informações e para ter certeza de que ela estava bem, mas não recebera nenhuma resposta.

Não se lembrava da última vez que havia se preocupado tanto com alguém... ou que estivera tão pronto para uma briga. Vicki não era o tipo de mulher que dava alarme falso. Não teria enviado a mensagem só para chamar a atenção dele. Além de sua mãe e irmãs, era a única mulher que era verdadeira com ele e que não queria nada dele além da amizade.

Ele cerrara as mãos imensas, e seu maxilar estava tenso ao vasculhar o bar do lugar.

Droga, onde ela estava?

Quem quer que houvesse abusado de Vicki ou a houvesse magoado, ainda que só um pouquinho, pagaria por isso.

Ryan era famoso nao só por ser o maior lançador da Liga Nacional de Beisebol, mas também por ser o mais tranquilo. Pouca gente sabia de seus limites íntimos, mas essa noite não seria necessária muita coisa para que ele explodisse.

Segurou o primeiro rapaz de uniforme que viu, fazendo-o encolher-se com o aperto no braço.

— Existe alguma sala de reunião particular neste lugar?

O jovem gaguejou:

— Sim, senhor.

— Onde fica?

A mão tremia ao apontar:

— Atrás do bar, mas já está reservada esta noi...

Ryan atravessou rapidamente o saguão e teria passado com facilidade pelas pessoas que ali estavam se elas não estivessem sempre se levantando para pegar uma bebida ou tentando chamar sua atenção.

Ao encontrar uma porta sutilmente escondida ao lado do bar, ele quase a derrubou na pressa de abri-la.

Primeiro, Ryan viu o cabelo comprido e loiro de Vicki. Depois, suas belas curvas.

Graças a Deus ela está aqui, e inteira.

Seu alívio, porém, durou pouco, pois percebeu que a havia interrompido e ao seu companheiro de coquetel quando a mão do homem deslizou pela coxa dela.

Vicki levantou-se assim que Ryan irrompeu na sala. O medo que mostrara na fisionomia quando o outro homem a tocara transformou-se lentamente em alívio diante da chegada dele.

Por outro lado, seu companheiro ficou obviamente surpreso ao ver Ryan... e nada contente. O homem tinha cerca de 50 anos e era obviamente rico. Ou, pelo menos, queria que as pessoas assim pensassem ao marcar reuniões em um lugar como aquele e usar um terno de alfaiataria.

Expressando súbita surpresa, Vicki disse:

— O que está fazendo aqui tão cedo, *querido*?

CAPÍTULO DOIS

Ryan certificou-se de não demonstrar surpresa diante do cumprimento de Vicki. Estava claro que ela precisava que passassem por um casal, pois o babaca ricaço com quem estava tomando um drinque estava dando em cima dela. E não era para menos.

Ela era linda.

Vicki havia sido uma adolescente bonita, mas agora tinha tudo de que Ryan gostava em uma mulher: cabelos compridos que dançavam sobre a curva dos seios, a suave linha do quadril à cintura, pernas estonteantes em sandálias de salto alto.

Sem dúvida, o tempo havia feito bem a sua velha amiga. Tão bem, na verdade, que não era necessária nenhuma habilidade artística para pegar sua mão e abraçá-la.

— Desculpe por chegar cedo, *meu bem*. Jurava que você tinha dito que estaria liberada às oito.

Nossa, ela estava gostosa. Quente e macia nos lugares certos. Cheirava bem também, como flores ao sol misturadas com um toque natural da argila com que sempre trabalhava.

Ela ficou rígida em seus braços por um instante, antes de se lembrar de que estavam fingindo ser um casal. Passou as mãos pelas costas de Ryan, pousando-as logo acima da cintura dele.

— Obrigada — sussurrou ao abraçá-lo, e acrescentou baixinho: — Desculpe.

Ela não sabia que não tinha do que se desculpar? Havia salvado a vida dele quando eram jovens. Ele ainda lhe devia isso e seria seu devedor a vida toda.

Passar por namorado dela por uma noite estava longe de valer como pagamento. Ainda mais porque isso significava que ele finalmente realizaria suas fantasias secretas.

Seis anos depois de ela ter se mudado de Palo Alto, ele saíra da Califórnia e fora para Nova York a fim de surpreendê-la em sua formatura. Ela nunca havia mencionado ninguém nos e-mails que frequentemente trocavam; portanto, quando ele a vira chegar à cerimônia de braço dado com um homem mais velho que obviamente a reivindicava para si, e ela estava toda sorridente e luminosa, o ciúme e a frustração quase o mataram.

Tinha chegado atrasado de novo.

Ryan fora embora da formatura sem que ela soubesse que ele havia estado lá. Em seguida, recebeu um recado dizendo que ela se casaria e se mudaria para a França.

Sentiu, então, que havia perdido algo essencial... ainda que ela nunca houvesse passado de uma amiga. Nos dez anos seguintes, ela morara em vários países da Europa com o marido e, depois do recente divórcio, se estabelecera em Praga. Ryan andava brincando com a ideia de uma viagem para vê-la no final da temporada dos jogos. Em vez disso, ela viera para São Francisco. E ele ficara bem contente com isso.

Assim que ela se afastou do abraço, ele entrelaçou os dedos aos dela. Sabia como era estar apaixonado, pois havia visto o suficiente com seus irmãos.

Sempre tocando um ao outro.

Olhares de adoração.

Beijinhos quando achavam que ninguém estava olhando... e mesmo que estivessem.

— James, gostaria de apresentar Ryan Sullivan. Meu nam... — quando ela gaguejou um pouco na palavra, ele a puxou mais para si — ... namorado. Ryan, este é James Sedgwick. Lembra que lhe contei que ele é uma das maiores autoridades em arte moderna? — Ela lançou a Ryan um sorriso que pareceu um tanto forçado. — O James e eu estávamos conversando sobre o meu último projeto para concorrer à bolsa. Ele tem sugestões muito construtivas.

— O que vai beber, Senhor Sullivan? — James fez um gesto na direção da mesa de vidro fartamente disposta.

— Pode me chamar de Ryan — ele disse do modo mais normal possível, diante da vontade de socar a cabeça de James na mesa de mármore. — Uma cerveja desceria bem, obrigado.

— Claro. Com licença, por favor.

Ryan contava com a saída de James para lhe buscar uma bebida. Assim que o sujeito saiu, disse:

— O que é que está acontecendo aqui, Vicki?

Ela balançou a cabeça, e, para seu desassossego, estava pálida e tensa demais.

— Conto tudo depois. Mas continue fingindo. Por favor.

James voltou em segundos, e Vicki tomou um gole de vinho enquanto ele entregava uma garrafa de cerveja a Ryan, com óbvia aversão.

— O barman me garantiu que você não precisaria de um copo. Devo parabenizá-lo pelos resultados da temporada, Ryan. — James voltou a atenção para Vicki de novo. — Estou surpreso por você não ter me contado quem era seu namorado. Estou... impressionado.

Dessa vez ela não gaguejou ao responder:

— Não achei que fosse fã de beisebol, James. — Voltou-se para Ryan e sorriu. — A esta altura eu já deveria saber que todo mundo é seu fã, né?

Ela disse isso com tamanho carinho que até mesmo Ryan flagrou-se acreditando que formavam um casal. Foi por puro instinto que limpou gentilmente o vinho do cantinho da boca de Vicki com o dedo.

Os olhos dela brilharam com um ardor inesperado, e ele desejou beijá-la para sentir sua doçura. Dizendo a si mesmo que isso os ajudaria a continuar se fazendo de casal diante daquele sujeito, Ryan baixou a cabeça e a beijou.

Havia anos que esperava por esse momento. Nossa, era ainda melhor do que havia imaginado! Os lábios dela tinham gosto de vinho tinto e açúcar, e tudo o que Ryan queria era aprofundar o beijo e continuar beijando-a por horas seguidas. Quando finalmente conseguiu se afastar da boca mais macia e doce que já provara, Vicki estava corada.

— James e eu estávamos conversando sobre como ser capaz de aceitar críticas é um dos aspectos mais importantes na criação de uma boa de arte. — A voz dela estava um pouco mais aguda do que o normal, e Ryan ficou feliz por ver o efeito do beijo sobre ela: — O que dizia quando Ryan chegou?

— Simplesmente que qualquer um pode moldar argila — James dirigiu-se a Ryan com um gesto de cabeça. — Mas é preciso um artista de verdade para fazer uma observação ampla. Com certeza você sente a mesma coisa em seu treinamento, não?

Ryan deu de ombros, mas cerrou os punhos nas costas de Vicki.

— É questão de dar e receber. O treinador confia na minha experiência em campo. — Ele fez uma breve pausa antes de continuar: — E eu confio que ele não vai abusar de seu poder e me levar a fazer coisas que eu não deveria fazer.

A expressão neutra de James não se alterou diante do aviso não muito sutil de Ryan. Vicki, por sua vez, apertou a mão dele com força suficiente para que soubesse que não havia gostado muito da maneira como estava lidando com a situação.

Ryan compreendeu. Ela não queria aborrecer o sujeito. Mas, ao lhe enviar uma mensagem e depois chamá-lo de "querido" no instante em que chegara, ela deveria saber que ele a protegeria pra valer.

De qualquer coisa.

— Parece que interrompi uma discussão importante — ele disse, com outro sorriso tranquilo que não foi nem um pouco espontâneo. — Costumava fazer a mesma coisa com Vicki quando éramos garotos. Eu ia até a casa dela e ela mal tirava os olhos do que estava fazendo. Mas eu ficava completamente hipnotizado por ela e suas esculturas, mesmo aos 15 anos.

No tempo da escola, todo mundo supunha que ele andaria com outros atletas e moças da torcida, mas, depois de uma noite de jogo, ele ficava contente de saber que encontraria Vicki na garagem, junto do torno. As mãos dela sempre estavam cheias de argila, e respingos do material enfeitavam seu rosto. Ela erguia o olhar, sorrindo e indicando que o vira chegar, mas não parava, não interrompia seu trabalho por causa dele como faziam as outras jovens. Ele fazia piadas até ela finalmente rir e dizer que ele a estava atrapalhando, mas então conversavam. Durante horas, às vezes, enquanto ela executava suas criações. Nem sempre ele compreendia o que ela estava fazendo com tanta determinação. Porém, mesmo não sendo um especialista em arte moderna, sabia que ela era especial, sem dúvida. Vicki não tinha medo de tentar, de romper fronteiras, nem de estragar tudo e começar de novo vezes seguidas.

— A Vicki é muito surpreendente, não acha, James?

James tentou manifestar o que Ryan supôs ser um sorriso:

— Tenho certeza de que ela lhe contou que todos da comissão estão loucos para que o projeto dela esteja apto. Por isso, fiquei muito contente por me encontrar com ela hoje para tratar de aspectos específicos. A Victoria não estaria disputando essa bolsa se eu não considerasse que tem potencial.

Potencial? Esse filho da mãe achava que Vicki tinha *potencial*?

Quando adolescente, ela tivera potencial. Uma década e meia depois, suas esculturas eram obras de arte. Ryan sabia disso, pois tinha várias delas.

Precisava escolher. Ou agarrava James pelo pescoço e o jogava na parede por fazer pouco do talento de Vicki ou dava um jeito de ambos caírem fora dali antes que dissesse ou fizesse algo que arruinasse as chances de ela obter a tal bolsa pela qual o cara era responsável.

Voltando-se para Vicki e afastando com um gesto uma mecha do cabelo dela, disse:

— Fico me sentindo um idiota por ter confundido o horário, *querida*, mas o Smith está nos esperando para uma sessão particular. Você sabe como ele valoriza sua opinião. — Ele se esforçou ao máximo para fingir arrependimento por tirá-la dali. — É melhor a gente ir antes que ele tenha um desses chiliques de astro de cinema.

James levantou-se de imediato, obviamente um tanto zangado com a reviravolta que sua noite com Vicki sofrera.

— Vejo que tem outro compromisso, Victoria. Fico chateado por não termos progredido muito, mas, se seu compromisso com essa bolsa for sério como parece, tenho certeza de que vai me dizer quando podemos nos encontrar de novo em particular. Boa noite para vocês.

— O que estava fazendo sozinha aqui com aquele imbecil?

Desde que ela se mudara, depois do colegial, sempre que pensava em Ryan Sullivan, Vicki o via sorrindo.

Ele não estava sorrindo agora.

Ao contrário, o olhar dele era tão intenso que ela sentiu um arrepio percorrer sua espinha.

Ela tinha perdido o fôlego assim que Ryan chegara ali. Exatamente como se sentira aos 15 anos. Claro, já que ele só ficara mais bonito ao longo dos anos. Não mais um garoto bonito, mas um homem feito agora.

E, nossa, como Ryan beijava, mesmo sendo só um selinho...

Tentando voltar-se de novo para a questão, ela estava prestes a responder quando notou suas mãos ainda entrelaçadas.

A última coisa que queria era soltar as mãos dele, mas era melhor não fingir que tudo isso era normal, embora fosse bastante tentador. Então, ainda que quisesse pegar na mão dele desde a adolescência, Vicki se forçou a soltar os dedos.

— Esta manhã, lá no prédio da sociedade, James me perguntou se poderia observar o meu trabalho durante algum tempo. Achei que fizesse parte do jeito dele de fazer crítica. Que ele estivesse tão interessado na técnica quanto na escultura pronta, entende?

— Quanto tempo ele ficou observando você?

— Uns vinte minutos, talvez. — Vinte longos minutos, nos quais sentira que James estudava mais a ela do que a seu projeto. — Mas, antes de ir embora, ele de fato me deu algumas sugestões importantes.

Tão importantes que ela interpretara o comportamento um tanto esquisito dele como mero interesse artístico.

— Aí, mais tarde, em uma festa de boas-vindas oferecida pela comissão a todos os participantes, ele me disse que os candidatos mais importantes se encontrariam aqui depois.

— Era para ter mais gente aqui?

— Quando cheguei, ele disse que todo mundo já tinha ido embora e que ficava feliz de estarmos só nós e de ele poder dar atenção especial a mim.

Ela sentiu o gosto de fel na garganta ao se lembrar de como ele fora se aproximando cada vez mais durante a conversa e começara a tocá-la nos braços e nas mãos — mesmo sabendo como as mãos de um escultor eram zona proibida. O que ele havia dito não melhorava as coisas: "Muitos outros escultores talentosos que orientei chegaram ao auge. Trabalhar comigo é considerado uma honra. Sobretudo, como sei que está sozinha em São Francisco, poderia realmente apresentar você a todo mundo que deve conhecer. Não seria ótimo, Victoria?".

Uma coisa era confiar no homem errado aos 22 anos. Porém, ela agora já andava no mundo das artes tempo suficiente para não se deixar seduzir com tanta ingenuidade pela atenção de um homem poderoso.

— Nossa, Vicki, por que não deu um chute no saco dele e caiu fora?

— Bem que eu queria — ela disse, baixinho —, mas, apesar do que a gente ache dele, James Sedgwick é um homem importante nas artes da Costa Oeste. A única coisa em que consegui pensar para não prejudicar as minhas chances de bolsa foi fingir que estava com alguém. Assim, minha rejeição aos avanços dele não poderia ser considerada pessoal e se voltar contra mim. Então, fui ao banheiro e enviei a mensagem a você. — Ela havia rezado para que Ryan não só recebesse a mensagem como chegasse logo. E ele chegara, felizmente.

— Você precisa denunciá-lo à comissão — Ryan disse, mesmo depois dessa explicação.

Ela suspirou.

— Não creio que seja possível, uma vez que até agora tudo o que ele fez pode facilmente ser explicado como eu estar interpretando mal um apoio amigável. Ele não fez nem disse nada explicitamente ameaçador.

— Eu o vi com as mãos em você — grunhiu Ryan.

— Ele é crítico e curador, especialista em escultura... Então, todo mundo sabe que se trata de uma função cheia de toques e sensações. Tenho certeza de que, se eu fizesse barulho, ele simplesmente daria risada e diria que age assim com todo mundo, homens, mulheres e escultores. No fim, isso só prejudicaria minhas chances de ter a bolsa, desviando a atenção do meu projeto.

Ryan a encarou demoradamente.

— Você quer mesmo essa bolsa, né?

Nos meses que antecederam seu divórcio, Anthony, ex-marido de Vicki, havia repetido exaustivamente que a única razão de ela ter algum sucesso se devia ao fato de ele ser um dos maiores escultores do mundo e que ela não era nada sem ele. A partir de então, amigos da comunidade de arte europeia falaram de rumores de que ele estaria tentando colocar as pessoas contra ela. Não se surpreenderia se descobrisse que isso era verdade. Ser abandonado por sua mulher, que um dia fora medrosa, significou um golpe duro e inesperado no ego dele.

Vicki, então, viera a São Francisco para obter essa tão ambicionada bolsa e provar de uma vez por todas que era uma escultora de fato. Não só para o ex-marido, mas para si mesma.

Já passara da hora de provar a si mesma que não havia desperdiçado a vida com um sonho.

— Quero, sim, Ryan. — Fez uma pausa. — Mais que isso, *preciso* dela. É o passo seguinte para mim e a minha carreira. A melhor maneira de recomeçar e construir uma reputação de escultora nos Estados Unidos. Então, se eu ganhar a bolsa...

— *Quando* você ganhar a bolsa — ele a interrompeu.

— ... quero que seja por causa da qualidade do meu trabalho. Não por ter aceitado a pressão para ir para a cama com um dos membros da comissão.

— Tive vontade de matar esse sujeitinho por encostar em você! — A mandíbula de Ryan se contraiu. — Ainda tenho vontade de esmagá-lo só por ter olhado para você do modo como olhou.

— Durante esses anos todos, quando imaginei um reencontro nosso, jamais pensei que seria assim. Me desculpe por meter você nessa encrenca.

— Gosto de encrenca. — Ele a provocou com o sorriso safado pelo qual era conhecido.

Naquele momento, ela nada podia fazer a não ser sorrir para o homem mais bonito que havia conhecido. Vicki ficou maravilhada ao perceber que nada havia mudado entre eles desde a adolescência. Ryan ainda conseguia arrepiá-la tanto quanto fazê-la rir.

Nunca havia conhecido ninguém assim. Nem antes, nem depois.

O cabelo dele era mais claro do que o dos irmãos, entremeado de reflexos por se expor tanto ao sol. A camisa de algodão de mangas compridas estava aberta o suficiente para que ela visse um tantinho do bronzeado dele e perdesse o fio dos pensamentos.

— Prometa que não vai ficar sozinha com ele de novo, Vicki.

— Não se preocupe, não vou repetir essa bobagem. Obrigada de novo pelos dez minutos de namoro.

— Dez minutos? — Ryan ficou surpreso por ser dispensado tão facilmente. — Quando a comissão vai se decidir sobre a bolsa?

— Na semana que vem.

— Sendo assim, me convoque como namorado por uma semana.

— Como assim? Não. Você não pode fazer isso por mim. — Quando Ryan ergueu a sobrancelha diante dessa recusa, ela continuou: — Sério, obrigada por aparecer hoje. Mas você não precisa ficar fingindo que está saindo comigo a semana inteira. Se James perguntar, digo que brigamos, que estamos dando um tempo. E vou tomar mais cuidado para evitar outras situações como esta.

Infelizmente Ryan não pareceu convencido.

— Você me pediu para vir aqui porque achou que não tinha outra opção, certo?

Ela soltou o ar.

— Certo.

— Quando éramos garotos, você poderia ter morrido ao me tirar do caminho daquele carro. Você me salvou, Vicki. Pra valer. Agora é a minha vez de retribuir o favor.

Todo mundo achava Ryan tão despreocupado. Era verdade que ele era rápido no riso, que fazia tudo parecer fácil. Mas ela sabia quanta concentração existia nessa calma. Quando ela ficava diante do torno da garagem de seus pais, ele atirava bolas num alvo que havia colocado na entrada da garagem. Sem parar, até que os dedos dela começassem a trabalhar no ritmo constante do lançamento dessas bolas.

Agora, ele estava concentrado em protegê-la das intenções nada inocentes de James. Ryan nem sonharia em ir embora se achasse que ela precisava dele. Era generoso demais. Não deixaria de lhe dar apoio.

Ele pegou a carteira e jogou umas notas na mesa.

— Vamos embora. Este lugar me dá arrepios.

Ela também se sentia assim, com todo aquele veludo e couro dali. Todo mundo no Pacific Union Club tinha um arzinho nojento de quem tem o rei na barriga.

Ryan levantou-se, esperando que ela deslizasse até a ponta do sofá. Mesmo sabendo que o beijo sedutor havia sido apenas parte de uma cena, ela ficou superconsciente do próprio corpo junto dele.

Ao deslizar pelo sofá, o vestido subiu por suas pernas, deixando entrever suas belas coxas. E ela sabia que ele tinha uma visão com-

pleta de seu decote e das sandálias altas e caras que havia calçado para fingir que um soldado raso como ela podia pertencer a um lugar como aquele.

Sentiu o calor da mão dele em suas costas enquanto se dirigiam à saída. Tentou se lembrar de que isso não era diferente do que outro cavalheiro faria. Seu corpo, porém, não queria saber disso.

Como poderia? Era tão bom o toque dele!

Nunca desejou tanto o ar fresco. Agora, só precisava PARAR DE PENSAR NAQUELE BEIJO e tudo ficaria bem. Infelizmente, isso significaria encerrar a noite, pois cada segundo com Ryan apenas reforçava seu desejo de beijá-lo de novo.

— Por que não me ligou para dizer que estava de volta?

— Sei como você é ocupado com o time, a família e — "as garotas" — sua vida social.

— Nunca estou ocupado demais para os amigos.

Por isso mesmo ela havia lhe mandado a mensagem. Sabia que, se havia alguém que podia socorrê-la em um aperto, esse alguém era Ryan. Sempre fora diferente dos outros homens que ela conhecera. Não só por ser infinitamente mais bonito, mas também porque não tinha dúvidas do quanto *gostava* dela.

Depois de o espantado manobrista pedir um autógrafo e ir buscar o carro de Ryan, ele perguntou:

— Onde fica seu hotel?

Sem querer que ele visse a espelunca por onde andava, ela disse:

— Em Mission. Mas eu pego um táxi. — Um ônibus, na verdade, pois não tinha dinheiro para desperdiçar com táxis.

Ele estreitou os olhos.

— Mission? Nem pensar. Vamos pegar suas coisas e você vem ficar na minha casa.

Ela ficou chocada demais diante dessa sugestão.

— Não posso ir para sua casa, Ryan.

— Claro que pode.

Estava tão seguro. Como se tudo tivesse sentido, como se levá-la para a casa dele não fosse diferente de dar-lhe uma carona até a dela.

— Você tem sua vida. Não posso simplesmente me intrometer nela. — Só a ideia de ficar na casa dele enquanto ele transava com outra mulher sob o mesmo teto era demais para ela. Além disso, se fosse completamente franca consigo mesma, estando tão perto dele, não poderia confiar que resistiria ao impulso de se despir e se oferecer.

— Se eu soubesse que estava na cidade — disse Ryan enquanto dirigia no sentido do bairro Mission —, teria convidado você para se hospedar comigo. Depois de tanto tempo sem nos vermos, vou segurar você o máximo que puder desta vez.

Era impossível não sorrir. Ao longo dos anos, todas as vezes que Ryan enviava mensagens ou e-mails ou haviam conversado ao telefone por alguns minutos, ele sempre iluminara seu dia. Era delicioso saber que ele se sentia assim também.

Como os anos haviam passado tão depressa? Ela se mudara da Bay Area no final do Ensino Fundamental e fora fazer o Ensino Médio no Meio-Oeste, depois escapou para a Faculdade de Arte de Nova York. Adorara estar por fim entre pessoas que ela compreendia e que pareciam compreendê-la. No entanto, sempre sentira falta de Ryan e até tentara assistir a alguns de seus jogos na Costa Leste, mas as datas sempre coincidiam com suas provas.

De repente, acabara conhecendo Anthony, se formara, se casara e fora viver na Europa.

O marido era possessivo e ciumento de suas amizades com homens. Em especial de sua amizade com Ryan. Por isso, os dois nunca mais conseguiram se encontrar. Ela se preocupara em não estragar o casamento, e Ryan obviamente também havia sido cauteloso. Só depois de se separar, Vicki sentira que poderia procurar Ryan de novo. Porém, de acordo com as revistas de fofocas, ele estava namorando uma herdeira do ramo do petróleo. Claro que ela não choraria em um ombro já ocupado. Não teria sido justo com ele — nem com a tal namorada. Quando os jornais disseram que o relacionamento dele havia acabado, ela jurara que ajeitaria a própria vida sozinha, de modo que pudesse rir com ele em vez de perder tempo chorando.

Pensara que essa oportunidade da bolsa a ajudaria a colocar a vida em ordem afinal, não que seria uma razão para arrastar Ryan para sua vida atrapalhada.

Ele não disse nada quando chegaram ao hotel, mas não foi necessário. Seu olhar expressava tudo.

— É melhor você ficar no carro — ela sugeriu. Não seria o máximo se o maravilhoso carro dele fosse roubado, para completar o que ela já havia lhe proporcionado esta noite?

— Dane-se o carro. — Ele deu uma olhada nas sombras de gente que andavam por ali. — Vou com você.

Subindo as escadas, os gritos, berros e gemidos de crianças proporcionaram a trilha sonora perfeita para o fiasco de sua vida. Nunca quisera ser a mulher carente, sempre desprezara esse tipo. E agora, ali estava ela, com seu cavalheiro de armadura brilhante.

O único encanto em tudo isso era o fato de ele ser Ryan. Mas, mesmo sabendo que racionalmente ele não a julgaria, faltavam-lhe pensamentos racionais naquele instante.

Por outro lado, a mortificação era abundante.

Principalmente quando Ryan entrou no banheiro antes dela e deu de cara com as calcinhas e os sutiãs que ela havia lavado na pia. Estavam pendurados no trilho enferrujado da cortina do boxe, no cabide e na maçaneta.

Será que ele ficara espantado diante do fato de que sua lingerie combinava mais com uma pervertida de alta classe do que com uma mulher que fora virgem até os 22 anos e que só havia ido para a cama com um único homem a vida toda?

Meio em câmara lenta, Ryan pegou um par de calcinhas e os sutiãs correspondentes, enquanto ela observava. Segurou a respiração ao ver os dedos dele percorrerem as rendas.

— Bonito.

Mal teve fôlego para dizer:

— Obrigada. — Entrou no banheiro minúsculo com ele. — Deixe que eu pego os outros.

No entanto, para alcançar as rendinhas coloridas penduradas na cortina, ela tinha que passar entre a pia e a banheira, exatamente onde

Ryan estava, ainda segurando as roupas íntimas dela. Sentia o corpo quente em cada centímetro onde se encostava nele. Supersensível. Aturdida, puxou com tanta força uma lingerie rosa particularmente safada que quase a rasgou.

Parou, respirou, concentrou-se de novo.

Ryan era seu amigo. Eles nunca, jamais seriam amantes.

Jamais. Nunca.

Portanto, ficar atrapalhada, sem fôlego e nervosa como estava era ridículo. Eram amigos, e amigos estariam gargalhando.

Ela se voltou, olhando explicitamente para a lingerie que ele segurava:

— Vai ficar com essa pra você? Não se preocupe, não vou julgá-lo — provocou-o.

Ele colocou o sutiã diante do peito.

— Acha que a cor combina comigo?

Ela riu, tirou dele o sutiã e levou tudo para suas malas. As gavetas da cômoda eram toscas demais, por isso não havia tirado muita coisa das malas. Ficou pronta para ir assim que enfiou a lingerie em uma delas. Claro, Ryan carregou as malas e depois abriu a porta para ela, sempre um cavalheiro.

Era errado que, em vez de apreciar isso, ela momentaneamente desejasse que ele agisse como um homem das cavernas?

CAPÍTULO TRÊS

Vicki tentou não reagir como uma completa idiota quando Ryan se aproximou das mansões à beira-mar, nas vizinhanças de Sea Cliff.

Durante todos esses anos de contatos por e-mails, mensagens e eventuais telefonemas, ele ainda era, na cabeça dela, o garoto de 15 anos, que gostava de subir na árvore imensa do quintal da mãe dele. Claro, sabia que ele estava no topo entre os estudantes pinçados na faculdade e era um dos melhores arremessadores do beisebol profissional. Mas ela nunca havia pensado em como tudo isso se refletia na vida dele agora. Nunca havia comparado sua vida efêmera com o ex-marido, quando circulavam entre comunidades de artistas de vários países, com a vida de primeira classe de uma celebridade do esporte genuíno.

Quarteirões depois de seu hotel deprimente, os bairros de São Francisco foram ficando cada vez mais agradáveis. Mesmo querendo muito acompanhar a vida de Ryan ao longo dos anos, sempre havia tomado cuidado — cuidado demais, concluíra depois do divórcio — para não esfregar na cara de Anthony essa amizade com Ryan. Portanto, não tinha mesmo ideia do quanto valia o contrato anual de Ryan com o Hawks, mesmo que, nesse nível, isso provavelmente fosse de conhecimento público.

— Aqui vivo eu. — Ele abriu com um clique o portão da entrada da garagem de um maravilhoso sobrado de frente para o mar.

Tentando reagir com normalidade, apesar de boquiaberta, ela brincou:

— É, eu diria que esta casa está definitivamente alguns níveis acima do meu hotelzinho.

Ele sorriu.

— Minha corretora de imóveis era agressiva. Uma das minhas primas de Seattle, que trabalhou aqui um tempo. Ela sabia que eu não ousaria lhe dizer não.

Vicki sorriu, sabendo exatamente como Ryan adulava seus parentes. Era tão gentil que o coração dela se derreteu como já havia se derretido bastante naquela noite.

— Quando eu disse que a casa era grande demais, ela jurou que o valor dobraria em dez anos. Mas estava enganada.

— Mesmo?

Outro sorriso.

— Ele triplicou.

— Sendo assim, você banca o chinês de hoje.

Ele pegou as três malas pesadas e ela o acompanhou só com a bolsa. Ao sair do hotel, havia observado como ele protegia o braço de arremesso. Agora, percebeu um ligeiro estremecimento nele ao arrumar as malas dela no ombro direito.

Sabendo que era masculino demais para deixar que ela carregasse alguma coisa, arrumou outra forma de fazer isso:

— Ei, Ryan, preciso me certificar de ter guardado uma coisa aí nessa mala. Posso ficar com ela um segundo?

— Tenho certeza de que não ficou nada no quarto — respondeu ele, colocando a mala no chão da garagem.

— Você sabe como sou desorganizada. Posso levar metade da noite pra remexer no que enfiei aí.

— Então vou levar estas aqui ao quarto de hóspedes e já volto para buscar essa.

Assim que parou de ouvir os passos dele, ela começou a arrastar a mala pelo chão, só a erguendo quando entrou na casa. Queria levá-la até o quarto de hóspedes, mas, assim que viu a vista das janelas, parou.

Sempre tivera um fraco por água. Por isso, fora a Praga depois de se separar. O rio a havia acalmado enquanto andava junto dele por horas, saindo da cidade e depois voltando quando se sentia serena o bastante.

Assim que Ryan desceu, ela comentou:

— Que vista incrível!

— É melhor daqui.

Ele lhe estendeu a mão, e ela se aproximou, esquecendo-se da mala e tudo mais. Ao segurar a mão dele, o calor tomou conta de todo o seu braço.

Com a mão livre, ele apontou:

— Ilhas Farallon, à esquerda. Alcatraz, à direita. Paraíso, em frente.

Dava para sentir o sorriso dele sem precisar olhar. Nunca se esquecera da beleza desse sorriso.

— Fico tão feliz por você — ela disse —, que isso tudo seja seu.

Melhor ainda, ela sabia como ele gostava disso. Ryan não era do tipo que comprava alguma coisa apenas por questão de *status*. Independentemente do que havia contado sobre a prima corretora forçando-o a comprar a casa, se ele não tivesse gostado dela, eles não estariam ali agora.

— Fico feliz que tenha concordado em ficar um tempo, Vicki.

Ela tivera tanto medo de ficar sozinha com Ryan, mas, agora que via como a casa era grande, percebeu que poderiam provavelmente ficar dias sem se ver se quisessem.

Não que ela *não* quisesse vê-lo. Mas, se ele precisasse ficar sozinho — digamos, se quisesse trazer uma mulher —, ela poderia facilmente desaparecer. Ou, então, poderia ir até a praia e sair do pé dele.

— Também fico.

Ele pegou a última mala.

— Venha, vou mostrar sua trincheira.

Boba. Apesar da conversinha consigo mesma, seu coração estava se revirando com a ideia de entrar em um quarto com Ryan. Lembrando a si mesma de que não era adolescente, começou a acompanhá-lo pela casa. Ficou pasma e boquiaberta com o que viu.

— Você anda colecionando minhas esculturas?

Ele tinha várias delas dispostas na área principal da casa. Além disso, eram algumas das preferidas dela.

— Sempre fui seu fã, Vicki.

Essa resposta simples e afetuosa a acalentou.

— Por que não me contou? Eu as teria dado a você.

— Exatamente por isso. Cada peça vale muito mais do que eu paguei. Nem sei dizer quantas vezes já tentaram comprá-las de mim ao longo desses anos.

— É mesmo?

— Toda hora. Por um bom dinheiro. — Ele deu uma olhada nas esculturas. — Minha resposta sempre foi e será: não estão à venda. Não têm preço para mim.

Deslumbrada com o que ele acabava de dizer, Vicki o acompanhou pela sala até a cozinha conjugada e escadas acima. Na metade do vestíbulo, Ryan abriu a porta de um quarto que tinha outra linda vista da Baía de San Francisco e da Ponte Golden Gate.

Vicki se esforçou para se concentrar na vista e não na imensa cama no meio do quarto.

— Fico na porta ao lado — ele disse casualmente, e ela logo olhou para a parede que ele indicou, com a cabeça girando, cheia de imagens inadequadas: Ryan despindo-se à noite, peças de roupa caindo no chão, uma após a outra...

— Espero que fique confortável aqui.

Os lábios e a língua de Vicki estavam extremamente secos quando ela voltou à realidade.

— Com certeza — ela respondeu.

Completamente confortável. No entanto, já sabia que não conseguiria pregar o olho tendo Ryan a uma parede de distância.

Ela sorriu, mas parou ao deparar com a expressão dele. Como mais cedo naquela mesma noite, a expressão dos olhos escuros era intensa, antes de dar lugar ao riso fácil.

— Que tal o de sempre?

Ela levou mais tempo do que deveria para perceber que ele se referia ao jantar. Em muitas noites, quando eram adolescentes, ele chegava à garagem dos pais dela com comida. Vicki havia se acostumado a não comer muito durante o jantar com a família para que pudesse partilhar da refeição dele. Ryan treinava metade do dia, portanto, em geral comia 90% de tudo, mas ela adorava o fato de que sempre lhe trazia algo de que ela gostava.

— Parece ótimo.

— Então, desfaça as malas. Vou fazer o pedido.

Só depois de vê-lo sair do quarto ela conseguiu respirar direito. Sabia que estava sendo ridícula, que eram ambos adultos e poderiam lidar com a proximidade sem que as coisas ficassem esquisitas nem complicadas. No entanto, saber disso racionalmente não significava que seu coração e seu corpo compreendessem o recado.

Como havia fantasiado com ele ao longo dos anos... Começara aos 15 anos e seguira adiante, em noites sombrias e solitárias e quando recebia um e-mail dele que a fazia rir. A saudade que sentia nessas noites havia sido insuportável.

As estranhas vibrações vindas de James teriam sido a única razão para enviar uma mensagem a Ryan? Sim, havia se sentido ameaçada e sem opção... mas também não fora a vontade de vê-lo desesperadamente? Não teria se agarrado à esquisitice de James como uma desculpa para procurar o amigo e ver se ainda era importante para ele depois desses anos todos?

Zangada consigo mesma, jogou as roupas na linda cômoda. Nunca havia sido uma pessoa muito organizada — só se importava em organizar seu material de arte —, mas sabia que estava levando a confusão a um novo patamar.

Pare.

Precisava parar. Esfriar. E deleitar-se com a companhia da única pessoa no mundo que sempre adorara.

Vicki se forçou a tirar as coisas da cômoda e dobrar tudo direitinho.

Era assim que lidaria com tudo de agora em diante, prometeu a si mesma. Com calma, com cuidado, racionalmente, e não por impulso — e paixão —, que sempre a meteram em confusões.

Inspirou fundo, tentando se concentrar antes de descer para jantar com Ryan. Seu corpo inteiro ainda ardia com o beijo que ele lhe dera no bar, apesar de estar apenas fingindo sentir algo por ela como parte da encenação... e não porque gostasse dela, precisasse dela e não pudesse viver sem ela.

Se e quando tivessem que fingir de novo, ela precisava se lembrar de que um segundo ou terceiro beijo não significariam nada além do primeiro.

Calma.

Cuidado.

Razão.

Podia exercer todas essas coisas, só porque *precisava* exercê-las em relação a Ryan.

Ela estava prestes a descer a escada quando a voz profunda dele se fez ouvir:

— Felícia? Na verdade, é por isso que estou ligando. Desculpe, tenho que cancelar. Não, não posso remarcar. Não foi por isso. Você sempre foi ótima.

Vicki não queria ter escutado a conversa telefônica, mas ele não estava fazendo segredo. Obviamente, estava desmarcando um compromisso com alguma Felícia, e, também obviamente, Felícia achou que ele estava lhe dando o fora por encontrar alguém melhor com quem se enroscar.

Mal sabia Felícia que a mulher que acabava de se mudar para a casa dele não iria além dos lençóis do quarto de hóspedes.

Quando achou que o telefonema havia terminado, começou a descer as escadas. Ela já fora longe demais para retornar ao quarto quando escutou:

— Janey? Desculpe por ligar tão em cima da hora, mas preciso cancelar esta semana. Não, na semana que vem também não. Não, nada disso. Claro que sempre nos divertimos.

Vicki estremeceu à medida que Ryan se desembaraçava de outro telefonema um tanto constrangedor... e do profundo aperto no peito, já que não conseguia deixar de imaginar como seria o "ótimo" de seus encontros com Janey e Felícia.

Depois de tantos meses sentindo-se como se estivesse fingindo — e tentando não deixar ninguém perceber seu descontentamento crescente —, assim que recebera a mensagem de Vicki, ele fora atingido pelo tipo de adrenalina que costumava sentir quando estava jogando.

— Ainda um conquistador, hein? — ela brincou.

Ele deu de ombros.

— Tive que cancelar alguns compromissos desta semana. — Não era culpa de Felícia nem de Janey que não se comparassem com Vicki, por isso tentara pegar leve com elas.

Ela ergueu a sobrancelha.

— Compromissos? Você está falando comigo, Ryan. Estava rompendo com mulheres que provavelmente gostam muito de você. E só fez isso por causa da situação em que eu o meti. — Ela balançou a cabeça. — Sei que, se está fingindo namorar, não tem sentido sair com mais ninguém, mas me sinto muito mal ao vê-lo cancelando com elas.

— Não se sinta mal. Não era nada sério com nenhuma delas.

— Só sexo selvagem, né? — Parecia que ela estava brincando, mas sua fisionomia não acompanhou a fala.

De qualquer modo, ele não conseguia responder, pois não poderia nem pensar em tocar outra mulher estando com ela.

— Sério, Vicki. Prefiro passar meu tempo com você.

— Sempre soube que poderia contar com um velho amigo. — Ela piscou para ele.

Ryan sabia que nunca passaria disso para ela. Um amigo. Mas isso era muito frustrante, principalmente depois que o beijo confirmara tudo o que ele sempre imaginara se ela permitisse que fosse mais do que um amigo.

A campainha tocou, e ele abriu o portão para o entregador. Ryan nunca quisera viver cercado, mas, das últimas vezes que venceram a Temporada da Liga Mundial, as coisas haviam chegado a um ponto em que ele ficara feliz por ter um pouco mais de segurança.

O rapaz da entrega parecia que ia desmaiar a qualquer palavra de Ryan.

— Senhor Sullivan, sou um grande fã seu.

Tudo o que Ryan queria era ficar sozinho com Vicki. Lembrando-se de que ela ficaria por ali pelo menos durante a semana seguinte, ele dedicou um tempinho a falar de beisebol e dar um autógrafo ao entregador, e Vicki bateu uma foto dos dois.

Quando fechou a porta e se dirigiu à cozinha com as caixas de comida, ela estava sorrindo.

— Não é pra menos que você é o herói de todo mundo — disse ela, com suavidade. — Não poderia ter sido mais simpático com o manobrista e agora com esse garoto. Nunca tinha me dado conta de como deve ser trabalhoso ser tão bom no que você faz. — Antes que ele respondesse, ela arregalou os olhos diante das embalagens que se espalhavam por uma boa parte do balcão da cozinha. — Não acha que comprou muita comida?

Ele se acomodou em um banquinho e lhe deu um garfo. Sempre comeram diretamente das embalagens.

— Você diz isso agora, mas já, já, vai disputar o último rolinho primavera comigo.

Ela se sentou em um banquinho e espetou um pedaço de frango com laranja.

— Por que não me passa logo a caixa antes de acabar com eles?

Por um instante, enquanto brincavam de disputar os rolinhos, parecia que nada havia mudado.

Nada, exceto o fato de que ele mal podia olhar para ela sem perder o fôlego.

Vicki sempre fora bonita, e ele havia se sentido atraído por ela desde a primeira vez, mas os anos transformaram a adolescente graciosa em uma mulher surpreendentemente linda. Do tipo que mal permitia que se desviassem os olhos — ou as mãos.

CAPÍTULO QUATRO

Esforçando-se para ficar com as mãos ocupadas consigo mesmo, Ryan pegou duas cervejas na geladeira, entregando uma delas a Vicki. Depois de ambos terem tomado uns bons goles no gargalo, ele pegou mais duas e deixou-as junto da comida.

— Como estamos finalmente juntos de novo — ela disse —, você precisa me atualizar em relação a tudo o que não sei de sua vida.

Ryan sempre se sentira mais à vontade no meio de uma família cheia de tagarelas do que falando de si mesmo.

— A vida anda boa — comentou, ainda que uma débil sensação de insatisfação tentasse mostrar a carinha feia.

Ele tinha tudo. Talvez não tanto quanto seus irmãos e irmãs, tão apaixonados e construindo uma vida nova, mas isso não significava que pudesse reclamar.

— Ainda pretendo jogar beisebol enquanto meu braço aguentar, sair com a família, curtir minha sobrinha mais nova. — Ele pegou o celular e mostrou a Vicki as fotos que havia feito do bebê na festa. — O Chase e a mulher dele, Chloe, tiveram a Emma há poucas semanas. — Ele não poderia estar mais feliz pelo irmão, que provavelmente já havia feito mais fotos da filha do que em toda a sua carreira como fotógrafo. — A Emma é uma graça.

— É linda, Ryan. Todo mundo deve estar doido por ela.

— Estamos. Eu estava na casa da minha mãe com todo mundo quando você enviou sua mensagem.

— Ai, não. Não acredito que tirei você da sua família!

— A festa já estava mesmo acabando. — Mas ele continuava lá porque não tinha nenhum outro lugar aonde ir. Não tinha com quem ir para casa nem um cachorro para alimentar. Antes, ficava feliz com toda essa liberdade. Apenas recentemente começava a sentir que esperava alguma outra coisa. Algo mais. — E você sabe como fiquei feliz por ter me chamado.

— Não vou liberar você tão cedo — ela disse —, mas, já que começou, por que não me atualiza sobre o resto da família? Acho que li alguma coisa sobre o namoro do Marcus com uma *pop star*...

— Nunca tinha imaginado isso — ele disse a respeito do irmão mais velho, que era o dono da Vinícola Sullivan —, mas o Marcus e a Nicola formam um par surpreendente, embora ela seja bem mais nova que ele. Tenho certeza de que logo vamos ter outro noivado na família. Talvez no Natal.

— Outro noivado? São quantos já?

— Gabe vai se casar com Megan, no inverno, no Lago Tahoe. Ela tem a Summer, de 7 anos, que é uma danada. Ele salvou as duas quando o apartamento delas pegou fogo no início do ano e a brigada dele foi chamada. — Diante da expressão de horror de Vicki, ele explicou: — Todo mundo está ótimo. Gabe passou uns dias no hospital, mas tenho certeza de que até gostou daquele incêndio. Na verdade, daqui a uns dias é o aniversário da Summer, que faz 8 anos. Sei que adorariam ver você, se quiser vir.

— Claro que quero! — ela concordou sorrindo, ainda que admirada pelo modo como Ryan a estava juntando à família em um piscar de olhos.

— Zach apaixonou-se por uma treinadora de cachorros, e eles estão doentes de felicidade e indo para o altar a qualquer momento. — Ele ainda mal podia acreditar que seu irmão, proprietário da Sullivan Autos, havia se apaixonado por Heather. — *Só a* Mazinha, o Smith e eu ainda estamos solteiros. Você não acredita com quem a Boazinha ficou! — Em geral, ele não teria empregado os apelidos de Lori e Sophie, mas Vicki conhecia bem a família dele e, às vezes, também chamava as gêmeas pelos apelidos quando eram adolescentes.

— A Sophie está com o Jake, né?

Ele a encarou, incrédulo. Ela havia mesmo achado que sua irmã bibliotecária e o amigo dono de um bar formavam um bom casal?

— Como sabia disso?

Ela deu de ombros como se isso fosse óbvio.

— Os olhos dela brilhavam sempre que olhava para ele. E ele sempre dava um jeito de se desviar dela. Fico contente que finalmente tenha admitido o que sentia por ela.

Vicki estaria tentando lhe dizer alguma coisa? Seria isso um sinal de que ela desejava que ele tivesse coragem suficiente para dar outro passo depois que aquela tentativa patética de beijá-la na escola havia sido um imenso fracasso?

No entanto, quando a olhou de novo, ela estava pegando uma embalagem de comida e parecia concentrada em puxar as folhas de repolho com o garfo. E não olhava para ele com luxúria.

Ele se sentiu um idiota por pensar em dar em cima dela, principalmente porque mal faziam três horas que haviam se reencontrado pessoalmente, depois de terem estado tantos anos separados, vivendo em continentes diferentes.

— O problema foi que ele a engravidou de gêmeos antes de admitir qualquer coisa a alguém. Inclusive a ela. Os bebês vão nascer logo.

— Gêmeos? Que maravilha! Fico feliz por eles. — Vicki deu um gole na segunda cerveja.

— Sua vez — ele disse, em um tom rouco de tanta vontade de tocar com os lábios o ponto de pulsação do pescoço dela, que ela inadvertidamente deixou à mostra ao inclinar a cabeça para trás.

— Bom, você já sabe do meu casamento e divórcio — começou ela, varrendo uns bons dez anos nessa meia dúzia de palavras. Ele conseguia, porém, perceber a dor em cada uma delas. — Depois de ficar o ano passado em Praga, soube da bolsa em São Francisco e aqui estamos.

Ryan percebia que, como ele, ela não queria falar de si mesma, mas imaginara tanta coisa sobre o sortudo que havia se casado com ela — e que depois havia sido idiota o suficiente para perdê-la — que precisava sondar mais.

— O fato de seu ex-marido ser escultor foi um problema?

— Falando em olhos brilhantes... — ela disse num tom duro. — Eu tinha acabado de sair da faculdade de artes, e ele era uma *lenda*. — Ela enfatizou a palavra *lenda*. Tomou outro gole, como se precisasse da coragem da bebida para falar do assunto. — Fiquei tão lisonjeada por ele estar atrás de mim, e ele provocou tal reviravolta na minha vida que, quando me dei conta, estava casada. Até que, um dia, percebi que seria muito mais feliz solteira do que jamais havia sido quando casada. Ainda bem que fui esperta o suficiente para não usar o sobrenome dele. Nunca suportei a ideia de me aproveitar do sucesso dele, ainda que ele ache que me ensinou tudo o que sei.

Todos os instintos protetores de Ryan já haviam sido ativados essa noite, e ouvir o tom pesaroso na voz dela ao falar do ex-marido machucou-o ainda mais. Felizmente pudera protegê-la de James, mas o ex-marido ela enfrentara sozinha.

— Ele magoou você, Vicki?

Ela sacudiu a cabeça, mas não o encarou.

— Meu grande engano com Anthony foi me concentrar nele em vez de seguir adiante com minha carreira. Não vou mais ser idiota deixar que um relacionamento me desvie dos meus objetivos de novo. — Ela deu de ombros como se muita água já houvesse rolado. — Estou bem. Mesmo. Ponha na conta de ser jovem e boba.

— É comigo que está falando, Vicki — ele ecoou o que ela havia dito uns instantes antes. — Só porque não nos vimos em tantos anos, isso não significa que não tenha pensado em você o tempo todo. Ainda sou seu amigo, e você pode me contar qualquer coisa.

— Eu sei. É que... — Ela umedeceu os lábios e retomou o fôlego. — Não estou tentando esconder nada de você, Ryan. Principalmente depois do que fez por mim esta noite. Pergunte qualquer coisa e prometo que vou responder. Melhor do que fiz até agora.

Droga, ele não queria magoá-la ainda mais reabrindo feridas.

— Me fale de suas esculturas. Em que está trabalhando agora?

O alívio no rosto dela era palpável, e, mesmo sabendo que havia mais nessa história com o ex — muito mais, e era bastante provável que isso o deixasse zangado a ponto de querer matar o cara —, Ryan ficou feliz por ver o olhar dela se desanuviar.

— Venho trabalhando numa peça chamada *Inundação*. Não sei se você se lembra, mas a água sempre me inspirou muito. A sensação dela. O movimento. Como a luz e a cor brincam nela.

Uma das melhores lembranças que ele tinha da adolescência era dos dois andando pelos brejos à noitinha. Mesmo no frio, Vicki sempre queria colocar a mão na água. Ele sabia quanto ela adoraria a vista que ele tinha do mar e sempre quisera ter uma oportunidade de mostrá-la a ela.

Ryan empurrou a cadeira para trás e estendeu-lhe a mão para puxá-la do banco e atravessar as portas da sala.

— Claro que me lembro. Por isso vou levar você lá fora para pegar o finzinho do pôr do sol na praia.

Ele pegou uma toalha de praia grossa e imensa de um armário e tomou a direção das escadas, atrás dela. Ela chutou as sandálias, e seus pés nus e suas pernas estavam lindos enquanto descia até a praia. Ao chegar lá embaixo, ela suspirou, feliz.

— Adoro sentir a areia nos dedos.

A coisa mais natural do mundo foi envolvê-la nos braços. Ela ficou rígida um instante, depois relaxou e apoiou a cabeça no peito dele.

— É nisto que tenho trabalhado — ela disse, baixinho. — Estou tentando esculpir a água.

— Parece ótimo.

— Está mais pra loucura, mas não consigo parar.

O vento soprou a ponta dos cabelos dela no rosto dele, e o sol acabava de se esconder no horizonte. Nesse momento, Ryan desejou-a mais do que nunca, tendo suas curvas macias nos braços, a paixão dela por arte pulsando tanto quanto o coração.

— Quero muito ver isso.

— Não tem cara de nada ainda. Só um monte de bolhas. Espero que no fim tudo dê certo. Cruze os dedos.

Ele sentia que o mar a puxava.

— Vá lá logo. Sei que está louca para pôr as mãos na água.

Ela riu, puxando-o na direção das ondas. O vento fez o vestido ficar grudado em seu corpo, e ele teve certeza de que constrangeria a ambos quando ela notasse o efeito que provocava nele.

— Você é o único que não me acha esquisita por fazer isso.

Ela gritou ao caminhar na água fria, mas isso não a impediu de se curvar e molhar as mãos.

Ryan já havia tirado os sapatos em casa e não se importou de enrolar o jeans e ir até ela para fazer a mesma coisa.

— Acho que somos ambos esquisitos, então. Faço isso sempre, sabia?

No início, havia sido um jeito de se lembrar dela, mas depois percebera que ela tinha razão: a água é diferente a cada vez que você a toca.

— Engraçado, nunca tinha me ocorrido que nós dois usamos as mãos em nosso trabalho. — Ela o olhou, surpresa, depois olhou para as mãos dele.

Sob a água, Ryan procurou a mão dela. Vicki o encarou ainda com surpresa, mas não se esquivou. Ao contrário, fechou os olhos, e ele supôs que ela devia estar assimilando como a ligação deles mudava a água ao redor.

Era um pôr do sol dos mais bonitos, mas Ryan não afastava os olhos dela. Acariciou a palma das mãos dela, fazendo-a se arrepiar. Cedo demais, e ela puxou a mão.

— Minhas mãos e meus pés já estão entorpecidos — foi a desculpa que encontrou para se afastar.

Ele havia estendido a toalha na areia e, depois que Vicki se sentou, ele se sentou atrás, de modo que ela pudesse se apoiar nas pernas dele, como haviam feito tantas vezes antes quando adolescentes — sentados e vendo o brilho das estrelas.

Naquela época fora difícil ser platônico, e, embora sendo adulto ele devesse ter mais controle do que um adolescente com tesão, não era o que ocorria.

— Era disso que eu precisava. — Ela se voltou e sorriu, e ele estava a um instante de beijá-la quando ela disse: — Obrigada por ainda ser um amigo com quem posso ficar totalmente à vontade.

Não era preciso ser nenhum gênio para saber o que ela desejava dizer, em alto e bom som: *Preciso que seja meu amigo, Ryan. Nada mais.*

Portanto, apesar de desejá-la loucamente, Ryan jamais se perdoaria por ser como todos os outros caras que queriam algo dela... e haviam tido esse algo, sem pensar em nada além das próprias necessidades e desejos.

Ela bocejou e se encostou nele.

— Nunca fui muito dorminhoca, sabe, mas essas últimas noites foram horríveis, com todas aquelas baratas do hotel esperando que eu adormecesse para se esbaldar.

Suas palavras foram soando cada vez mais zonzas, e não foi surpresa quando, minutos depois, ela adormeceu nos braços dele. Era tentador demais ficar assim com ela, ouvindo sua respiração suave, memorizando a sensação de suas belas curvas... e fingir que ela era mais que uma amiga.

Ryan a ergueu com facilidade para levá-la ao quarto de hóspedes. Sentia as pernas macias dela no braço, onde o vestido havia se erguido, e a sensação dos seios dela contra o peito, o quadril contra a virilha... Não conseguia pensar com clareza.

Conseguiu afinal subir dois lances sem sucumbir à tentação de beijar os lindos lábios dela, mas mal freou um gemido de desejo quando ela encaixou o rosto no pescoço dele, e ele sentiu sua respiração quente.

Quando chegou ao quarto, arfava. Não pelo peso de Vicki — era um bom tanto mais alto que ela —, mas pela dificuldade de controlar a ereção.

Por fim, deitou-a na cama, e ela imediatamente encolheu-se de lado, esparramando o cabelo pelo travesseiro.

Sabendo que passaria o resto da noite desejando estar abraçado a ela, Ryan tampouco confiaria em si mesmo se ficasse ali no quarto por mais tempo, ainda mais tendo que tocá-la para cobri-la para que não sentisse frio.

Puxando as cobertas e preparando-se para colocá-la debaixo delas, percebeu que ela não ficaria confortável com o vestido justo. Teria que tirá-lo... o que significava deixar de ser um imbecil e se lembrar de ser amigo mesmo.

Um amigo que, por acaso, a desejava feito louco.

Ryan era famoso pelas mãos firmes e pelo fato de que nada o enervava. Mas, essa noite, só de pensar em despir Vicki, suas mãos tremiam como folhas ao vento.

Agradeceu a Deus pelo fato de o zíper do vestido ficar na lateral, de modo que não precisava tocá-la muito. Enquanto o abria devagar, não sabia se torcia para que ela acordasse ou se rezava para que continuasse adormecida.

O que ela pensaria se o pegasse tirando sua roupa em um quarto escuro, sem sua permissão? Será que lhe daria um tapa e o expulsaria dali?

Ou lhe diria para terminar o serviço, tirando-lhe também a lingerie, e depois o convidaria a beijar a pele revelada?

Já havia então aberto o zíper, mas não estava facilitando o próprio controle deixando que a cabeça fantasiasse. Ainda precisava puxar o vestido pelas incríveis curvas dela.

Você consegue, Sullivan.

Quando o risco em um jogo era grande e cabia tudo a ele, como arremessador, havia aprendido desde cedo a se isolar de tudo e se concentrar no que precisava: fazer arremessos bons o bastante para derrubar o batedor.

Esta noite o foco era sair do quarto sem beijar Vicki. Nem passar a mão nos seios dela. Nem acordá-la e implorar que transasse com ele.

O vestido dela era de um tecido macio, e não foi preciso mais que dois leves puxões na bainha para que ele saísse. Ficou de queixo caído diante da visão dela de tomara que caia e calcinha de renda, ambos vermelhos. A cor ousada era como fogo lambendo sua pele clara.

Sabia que era errado ficar olhando assim, babando, enquanto ela dormia. Como ainda precisava colocá-la sob as cobertas, tentou pegá-la e jurava que quase havia conseguido quando ela se mexeu um pouco, hipnotizando-o com o movimento dos seios.

Longe — muito longe — da zona de conforto, ele se deu um minuto para cobri-la e sair.

Enchendo-se de coragem para sentir a pele macia dela nas mãos, ele a ergueu gentilmente da cama de novo, antes de colocá-la de costas no lençol. Enquanto bloqueava qualquer sensação, se não cometesse o erro de cheirar o cabelo dela nem de chegar muito perto de sua boca saborosa, talvez saísse inteiro dali.

Havia quase tirado os braços quando ela de repente disse o nome dele, pressionou seu pescoço com os lábios e segurou-o como se não quisesse que ele fosse embora.

Ryan ficou completamente paralisado — exceto pela ereção, que pulsava dolorosamente contra o zíper do jeans. Por conta própria, as mãos dele começaram a descer pelas costas dela, pelo quadril. Quando ela se aproximou em vez de se afastar, ele quase sucumbiu ao desejo que o consumia desde o instante que a vira com James no Pacific Union Club.

Na verdade, consumia-o desde os 15 anos.

Ryan não só desejava Vicki. Ele *precisava* dela. Com um desespero que nunca antes sentira por nada nem ninguém.

Preto e branco viraram um feioso tom cinzento à medida que o desejo aumentava, ficava mais forte e ele oscilava entre o certo e o errado. Por fim, precisou de todo o autocontrole para apoiar Vicki nos travesseiros e cobri-la com o lençol.

Ela confiava nele, o bastante para adormecer em seus braços na praia. Ele jamais se perdoaria se tirasse vantagem de sua vulnerabilidade adormecida.

Em especial quando ela já deixara claro, durante o jantar e depois, na praia, que precisava dele como amigo.

Apenas como amigo.

Depois de deixá-la na cama sozinha, macia e perfeita, em vez de ir para seu quarto, onde sabia que seu sono não valeria nada tendo Vicki a uma parede de distância, ele foi até o escritório e pegou o telefone.

— Oi, Rafe, é Ryan.

Seu primo era detetive particular em Seattle. Ryan sempre garantia que Rafe tivesse ingressos grátis quando jogavam na região.

— Precisa de dicas para o jogo de amanhã? — o primo brincou.

— Hoje, não.

— O que acontece? Está todo mundo bem em São Francisco? Sua mãe está bem? — Rafe perguntou, ao perceber que ele não estava muito para brincadeiras.

— Tudo bem. Ótimo, na verdade. Estou ligando por causa de uma amiga. Preciso que você dê uma fuçada em um dos colegas dela.

— Claro. Qual é o nome?

Ryan soletrou-o.

— Assim que tiver alguma coisa, aviso — Rafe prometeu.

Uma voz feminina soou ao fundo, e Ryan disse:

— Obrigado pela ajuda. Desligue e se jogue em cima dela agora. — O telefone ficou mudo. Seu primo obviamente estava mesmo ansioso por isso.

Ryan pegou alguns novos contratos de patrocínio, que poderiam esperar. Algumas horas depois, quando não podia mais deixar de ir para a cama, tudo estava exatamente como havia previsto. Toda vez que fechava os olhos, via Vicki de calcinha de renda e sutiã, estendendo-lhe os braços e aproximando os lábios dos dele.

Às 5 horas da manhã, finalmente desistiu e foi tomar uma ducha fria.

Mas não foi fria o suficiente.

CAPÍTULO CINCO

Vicki teria permanecido de bom grado sob os mais macios lençóis em que já havia dormido, não fosse o incrível cheiro de ovos com bacon vindo da cozinha.

Quanto tempo havia dormido? Não se lembrava de ter vindo para a cama... nem de tirar o vestido, aliás, pensou ao passar os olhos pelo quarto e ver o vestido cuidadosamente pendurado na cadeira.

Ai, Deus, pensou, sentindo-se corar. Será que Ryan havia tirado sua roupa? Tinha uma vaga lembrança de estar nos braços dele, com os braços em volta de seu pescoço, e da pele quente dele nos lábios.

Ofegou alto diante da pavorosa ideia de que talvez houvesse se atirado sobre ele e, em seguida, gemeu diante da percepção ainda mais pavorosa de que, se sim, dado o estado solitário de sua cama e o estado intacto da lingerie, ele a rejeitara.

Seu coração batia forte ao despir a lingerie e entrar no banho. A pressão da água vinda de múltiplos jatos ao longo da parede, atingindo-a da cabeça aos pés, era divina, mas mal pôde usufruir dela, preocupada com o que teria — ou não teria — feito com Ryan à noite.

Sabia que ele seria um completo cavalheiro se ela se atirasse... mas isso não significava que não ficaria imensamente pesarosa.

Não aguentando nem mais um segundo sem saber o que havia acontecido, ela se secou rapidamente, prendeu o cabelo em um rabo de cavalo — pelo qual pagaria mais tarde, quando a parte de cima ficasse achatada e a de baixo como o rabo de um coelho — e vestiu uma calça capri e uma camiseta verde-exército. O coração palpitava ao descer as escadas.

Diante do fogão, Ryan estava de costas para ela, mas virou-se assim que ouviu seus passos:

— *Timing* perfeito. O café da manha está quase pronto.

Ela estudou a fisionomia dele com cuidado, procurando algum constrangimento, mas ele parecia à vontade como sempre.

Sentiu-se aliviada diante da esperança de não ter sido completamente idiota na noite anterior. Mesmo assim, essa quase falha havia sido um aviso muito bom para se lembrar de ficar atenta junto de Ryan. A última coisa que queria era constrangê-lo. Principalmente depois de ele ter corrido para salvá-la na noite anterior e deixado que ela ficasse nessa mansão de frente para o mar.

— A cama estava boa?

Ele lhe ofereceu um prato cheio de ovos, bacon e torrada, e seu estômago roncou de satisfação.

— Entre a cama, a ducha e agora o café, não sei como você vai fazer para eu ir embora.

Ela quis brincar, mas ele só lhe deu um sorriso.

— Por mim, está ótimo.

A pele dela ardeu com a intensidade do olhar que recebeu, e disse a si mesma para parar de ficar sempre fantasiando que havia algo mais por trás das palavras dele. Mas precisava ter certeza de que não havia passado dos limites na noite anterior.

— Desculpe por ter dormido ontem à noite. Você sabe que eu durmo fácil, ainda mais depois de passar algumas noites sem dormir no Hotel das Baratas.

Ele se sentou junto ao balcão perto dela e serviu o café. Cheirava divinamente, mas ela ainda estava agitada demais por estar tão perto dele e só conseguiu segurar a caneca.

— Meu ego vai acabar superando isso — ele brincou, mas um instante depois ela ficou surpresa ao ver que seu simpático amigo estava um pouco nervoso. — Não achei que ficaria confortável dormindo de vestido, obviamente.

Agora era a vez de ela brincar:

— Desde que você tenha ficado de olhos fechados...

A lingerie rendada havia sido sua maior ostentação depois do divórcio, um esforço desesperado para tentar se sentir um pouquinho sexy de novo. Agora, ainda que não fosse muito prática, ela a usava sempre que podia simplesmente porque havia sido muito cara e precisava fazer valer o gasto.

Não conseguiu deixar de pensar se ele havia gostado do que vira, mesmo sabendo que as top models morenas, altas e esbeltas eram mais o tipo dele do que uma moça pequena, loira e cheia de curvas como ela.

Ele ergueu as mãos, como se admitindo que, na verdade, havia dado uma espiada.

— Desculpe. Me perdoa?

Se houvesse sido qualquer outra pessoa e se ela não estivesse terrivelmente, dolorosamente atraída por ele — digamos, se ele fosse gay —, ela não ligaria a mínima.

Sim, era o que faria. Fingiria que ele era gay.

Ou que ela era.

Na verdade, talvez fosse mais seguro simplesmente fingir que ambos estavam jogando completamente em outro time.

— Mas, da próxima vez que eu apagar, saiba que prefiro dormir totalmente pelada — ela brincou, forçando-se a parecer indiferente.

Ryan engasgou com os ovos que acabava de pôr na boca, e ela se recriminou intimamente por dizer a pior coisa que podia para dissipar o embaraço.

— Então — um pouco animada demais, ela continuou: —, o que tem na agenda hoje? Treino? Ou um jogo? — Encheu a boca de bacon para se calar.

Ryan bebeu um gole de café para ajudar a engolir os ovos e depois disse:

— Tenho um jogo à tarde.

— Vai ser o arremessador?

— Amanhã à noite. Você conseguiria ir?

— Hoje não posso, mas espero que amanhã, sim. — Ela nunca havia sido fã de beisebol até vê-lo jogar na escola, de um cantinho à sombra de um imenso carvalho, a alguma distância do campo e da arquibancada. — A comissão vem esta tarde para ver todos os candidatos deste ano.

A fisionomia de Ryan ficou tensa.

— O James vai estar lá? — Quando ela assentiu, ele disse: — Não vá ficar sozinha com ele, Vicki.

— Não se preocupe, não vou bancar a idiota de novo.

— Ele enganou você.

— Talvez, mas eu devia ter percebido, ou pelo menos confiado nos meus instintos quando ele me assustou no estúdio. De qualquer forma, com ele pensando que somos um casal, mais todas as pessoas que estarão lá esta tarde, acho que não vai tentar nada.

— Tomara que não! — A expressão de seu amigo era furiosa. — Você significa muito para mim. Por que não me dá o endereço do estúdio, por precaução?

Assim que acabou de digitá-lo, o celular tocou.

— É meu primo. Com licença, preciso atender. — Levou o telefone ao ouvido. — Rafe, um minuto.

Ele fuçou uma gaveta da cozinha, tirando dela as chaves de um carro.

— Queria levar e trazer você do estúdio, mas, como tirei você do outro canto da cidade, por que não usa um dos meus carros para não ficar presa aos meus horários?

Ela sabia que ele tinha razão, que não tinha sentido tentar ir de ônibus de Sea Cliff a Mission. Porém, ao pegar as chaves, sentiu-se como se estivesse tirando vantagem dele cada vez mais. Ele não só estava fingindo ser seu namorado como havia lhe oferecido uma mansão à beira-mar e agora ela estava com as chaves de um dos lindos carros da garagem.

Ryan lhe deu um beijo despreocupado no rosto antes de se afastar, mas ela percebeu que ele havia se esquecido completamente dela ao se retirar para falar com o primo.

Vicki levou os pratos para a pia, lavando-os e secando-os enquanto tentava aproveitar a vista do mar ao sol da manhã, apesar da sensação de ser uma intrusa.

Olhando o dourado, o verde e o azul da água baterem na costa, sentiu um tremor íntimo.

Era o que sentia quando vinha a inspiração. Uma *grande* inspiração.

Correu para o quarto para calçar uns chinelos e pegar a bolsa. Mal atentou para o interior luxuoso do Porsche conversível que Ryan lhe havia oferecido enquanto corria pelo trânsito até o estacionamento mais perto do estúdio.

Havia esperado tanto para sentir esse fluxo de inspiração de novo que literalmente sentia a energia irrompendo por entre seus dedos.

Vicki praticamente correu do estacionamento do edifício que o comitê da bolsa havia disponibilizado para os candidatos. Indo direto até seu pequeno ateliê, ela acendeu a luz, jogou a bolsa no chão e pegou um novo pacote de argila para modelar.

Depois, se acertasse um molde em pequena escala, faria o trabalho em tamanho grande com argila à base de óleo.

Seria tão fácil repensar essa sensação, fazer uma pausa para descobrir de onde ela havia vindo, para saber não só exatamente de onde viera mas para onde iria. Felizmente, depois de anos de experiência, Vicki já sabia que não era o caso.

Tudo o que precisava era acompanhá-la, deixando que a argila falasse por entre os dedos... rezando para que tudo tivesse sentido quando voltasse à tona.

De repente, percebeu que era como confiar que a maré a levasse e depois a trouxesse, refrescada e renovada.

Colocando os fones no ouvido com uma gravação repetitiva do oceano, ela pôs as mãos na argila e fechou os olhos. Acompanhando sua intuição, começou a moldar e escavar, desfrutando do suave prazer dessa emoção que fluía de seu peito para os braços e os dedos.

O ritmo da água nos ouvidos combinava com seus batimentos cardíacos enquanto trabalhava disciplinadamente, alheia ao tempo, à sede ou à fome, a qualquer outra coisa além da pura e deliciosa alegria de criar.

Ryan colocou o telefone no bolso, olhando o mar e pensando no que Rafe havia relatado.

James Sedgwick estava limpo. Limpo demais, de acordo com seu primo. Ryan tinha certeza de que, se houvesse alguma coisa para ser descoberta sobre o sujeito, seu primo a descobriria. Lamentavelmente, teria que esperar que ele pesquisasse mais.

Enquanto falava com Rafe, Vicki havia saído. Incapaz de apagar a sensação de estranhamento provocada por estar com Vicki no café da manhã, Ryan resolveu dar um pulo até o ateliê para vê-la antes de ir ao estádio para um treino antes do jogo.

Enquanto dirigia por uma das regiões mais deprimentes de São Francisco, só de pensar em Vicki trabalhando neste lado da cidade, já achava difícil conter sua natureza possessiva e protetora, que desejava muito que nada mais a magoasse de novo.

Durante todos esses anos, se soubesse que não havia sido feliz com o marido, ele teria...

O quê?

O que teria feito?

Percorrido meio mundo atrás dela para implorar o quê? Para que ela dormisse com ele como qualquer imbecil que só queria tirar uma casquinha?

Ou, ele de repente se perguntava, teria realmente implorado por algo mais?

CAPÍTULO SEIS

Ryan passou um tempo enfiando a cara em um ateliê atrás do outro, à procura de Vicki, até que uma mulher de cabelo azul e verde finalmente teve pena dele.

— Quem está procurando?

— Vicki Bennet.

— Mas que sortuda. Supertalentosa e agora isso... — Ela apontou para o outro lado do comprido saguão. — Ela está no primeiro andar, na parte dos fundos.

Ele agradeceu, e seu coração imediatamente se acelerou com a ideia de ver Vicki de novo, enquanto subia para o ateliê dela, embora houvesse acabado de tomar café com ela.

A porta estava entreaberta, e ele com a mão na maçaneta para entrar, quando a viu e ficou paralisado.

Se ter visto Vicki de tomara que caia e calcinha na noite anterior o havia deixado zonzo, vê-la com argila nas mãos, de pernas abertas em volta da mesa de trabalho, pés descalços e olhos fechados, trabalhando... ultrapassava tanto a zonzeira que talvez não existisse palavra para definir essa sensação.

Algumas das melhores noites de sua vida haviam sido partilhadas com Vicki na garagem da casa dela. Ela se acostumara com ele por perto enquanto esculpia. Algumas noites, quando trabalhava com muita intensidade em alguma coisa, ele treinava a pontaria com uma sacola de bolas. E, nas noites em que ela ficava frustrada e jogava a argila na parede, ele pegava as mãos sujas dela e a convencia de que era hora de um passeio. Os dois lavavam as mãos na água, e ele ficava louco para beijá-la.

Era possível conseguir sexo em outros lugares. Bastante, se quisesse. Mas não dava para conseguir com mais ninguém o que os dois tinham.

Vicki era sua amiga, uma amiga de verdade que não se importava com o fato de ele ser um grande jogador de beisebol. Não esperava que ele fosse o simpático e atlético irmão Sullivan. Não precisava que ele fosse o cara que tinha o mundo a seus pés.

Vicki nunca o pressionara para ser nada. Apenas ele mesmo.

Sempre a achara bonita, mas nunca ficava tão bonita como quando estava criando com intensidade e paixão.

Ao fundo da sala, o sol entrava pela janela, iluminando a linda pele dela, os cílios compridos adejando sobre a ossatura do rosto. Enquanto trabalhava, ela mordia os lábios e depois lambia o ponto em que os dentes haviam deixado uma marca leve. Agora que finalmente havia experimentado um pouquinho dela, Ryan queria muito mais. Queria passar os lábios pela veia pulsante do pescoço até a curva de seu ombro e inspirar o suave perfume de sua pele.

Ela era pequena, mas seus dedos trabalhando a argila eram compridos e fortes. Contudo, não eram só as mãos dela que se movimentavam. Todo o seu corpo estava um pouco em movimento, até os pés. Ela havia pintado as unhas com as listas do arco-íris, e ocorreu a ele que Vicki era tão misteriosa e bonita quanto um arco-íris.

Um arco-íris que ele havia perseguido anos a fio, sem jamais se aproximar do pote de ouro.

Dizendo a si mesmo que, se ela não parasse logo de trabalhar, ele iria direto para o estádio, Ryan se apoiou na porta aberta e tirou os olhos de Vicki, voltando-os para o trabalho dela. Embora possuísse várias de suas principais obras, ver tantas de suas esculturas em um único lugar reforçava uma vez mais como a habilidade dela era desconcertante.

Ela havia sido uma adolescente talentosa, mas transformara *talento* em *brilho*.

Vicki acabava de tirar os fones do ouvido, alongando os braços acima da cabeça, com os olhos ainda fechados. Ao abri-los, deu com ele à porta. Soltou um gritinho de surpresa e quase tombou do assento.

— Ryan? Faz quanto tempo que está aí?

Ele finalmente entrou no ateliê.

— Tempo suficiente para recordar como você é talentosa.

Ela corou, puxando uma mecha de cabelo para trás da orelha e sujando o rosto de argila.

— Você precisa de alguma coisa?

— Só queria ver seu ateliê e me desculpar por ter deixado você sozinha no café da manhã. — Ele se aproximou da escultura em que ela trabalhava. — Foi desta que me falou ontem? *Inundação*?

— Não, esta é uma nova que estava tentando fazer, mas a inspiração veio tão rápido hoje de manhã que nem olhei para ela direito ainda...

Suas palavras morreram ao se voltar e encarar a escultura. Balançou a cabeça como se não acreditasse no que via.

Aproximou-se mais, com a mão estendida, depois parou, como se receasse chegar mais perto.

Embora ainda estivesse tosca nas bordas, era fácil para ele ver a forma de duas mãos entrelaçadas. Parecia que uma onda quebrava entre elas, sendo que a água passava por cima, por baixo e entre as mãos sem que elas se separassem.

Ryan imediatamente lembrou-se da noite anterior na praia, quando pegara a mão dela e ela deixara que ele a segurasse um pouco.

— É maravilhosa, Vicki.

— É só argila crua e áspera — disse, mas depois se sentou como se suas pernas não estivessem aguentando. — Ryan? — Ela ergueu o olhar, e ele não soube dizer se estava alegre ou triste. — Eu...

Ele teve que se aproximar e depois levar as mãos aos ombros dela, para acalmá-los, se era isso o que ela queria.

Sentiu sua respiração entrecortada.

— Há tanto tempo procuro por isso. — Sem soltar seus ombros, ele se mexeu para ver melhor o rosto dela e foi recompensado com um sorriso maravilhoso. — Não está perfeito. Vou levar tempo para

fazer o esboço e depois uma maquete melhor, para ver o que funciona ou não. Mas, pela primeira vez desde que cheguei... há mais tempo, na verdade, há bastante tempo... acho que talvez tenha criado algo bom de fato.

— Não é só bom, Vicki. É maravilhoso.

Ela saltou tão rápido quanto havia se sentado e jogou os braços em volta do pescoço dele. Ele lhe deu um beijo no alto da cabeça e desfrutou da maciez das curvas dela contra seu corpo.

O rosto dela estava radiante quando ergueu o olhar para ele.

— Fico contente que tenha vindo para dividir este momento comigo.

Como conseguiu lutar contra o desejo de beijá-la, ele não sabia.

— Eu também. — Ele deu uma olhada nas outras peças do ateliê. — Parece que você andou ocupada esta semana.

No entanto, ela mal olhou para as peças.

— Dúzias de trabalhos perdidos. Vão todos para o lixo.

— Você deve estar brincando! — Ele acariciou as costas dela e depois levou-a pela mão até uma prateleira com esculturas de ondas azuis, tão delicadas e translúcidas que pareciam vidro. — Essas são lindas. Como consegue que a argila fique assim?

— Você sabe como. Já me viu atirando argila na parede uma vez, quando tentava forçá-la a ficar como eu queria. Já não jogo tanto na parede, felizmente.

— Lembra aquela noite em que tentou me ensinar a fazer uma tigela?

A gargalhada de Vicki era o melhor som do mundo.

— Acho que até crianças de cinco anos fariam você passar vergonha!

Ele fora um adolescente excitado e ficara tão distraído pela proximidade dela, seu cheiro, as mãos sobre as dele enquanto tentava dirigi-lo na argila que, pela primeira vez na vida, havia sido completamente desajeitado. Além disso, não gostava de não ser bom de imediato em algo. Havia sido mais fácil desistir cedo do que considerar a possibilidade de falhar depois.

Preciso de um intervalo para refrescar a cabeça e as mãos antes de voltar ao trabalho. — Ela ergueu a mão dele, depois pegou a outra e as estudou. Com os olhos brilhando, disse: — Que tal uma nova tentativa com estas mãos lendárias?

Ele teve que se esforçar infernalmente para que ela não visse para onde essa ideia de tentar qualquer coisa com as "mãos lendárias" o levava.

— Sou todo seu.

A essa resposta, seus olhos se encontraram de novo, e ele pensou ouvi-la prender a respiração antes de sacudir a cabeça.

— Sente-se. Só preciso arrumar o torno e pegar argila nova. Ponha isto. — E deu a ele um avental de plástico. — Você vai ficar todo sujo.

Inferno, esse jeito atrevido de ela dizer *sujo* fez com que seu zíper quase explodisse. O que ele não daria para se sujar com ela...

Feliz com o avental grosso de plástico marrom que escondia sua excitação, ele se sentou e se deliciou vendo Vicki juntar as coisas para ele.

Quando estava concentrada, ela sempre lambia o canto dos lábios, e ver sua língua rosada umedecer os lindos lábios sem parar o fez perder um pouco o controle e gemer alto.

— Está tudo bem?

Ele quase disse "não", só de ver a linda pele enrubescida, os grandes olhos verdes, o rabo de cavalo soltando-se e batendo no ombro, e quase a agarrou pelo cabelo para beijá-la.

Em vez disso, forçou um:

— Melhor do que nunca.

— Pronto. — Ela puxou outro banco para o lado dele e se sentou tão perto que sua coxa encostava na dele.

— Você não vai se sujar?

Ela mostrou os braços.

— Não notou? Já estou suja.

Ele finalmente enxergou que ela tinha argila respingada em todo canto, sobretudo nos belos seios. O ar que entrava pela janela estava fresco o suficiente para intumescê-los ligeiramente sob o sutiã.

Qual teria colocado hoje? Seria o preto com um lacinho azul no meio ou...

Sua ereção apontou de novo no jeans à medida que rapidamente mergulhava nesse devaneio que era Vicki.

Por que achara que se divertir assim com ela seria uma boa ideia? Agora era tarde demais, porém, mesmo que conseguisse se arrastar dali.

— Tá legal, primeiro precisamos colocar a argila no centro. É importante, para que haja equilíbrio e você não fique brigando com ela o tempo todo. Está confortável?

Não. Precisava de uma ducha gelada — e algumas horas na cama com ela — antes de chegar perto de confortável.

Quando ele assentiu, ela continuou:

— Pressione os braços contra as coxas, assim — e, sem querer, ofereceu a ele uma visão de matar de seu decote.

Renda rosa. Fora esse sutiã que colocara hoje. Pior, era baixo o suficiente para que seus seios grandes quase pulassem para fora.

Ele mais ou menos conseguiu fazer o que ela pedia, repetindo como um idiota:

— Braços nas coxas.

Ela lhe deu uma bola cinza molhada.

— Agora, coloque a argila no meio da roda com um golpe firme e bonito para que ela grude.

A pontaria dele foi certeira, e ela exprimiu aprovação.

— Perfeito. Agora, comece a girar devagar com o pé e...

Assim que a roda começou a girar, o bloco cinza lascou nas beiradas. Ryan percebeu que Vicki tentava não rir.

— Vá em frente — ele disse —, pode rir.

O riso dela logo explodiu.

— Acabo de ter um superflashback de nossos dias na garagem. Não se preocupe, já não desanimo tão fácil. Acho que é bom você ter a sensação de como é quando está funcionando. Depois você consegue manobrar a coisa sozinho.

O coração dele quase parou quando ela se posicionou por trás, passando os braços pelos dele.

— Droga, não alcanço a argila assim. — Ela foi para o lado, franzindo a testa. — Talvez o único jeito de dar certo seja eu ficar de frente para você ou... — Ela parou, balançando a cabeça.

— Ou o quê?

— Posso me sentar entre suas pernas. — Ela lançou-lhe um sorriso torto. — Sabe, como a posição clássica em *Ghost*, só que sem o sexo depois.

Ele se esforçou para conservar um sorriso leve, divertido.

— E eu achando que esse era seu plano desde o começo...

O sorriso dela hesitou um pouco, e o rosto corou antes que sacudisse a cabeça, rindo.

— Não imagina quantas piadas com *Ghost* eu já ouvi. Nem acredito que acabei de fazer uma! — Ficou toda séria de novo ao se sentar no banco diante dele, empurrando o torno um pouquinho para dar espaço a seus braços e pernas. — Pronto, vamos fazer mágica, hein?

Ah, claro, ele queria mesmo mágica. Já que não chegaria à maior mágica com ela, tentou ficar contente com o que tinha. Com as mãos dela, pequenas mas fortes, sobre as dele, eles jogaram a argila no meio do torno e começaram a fazer um cone.

— Isso mesmo — ela o encorajou. — Percebe como está certo?

Meu Deus, tudo o que conseguia pensar era que ela poderia estar falando com ele na cama enquanto ele a sentia. Ele gemeu um "sim", deixando que ela manipulasse suas mãos.

Vicki acelerou a roda com o pé, depois umedeceu as mãos de ambos, uma depois da outra, de modo que seus dedos deslizaram uns nos outros até ser difícil dizer onde começava um e terminava o outro. Exatamente como na escultura em que ela trabalhara pela manhã.

Mantendo a mão esquerda de ambos fora do torno, ela fez que pressionassem a argila com a mão direita... Em segundos, manobrou as mãos de ambos de novo de modo que pressionassem nas laterais do cone para que ele crescesse.

— Agora, podemos fazer a abertura. Temos que trabalhar juntos para que as mãos fiquem bem firmes e o buraco não saia desengonçado.

Ela parecia estar sem fôlego, e ele sentia o pulsar do coração dela contra o peito, onde se encostavam.

— Comece com o polegar — ela recomendou, pouco antes de colocar o polegar direito dele no meio do barro, segurando-o firme com a mão esquerda deles — E aí, quando ficar fundo o suficiente, vamos aumentar a abertura com as mãos... assim...

Ryan não conseguiu entender mais nada depois do "fundo o suficiente", pois o sangue lhe corria do cérebro para baixo. Felizmente, Vicki mexia nas mãos dele e tudo o que precisava fazer era deixar-se levar por ela.

— Que tal agora?

— Ótimo.

Ela desacelerou o torno e diminuiu a pressão das mãos na argila, olhando-o por cima do ombro.

— Quer tentar fazer as laterais?

— Nossa, sim, quero tentar — ele respondeu sem pensar, vendo que mal precisaria mexer a cabeça para beijá-la.

Ela arregalou os olhos.

— Se soubesse que ficaria tão entusiasmado, não teria deixado que desistisse tão cedo quando éramos adolescentes.

Ele levou um tempo para saber do que ela falava. Por fim, percebeu o que havia dito... e como soara idiota. Enfim, havia sido melhor não terem feito isso quando adolescentes, pois não teria se controlado de jeito nenhum. Mesmo adulto, não estava conseguindo ter muito controle de si.

Antes que pudesse compreender como voltar atrás no que havia dito, ela se voltou para o torno e disse:

— Opa, ele vai se esborrachar se a gente não se mexer. Segure com a mão esquerda e puxe as laterais para cima. Vai ser rápido e sujo. Vou contar: um, dois, três.

Ele tentou deixar as mãos com ela, mas, diante das palavras — e da imagem — "rápido e sujo" rodando em sua cabeça, não conseguiu. Em cinco segundos, a argila passou de uma quase tigela a uma bolha desfeita.

Ela soltou uma exclamação de desânimo, e Ryan xingou no mesmo instante.

Depois, ambos caíram na risada, as costas dela sacudindo contra o peito dele.

— Tive tanta certeza de que você conseguiria desta vez!

— Acho que isso prova que não sou tão bom com as mãos, afinal

— ele brincou.

Ela riu de novo diante dessa afirmação absurda, e ele começou finalmente a sentir o quadril dela nas coxas, o rabo de cavalo cutucando seu pescoço, quando uma figura surgiu à porta.

Ryan sentiu a tensão no corpo inteiro de Vicki... e as próprias mãos se cerraram na argila até ela escorregar por seus dedos, viscosa e cinzenta.

— James! — A voz dela tremeu de leve ao pronunciar esse nome, mas Vicki ficou totalmente firme em seguida. — Não esperava que viesse até o final da tarde, com o resto da comissão.

— Olá, Victoria. Ryan.

Victoria empurrou o torno e se levantou. Ryan a acompanhou, cumprimentando-o com um sinal de cabeça.

— Oi. — Certificou-se de pronunciar o cumprimento em um tom ameaçador, que se traduziria facilmente por: *Faça mal a ela e eu dou um jeito em você.*

James concentrou a atenção em Vicki.

— Seu trabalho solo se transformou em projeto de grupo?

Ele estava sorrindo, mas Ryan não se convenceu. Estava prestes a avançar no homem, mas Vicki pousou a mão em seu braço antes que seu punho se aproximasse da cara nojenta do sujeito.

— O Ryan e eu estávamos só fazendo um intervalo. — Ainda que soubesse da perturbação dela, ela soou bastante calma. — Precisa de alguma coisa antes da tarde, James?

— Queria que fosse a primeira a receber as boas notícias sobre o Anthony.

Ao ouvir o nome do ex-marido dela na boca satisfeita daquele homem detestável, Ryan ficou nervoso.

Muito nervoso.

CAPÍTULO SETE

Vicki sentiu o pânico, logo seguido de fúria, tomar-lhe o corpo. Deveria ter imaginado que o ex-marido não ficaria longe.

O fato de James e Anthony terem sido amigos, havia muitos anos, também não ajudava. Na verdade, não se surpreenderia se descobrisse que fora James quem contatara Anthony apenas para provocá-la.

— Como vai ele? — perguntou ela em tom casual, apoiando-se no peito de Ryan e apertando-o nos braços ao se lembrar de desempenhar o papel de namorada feliz.

De relance, viu alguma surpresa cruzar a fisionomia de James diante de sua resposta tranquila. Ficou feliz por ter conseguido isso.

— Muito bem, na verdade. E generoso o bastante para nos fazer o favor de se juntar à comissão tardiamente.

Dessa vez, Vicki não pôde deixar de arregalar os olhos. *Anthony havia se juntado à comissão da bolsa?*

— Está dizendo que o Anthony vai votar no projeto da Vicki? — Ryan a surpreendeu com a pergunta.

Apesar da cara de paisagem de James, ficou claro para Vicki o quanto ele estava satisfeito com o ocorrido. Encontrara o melhor jeito de puni-la por recusar seus avanços.

— Sim, vai, junto com o resto da comissão. Eu e ele acabamos de repassar o portfólio dos candidatos, mas, naturalmente, ele conhece bem o seu. — Lançou a Vicki um olhar compreensivo. — E, embora se saiba que ele tem uma familiaridade especial com suas habilidades, não tenho dúvida de que vai ser bem capaz de julgar seu projeto de acordo com o mérito dele apenas, sem favorecê-la indevidamente.

Favorecê-la? Nada estaria mais longe da verdade. Vicki estava no fim da lista de preferências dele... e isso já havia muito tempo antes do divórcio.

Via Ryan encrespando-se de vontade de defendê-la e protegê-la. Gostava da amizade forte por trás desse ímpeto, mas só tê-lo ali já era suficiente.

— Quando ele chega a São Francisco? — Não queria morder a isca, mas precisava saber.

— Embora estejamos julgando por fotos e vídeo, pedi que ele conseguisse colocar a cerimônia de premiação em sua agenda cheia. — James sorriu para ambos. — Acredito que esteja fazendo reservas para a viagem neste momento.

Vicki não fez questão de sorrir. Por quê, se não tinha sentido? A recusa em dormir com James a enterrara. A chegada de Anthony — e o voto contra ela na bolsa em escultura — seria a pá de cal.

Mesmo assim, recusava-se a dar a James a satisfação de achar que ele e seu ex a haviam destruído. Sobretudo estando tão óbvio o que desejavam.

Ela conteve a raiva o suficiente para ser civilizada, e continuou com uma voz suave e fria:

— Sei que anda ocupado com muitas coisas, James. Agradeço por ter tirado um tempinho para vir até aqui.

Foi a dispensa mais educada do mundo. Nem ele poderia ignorá-la.

— Foi um prazer vê-lo de novo, Senhor Sullivan. Boa sorte no jogo desta tarde.

— Eles não podem fazer isso, sabendo que ele foi casado com você. Não tem como ele julgar seu trabalho com imparcialidade! — Ryan esbravejou assim que ele foi embora.

— Claro que podem. E imagino que estejam adorando todo esse circo, como se estivessem dirigindo um *reality show* excitante. — Ela entrecerrou os olhos. — Não vou lhes dar esse drama.

Ryan a puxou, segurando-a junto de si por alguns momentos. Ela o abraçou também, deixando que os batimentos do coração dele a acalmassem e fortalecessem. Conhecia-o bastante bem e tinha uma boa noção do poder que manejava com a fama e a fortuna, por isso sabia como era difícil para ele conter a vontade de cuidar de toda essa situação por ela.

— Ainda tenho uns minutos para chegar ao estádio, se quiser sair um pouco.

Vicki nunca havia sido de desistir, mas acabava de ser levada ao limite.

— Não posso deixar que ganhem — disse baixinho. — Então, preciso terminar o que comecei aqui.

Ryan acariciou seus cabelos.

— Não é por isso que precisa terminar, Vicki.

Surpresa, ela o encarou.

— Claro que é.

Ele a puxou até a argila em que ela estivera trabalhando em um surto de inspiração quando ele chegara, trinta minutos antes.

— É por isso que precisa terminar. — Ele fez uma pausa para que ela avaliasse o que a havia entusiasmado tanto antes de James espremê-la como a um inseto. — Porque seu propósito é maravilhoso.

De novo, perguntou-se o que teria feito sem Ryan ali.

— Você vai ficar bem?

Ela inspirou fundo.

— Acho que sim. — Sentiu um leve tremor. — Ainda me sinto meio chateada, mas bem. — Ela tentou sorrir. — Fico feliz que esteja aqui. Não só por causa dele. — Ela se sentiu tímida, de repente. — Foi divertido ensinar você a mexer no torno de novo. Quem sabe a gente possa tentar de novo quando tiver tempo?

— Eu me diverti bastante com isso. — Ele tirou o avental e lhe deu um beijo na testa ao devolvê-lo. — E com você.

Vicki quis desesperadamente ver mais em cada palavra que ele dizia, em cada toque de sua pele na dele, mesmo nesse beijo de amigo. Pelo menos a visita de James havia sido um lembrete de que qualquer coisa com Ryan além de amizade era só uma brincadeira.

— Não quero que se atrase por minha causa.

— Se ele voltar sem o resto da comissão...

Foi ela quem o beijou dessa vez. Um beijo tão amistoso quanto o dele.

— Pare de se preocupar. Depois do que ele acabou de ver, não vai dar para imaginar que estamos fingindo.

Ela corou ao perceber, tarde demais, o que havia insinuado... que apenas dois namorados ficariam tão próximos, brincando um com o outro no torno. Rapidamente, começou a limpar a sujeira que ela e Ryan haviam feito.

— Que tal um *goulash* depois de você ganhar o jogo? É uma especialidade de Praga.

— Não precisa cozinhar, Vicki.

— Eu quero. Cozinhar sempre me acalma quando as coisas estão fora do controle.

Ele a olhou como se estivesse perguntando quantas vezes antes ela tivera que lidar com situações fora do controle.

— Parece tão bom que vou tentar abreviar minha reunião depois do jogo.

Obviamente ele relutava em ir embora, então, Vicki o empurrou pelas costas até a porta.

— Vá cuidar da fama! Vejo você à noite.

Quando ele finalmente se foi, fechando a porta, ela pensou que fosse desmoronar. Tanto de raiva e frustração pela armação de James e Anthony como pelo esforço que fazia para esconder de Ryan seus sentimentos.

Olhou para sua escultura mais de perto. Sabia o que sentira quando estivera trabalhando nela... e sabia o que sentia ao vê-la agora. Ryan havia sentido isso também, com certeza. Talvez não houvesse estudado arte ou escultura, mas valorizava a opinião dele. E acreditara nele quando dissera que era fantástica.

Claro, também havia sentido outras coisas, além da raiva do ex-marido por estar xeretando sua vida e de James por tentar intimidá-la.

Quando dera com Ryan olhando-a da porta, fora atingida por um tipo de atordoamento bobo que nunca sentira antes. Pelo menos não desde a adolescência, quando ouvia o carro de Ryan parar na frente da garagem de seus pais.

Fora tão fácil passear pelas lembranças dele e reencenar aquela noite em que tentara ensiná-lo a fazer um vaso. Mas, aos 15 anos, não tivera a ousadia de ficar entre as pernas dele.

Não devia ter entrado nessa. Já que estava tentando se controlar, beirava a estupidez ficar tão perto dele, com as mãos nas dele enquanto sentia o coração firme e forte em suas costas, a respiração dele no seu pescoço nu.

Mas como podia resistir?

Ouviu-se uma batida na porta, e sua nova amiga, Anne, enfiou a cabeça pelo vão. A estilista de 20 e poucos anos tinha cabelos verdes e azuis e um número extravagante de *piercings*. Por acaso também era uma artista brilhante e de olhar muito aguçado.

— O cara mais bonito que já vi encontrou você?

Vicki riu diante dessa descrição bastante precisa de Ryan. Ficou feliz que o riso tomasse o lugar da raiva, da frustração e até do desejo prolongado.

— Sim.

— E? —Anne ergueu a mão. — Deixe pra lá. Não quero odiar você ainda mais, então talvez seja melhor não me dar detalhes. Então, está pronta para esta tarde? — perguntou, mudando de assunto com a rapidez de um raio.

Os membros da comissão — e James — estariam ali em menos de quatro horas, com mais alguém para filmar o progresso dos candidatos a fim de enviar o vídeo para seu ex na Itália.

Ela fez um grande esforço para afastar a sensação de derrota que queria tomar conta de si e então respondeu:

— Espero que sim. E você?

Anne deu de ombros.

— Quem sabe? Eles vão adorar ou odiar o que estou fazendo. Mas, sinceramente, quer gostem ou não, não me importo muito.

— Como assim? — Vicki ficou confusa. — Achei que quisesse a bolsa.

— Ah, sim, quero. Pra caramba. Seria fabuloso ter o dinheiro, sem falar nos contatos. — Anne encolheu os ombros. — Mas nada disso muda o que eu acho do meu projeto. Portanto, a opinião deles é meio irrelevante, não acha?

Vicki teve que concordar. Anne tinha razão. Mais do que razão, na verdade.

— Como conseguiu ser tão esperta tão cedo?

— Nas batalhas da vida, querida. Quando me dei conta de que já tinha me maltratado mais do que eles jamais conseguiriam, resolvi ser gentil comigo mesma. — Ela fez uma cara engraçada. — Preciso achar um jeito mais sexy de dizer isso.

— Não precisa, não — Vicki disse suavemente. — Gentileza é muito sexy.

Era o que Ryan já havia provado a ela várias vezes.

— Quer um café? — Quando Vicki balançou a cabeça negativamente, a amiga sorriu, dizendo com precisão excepcional: — Sendo assim, vou deixar você sossegada com seus pensamentos safados com o Senhor Maravilha.

Ai, meu Deus, ela era tão transparente assim?

CAPÍTULO OITO

Naquela noite, quando Ryan entrou pela porta, o sorriso dele animou-a em pontos onde o sorriso de um amigo ao olhar para uma amiga não deveria atingir. Mesmo assim, ela tentou não se punir por ser uma mulher normal com hormônios normais. É claro que se inflamava com ele. Com quem isso não aconteceria?

Uma coisa era sentir essas ondas de desejo pelo homem maravilhoso que vinha em sua direção. Outra coisa era ser imbecil a ponto de realmente fazer alguma coisa quanto a isso.

Claro, ele não tornava fácil sufocar seus hormônios femininos perfeitamente normais ao vir em sua direção para um abraço. O que ela não daria para derreter nos braços dele...

— O cheiro está uma delícia. Você encontrou tudo o que queria na cozinha?

— Tá brincando? — Ela se afastou dos braços dele. — Nem *chefs* profissionais têm tanta coisa. Não sabia que você gostava de cozinhar.

Ele ficou meio constrangido.

— Não gosto. Uma moça com quem saí durante um tempo estava fazendo um curso de culinária, então...

Ela se voltou para o fogão, fingindo não se importar com o fato de que outra mulher já havia cozinhado para Ryan ali, uma mulher que provavelmente era alta e magra, com seios e bumbum perfeitos. Como Vicki não podia fazer nada a respeito dos centímetros a menos em altura — nem das medidas a mais no quadril —, ela intimamente disse a si mesma para deixar de agir como boba.

Claro, lembrar com nitidez das namoradas que ele tivera na escola e de algumas fotos de jornais com as belas companheiras desses últimos anos também não ajudava muito. Era o lado ruim de conhecer alguém tão bem por tanto tempo. Não havia muita coisa desconhecida, mesmo que isso fosse desejável.

— Assisti aos últimos minutos do seu jogo. Parabéns pela vitória! — ela comentou com vivacidade, querendo ultrapassar aquele momento um tanto constrangedor. Ryan não jogara, mas ela gostara de ver relances dele na reserva.

— O time deste ano é muito bom. — Ele roubou uma fatia de pimentão da tábua. — Se tudo continuar indo bem, acho que temos uma boa chance de vencer o campeonato mundial de novo.

Quando ele abriu uma garrafa de vinho, ela deu uma olhada na garrafa e depois nele.

— Podemos antes combinar que, se eu apagar de novo, vamos ambos fazer de conta que isso nunca aconteceu e que eu consigo dar conta de beber?

— Combinado. — Ele sorriu e lhe ofereceu uma taça antes de se servir e erguer um brinde. — A finalmente ter ultrapassado a primeira base no torno hoje!

Ela gargalhou, batendo a taça na dele.

— E às ex-namoradas que ficaram completamente enlouquecidas na Williams-Sonoma. — Diante da expressão confusa dele, ela riu de novo e explicou: — É uma loja de coisas de culinária.

Ela estava prestes a tomar um gole quando ele se inclinou, como se fosse contar um segredo.

— Ela não conseguia cozinhar nada que prestasse.

Não deveria ter ficado animada por ser superior, nesse aspecto, à supermodelo que havia abrilhantado a cozinha dele. Mas deixou de lado toda a futilidade ao tomar o primeiro gole do vinho. Soltou um gemido.

— Meu Deus! O que é isso? — Depois de outro gole incrivelmente aveludado, ela não se surpreenderia se o vinho custasse mais do que seu aluguel mensal em Praga.

— Uma das safras especiais de Marcus.

Tomou mais um gole, fechando os olhos para saboreá-lo bem.

— Mais uma razão pela qual você tem a melhor família do mundo. Não imagina quantas vezes eu desejei ser uma Sullivan.

Arregalou os olhos quando se deu conta do que havia acabado de deixar escapar, estupidamente. Pousando logo a taça na mesa, tratou de baixar o fogo, arrumar a salada e levá-la até a mesinha junto das janelas, em vez da imensa mesa da sala de jantar.

Ryan acompanhou-a com as taças de vinho.

— Adorava quando você ia lá em casa. Todos nós gostávamos — ele comentou, assim que se sentaram.

Ela enfiou o garfo em um pepino, tentando não se animar demais com aquelas palavras gentis. O fato de ele estar de camisa social, gravata e calça preta — a mais pura fantasia feminina — não ajudava nada. Ryan de camiseta e jeans era gostoso. De roupa social, haja gostosura! Principalmente quando ela pensava em ajudá-lo a desatar a gravata e depois desabotoar um botão de cada vez, revelando os músculos bronzeados...

— Como foi a reunião com a comissão da bolsa? Devem ter adorado a sua ideia.

Ela pensou nisso um instante.

— A gente nunca sabe o que eles estão pensando com aquelas caras de paisagem.

Ocorreu-lhe como era bom partilhar essas sensações com um amigo de verdade, que a conhecia desde quando ela havia começado a trabalhar duro para capturar o riso na argila. Se fosse outra pessoa qualquer, ela teria que dar uma resposta brilhante e inteligente.

Foi ainda melhor quando ele disse:

— Se eles não gostarem dela... se deixarem que o James ou o seu ex os dominem, é porque são uns idiotas.

— Assim é que fala um amigo de verdade! — Ela sorriu. — Bom, ainda estou assimilando algo interessante que Anne me disse esta tarde.

— Ela é aquela de cabelo azul e verde?

— Era laranja uns dias atrás — Vicki disse, rindo. — Provavelmente ela era a única ali que não estava ligando para a opinião das pessoas sobre o trabalho dela, nem se acabando por causa de um sorriso ou cara feia.

— Está concorrendo à bolsa também?

— Sim. E sei o quanto a deseja. Mas, no final das contas, a coisa mais importante para ela é o próprio trabalho. E não se um grupo qualquer de gente poderosa acha que ela tem talento suficiente para receber uma subvenção.

— Você não tem orgulho do seu trabalho, Vicki?

Boa pergunta. Ela estava tentando responder a ela fazia um bom tempo.

— Tive bons momentos — disse, lentamente —, mas, entre um e outro, às vezes me pergunto se vale a pena.

Ryan baixou o garfo.

— Você tem ideia de quantos arremessos faço em média por jogo? — Quando ela balançou a cabeça, ele continuou: — Quase cento e vinte. Quantos deles você acha que são bons? — Ele não esperou resposta. — Vinte. Talvez trinta. Alguns caras se punem por isso, mas o meu primeiro treinador fez que eu soubesse que beisebol não é uma questão de perfeição. Primeiro tem que ser divertido, depois uma competição para ganhar.

— Parece que teve um treinador muito bom.

— Um dia espero ser tão bom com meus filhos como o meu pai foi com a gente.

Vicki sentiu o coração se apertar.

— Queria ter conhecido o seu pai. — Ela o olhou, pensativa. — Mas suponho que, de certa forma, eu tenha conhecido, ao conviver com você e seus irmãos. Obviamente, pela família maravilhosa que formou, ele deve ter sido um homem extraordinário.

O olhar fixo de Ryan era tão intenso que ela ficou pensando se tinha dito algo errado. Por fim, ele falou:

— Desde que você ame o que faz, Vicki, vale a pena.

O friozinho na barriga diante do olhar dele fez com que se sentisse atordoada ao levar a salada e trazer um imenso prato de *goulash* e pedaços crocantes de pão.

— Como foi sua reunião depois do jogo? — perguntou. Ele não havia contado do que se tratava, mas ela imaginou que fosse alguma coisa relacionada ao Hawks.

— Correu bem. Achei que fosse mais fácil animar as pessoas a levar o esporte de novo para as escolas, mas levamos três meses para arrumar o primeiro patrocinador sério. Felizmente, acho que desta vez estamos perto disso.

Ela não conseguia parar de notar como Ryan era diferente de seu ex-marido. Se Anthony fizesse qualquer coisa boa a alguém, ele anunciaria bem alto. Será que Ryan teria mencionando esse trabalho se ela não houvesse perguntado da reunião?

— Você está angariando fundos para levar o esporte às escolas de novo?

— O esporte é o primeiro alvo, depois vêm os programas de arte, se eu conseguir o suficiente para ambos.

Sabia que estava sorrindo para ele feito boba, mas ele era o *máximo*.

— Que fantástico, Ryan! Afinal, não sei se seria escultora se não fosse pelas aulas que tive. O professor Barnsworth me disse que o cinzeiro que fiz em suas aulas deveria estar em um museu. Ser professora de arte sempre foi o meu plano B. Pelo menos, antes de terem acabado com isso.

— Ser professor de educação física era o meu plano B.

— Você pensava em ser professor?

— Até me chamarem para jogar profissionalmente, sim.

Como é que ela não sabia disso? E por que isso o deixava ainda mais bonito? Dava para imaginar como seria em sua antiga escola se ele houvesse se tornado professor em vez de jogador de beisebol. Toda vez que o professor Sullivan passasse pelos corredores, o risinho das meninas apaixonadas seria ensurdecedor.

— Eu fui substituta durante um tempo — ela contou —, logo depois da faculdade. — Até se casar com Anthony e ele sustentar a ambos com suas esculturas. Ela havia ficado agradecida, mas não tão agradecida quanto ele queria.

— Nossa, aposto que os doidinhos sortudos das classes onde deu aula não ouviam nada do que você dizia.

Ela nunca havia pensado em si mesma como alvo de paixonites de adolescentes. Ryan teria razão? Será?

— Talvez isso explique por que pareciam estar sempre aéreos.

— Provavelmente também não ficavam na parte da frente da sala.

Ela quase cuspiu o vinho que engolia.

— Coma de uma vez. Não fica muito bom frio.

Ryan comeu um pouco do *goulash*. Depois, mais um pouco. E mais um pouco ainda, dizendo de boca cheia:

— Não acredito que fez isso! — Engoliu mais um tanto. — É a melhor coisa que já comi.

— Obrigada, mas nós dois sabemos que o espaguete da sua mãe é melhor. Só um pouco — ela brincou —, mas melhor.

Fazia anos que não se sentava à mesa com a imensa e barulhenta família Sullivan, mas nunca havia se esquecido de como a comida era boa. Ou de como era divertido ficar rodeada de tanto riso.

— Aliás — ela disse, depois de terem comido em um silêncio amistoso por uns minutos —, andei pensando mais sobre os últimos acontecimentos e o Anthony na comissão. Acho que o James não vai mais tentar nada. Não sabendo que meu ex-marido está vindo da Itália. — Ela afastou o restante do *goulash* com o garfo. — É maravilhoso você fingir que é meu namorado, mas não posso permitir que deixe a sua vida de lado por minha causa.

— Não estou deixando nada de lado — ele revidou com as sobrancelhas franzidas.

— Ouvi você cancelando seus encontros — ela o lembrou.

— Se soubesse que você estava de volta à cidade, eu os teria cancelado do mesmo jeito. — Ele pegou os pratos e tomou o rumo da pia. Quando ela se levantou para ajudar a lavar as panelas, ele serviu mais uma taça de vinho. — Você cozinhou. Eu lavo.

Não havia nenhuma implicação sexual no que ele havia dito. Estavam falando de louça suja, pelo amor de Deus. No entanto, essa ordem sutil para que relaxasse provocou-lhe um calor imenso pelo corpo. E, ao pegar um banquinho da cozinha, Vicki não pôde deixar de apreciar a imagem dele: um homem grande e forte, com espuma de sabão pelo braço, mesmo podendo muito bem ter um monte de empregados fazendo tudo de que precisava.

Por isso, em vez de se sentar, ela pegou um pano de prato e começou a secar a louça que ele lavava. Precisava ocupar as mãos com algodão e porcelana para que elas não se ocupassem com os músculos firmes de Ryan.

— Ei — ele disse, erguendo uma sobrancelha ao vê-la guardar os pratos. — Achei que estava bebendo um vinho, sossegada.

— Estava, e agora estou ajudando você.

Fingiu não enxergar seu ar de quem não estava acostumado a ser ignorado quando queria que uma mulher fizesse algo. Seria assim na cama também? Ele lhe diria como a queria e esperaria isso dela se quisesse que ele a agradasse...

Flagrou seus olhos escuros e quase deixou a taça de vinho cair ao perceber que ele a havia surpreendido com suas fantasias. Afastando-se com a taça, rezou para que ele não descobrisse o que a havia deixado tão atrapalhada. Céus, esperava que ele não pudesse notar como estava excitada só de lavar a louça do lado dele.

— Não quero que baixe a guarda perto dele, Vicki. Ainda não. Vamos esperar mais uns dias antes de encerrar nossa encenação de namoradinhos da escola.

Como poderia reclamar de Ryan estar preocupado com ela se fora ela a arrastá-lo para essa situação ao entrar em pânico 24 horas antes?

E por que se chateava tanto quando ele se referia a essa encenação como sendo exatamente o que era?

— Se você vai se sentir melhor assim, está bem.

— Eu *vou* me sentir melhor. Bem melhor.

Trabalhando juntos, logo lavaram e guardaram a louça, e ele levou as taças de vinho para a sala. Colocou-as na mesinha e ligou a tevê.

— O que você quer ver?

Duas horas no sofá junto de Ryan. Como sobreviveria?

— Um filme de terror.

Ele lhe lançou um olhar surpreso.

— Sério? Você quer ver um filme de terror?

— Adoro. — Na verdade, não muito, mas, se ficasse bem apavorada, poderia abstrair-se daquela excitação toda.

— Achei que gostasse de comédias independentes no tempo da escola...

Ficou vermelha por ele ter se lembrado de algo tão insignificante sobre ela. Ryan tinha razão. Gostava de filmes como *Clerks* e *O Casamento de Muriel*, e, mais ainda, do fato de que seus diretores briguentos haviam se dedicado a uma concepção própria e obtido sucesso. Desejara uma fração desse sucesso para si mesma. Ainda desejava.

— Não se preocupe — ela provocou. — Não conto a ninguém se você quiser tapar os olhos durante as cenas assustadoras.

— Nada como um amigo que nos dá cobertura — ele provocou também, enquanto olhava os filmes disponíveis. — Que tal este? — Apareceu *Halloween* na tela plana. — É um clássico. — Sorriu e acrescentou: — O primeiro da série era praticamente independente.

— Parece ótimo. — Ela dobrou as pernas, cobrindo-se com um cobertor que estava no braço do sofá, embora ficar tão perto dele já a deixasse quente o suficiente.

Tendo visto apenas alguns filmes de horror, sempre de olhos semicerrados e com a mão no rosto, ela já sabia que devia esperar muito sangue. Em vez disso, Halloween começava com um casal de adolescentes excitando-se pra valer em um sofá.

Vicki agarrou o cobertor, tentando acalmar a respiração à medida que o beijo ficava cada vez mais ardente. Sentiu que o coração lhe sairia pela boca quando os jovens se separaram e foram para o quarto da garota.

Ainda bem, pensou, relaxando nas almofadas. Quem sabe, se tivesse sorte, um deles seria esfaqueado logo na cena seguinte.

Em geral, ela ficaria apavorada de ver um irmãozinho maluco pegando a imensa faca de cozinha, mas qualquer coisa era melhor do que continuar a ver dois jovens, da mesma idade dela e Ryan quando se conheceram, transando e se agarrando. Sim, ela estava bem preparada para...

— Ai, meu Deus!

O garotinho da cena enfiou a faca na irmã, e Vicki não se conteve e pulou nos braços de Ryan, escondendo a cabeça no peito dele.

CAPÍTULO NOVE

Ryan imediatamente desligou a tevê. Acariciou as costas dela e, mesmo sabendo que era uma péssima ideia ficar tão perto dele, ela não conseguia pensar em se afastar de seu colo, pois seu coração batia forte e a imagem do sangue jorrando não lhe saía da cabeça.

— Tudo bem, Vicki — ele disse, gentil. — É só um filme bobo. Não é de verdade.

— Eu sei — ela respondeu, mas sua voz tremeu ao confessar: — Eu só tinha assistido aos filmes do Chucky, do boneco que ganha vida. — Aqueles eram assustadores, mas nada comparados com a facada que haviam acabado de ver.

— Podíamos ver outra coisa. Só porque sou homem não significa que não possa ver um filminho mais leve de vez em quando.

O medo dela já havia diminuído a ponto de ela se sentir um tanto idiota.

— Não sei onde eu estava com a cabeça...

Não deveria ter erguido o olhar para ele antes de sair de seu colo, mas, entre o medo diminuindo e a excitação aumentando, sua cabeça já não funcionava direito. Infelizmente, tendo a boca de Ryan tão perto que dava para sentir o vinho de seus lábios, ela não conseguiu raciocinar.

As mãos de Ryan ficaram nas costas dela e ele a apertou nos braços. Não conseguia desviar os olhos dos dele, que estavam mais sérios a cada segundo. Tudo o que precisava fazer era se inclinar um tantinho e seus lábios estariam nos dele, e ela poderia beijá-lo como vinha querendo a vida toda... e não só porque estavam fazendo ceninha.

Porém, quando estava prestes a diminuir o espaço entre eles, a cabeça de Vicki se ligou nas razões para não fazer isso, e a maioria delas começava e terminava na nítida imagem de Ryan tentando ser gentil enquanto a tirava do colo... e a afastava de sua boca. Ele se esforçaria para encontrar as palavras certas para lhe dizer que, embora ficasse lisonjeado com a atenção dela, valorizava demais a amizade deles e não queria colocá-la em risco.

E ela ficaria se sentindo a tonta que de fato haveria sido ao se convencer de que não tinha problema ceder à tentação.

Movimentando-se tão rápido quanto seu corpo desajeitado permitiu, ela saiu do colo de Ryan.

— Sabe de uma coisa? O dia amanhã vai ser cheio, e você tem que jogar, então, acho que é melhor irmos pra cama. — Ela se levantou e depois se concentrou em dobrar o cobertor em um retângulo perfeito.

Estava colocando o cobertor no braço do sofá quando Ryan se levantou e disse:

— Tem razão, é melhor deixarmos o filme para outra hora.

Vicki reprimiu a decepção por ele obviamente querer se afastar dela.

Era melhor assim. Não arriscaria a amizade deles. Ainda mais agora, quando enfim se reencontraram depois de viverem anos em lados diferentes do mundo.

Estava a meio caminho do quarto, com Ryan a um passo dela, quando ele perguntou:

— Alguma chance de você assistir ao jogo amanhã?

Se fosse qualquer outro homem pelo qual estivesse atraída, ela teria dito não para se preservar. No entanto, além de não querer deixá-lo na mão, também queria vê-lo jogar de novo.

Ela sorriu para ele ao colocar a mão na maçaneta:

— Eu não perderia essa chance.

Ele sorriu também, sem diminuir a intensidade do olhar.

— Ótimo. — Fez uma pausa, e ela pôde jurar que ele lutava com alguma coisa. Depois, acabou dizendo: — Boa noite, Vicki.

Ao entrar no quarto e fechar a porta, ela se agachou, levando as mãos à cabeça. Havia chamado Ryan para ajudá-la em uma situação embaraçosa com James. Mas começava a achar que havia se metido em uma situação ainda mais embaraçosa com ele.

Uma situação em que as fantasias ininterruptas de ser mais que uma amiga corriam o risco de desfazer uma amizade muito querida.

Ryan sentia-se muito mal na manhã seguinte. Duas noites sem dormir, combinadas com um tesão que não passava, o levaram à praia às primeiras luzes do dia, na tentativa de curar com uma corrida algo parecido com ressaca. Seria o lançador no jogo de hoje e sabia que não deveria exagerar, mas depois da corrida foi direto para os aparelhos de ginástica que tinha em casa.

Ainda sentia a respiração quente dos lábios de Vicki e o modo como as curvas dela pressionaram sua virilha e o peito no momento em que ela pulara em seu colo, na noite anterior, deixando que ele acalmasse seus medos. Embora o filme a tivesse assustado muito, ele não conseguia se arrepender de tê-la segurado por alguns incríveis momentos por causa disso.

Nunca havia sentido tanta vontade de beijar alguém! E quase se convencera de que não haveria problema em ceder a esse desejo poderoso quando ela saltara de seu colo e praticamente saíra correndo para o quarto, a fim de se afastar dele.

Ele havia oferecido o quarto de hóspedes porque ela precisava da ajuda de um amigo. Jamais se perdoaria se Vicki pensasse que ele esperava sexo como pagamento pelo favor, mas não a culparia se estivesse pensando isso por causa do modo como ele vinha agindo.

Além disso, a rapidez com a qual ela queria acabar com o "relacionamento" deles o preocupava. Assim que terminasse de se exercitar, ligaria para Rafe a fim de pressioná-lo por mais informações sobre James.

Um rock pesado martelava enquanto ele se exercitava nos aparelhos, antes de passar para os pesos. Porém, mesmo estando com um tesão frustrado demais que não tinha saída no que dizia respeito a Vicki, ele não era estúpido de se exercitar a ponto de lesionar o ombro direito. Pegou uma toalha limpa de uma prateleira e enxugou o rosto enquanto descia para a cozinha.

Junto do liquidificador, que acabava de desligar, Vicki ergueu o olhar para ele.

— Quer um pouco da minha vitamina de frutas?

— Deve estar ótima. Obrigado. — Distraidamente, massageou o ombro ao pegar um pacote de gelo no congelador e colocar nele. — Você dormiu bem?

— Como não, naquela cama?

O sorriso dela pareceu-lhe um pouco vivo demais, mas, uma vez mais, era ele sendo irritadiço e canalha — e com tesão, de novo.

— Seu braço está doendo? — Ela lhe deu um copo cheio de vitamina.

Ryan deu de ombros.

— Sempre uso gelo depois de fazer exercícios.

— Tive uma amiga que trabalhava com mármore. Ao final do projeto, ela começou a ter dores fortes. — Vicki esboçou um sorriso. — Diz ela que foi graças à minha massagem que conseguiu chegar ao fim do projeto. — Flexionou os dedos na frente dele. — Você está olhando para as mãos muito fortes de uma escultora.

Oh, inferno! Não havia nada que desejasse mais no mundo do que uma massagem dela, mas não sabia se teria força de vontade suficiente para aguentar se ela o tocasse.

— Gostaria muito, mas...

A fisionomia dela mostrou desapontamento, mas ela disfarçou com um sorriso.

— Tenho certeza de que tem massagistas maravilhosas entre o pessoal do treino, gente que de fato sabe o que faz.

Droga! Ele a havia chateado. Isso era a última coisa que queria.

— Na verdade, uma massagem seria ótima. — Quando ela hesitou, ele disse: — Onde quer que eu fique?

— Uma dessas cadeiras da cozinha deve servir bem para que você fique na altura certa.

Ele procurou esconder sua ereção ao se sentar. Sentiu o cheiro de frescor e limpeza quando ela se posicionou atrás dele e teve que se segurar quando Vicki o tocou. Nunca seus ombros estiveram tão tensos como quando ela apoiou as mãos neles.

— Me diga se precisa ser mais forte. Ou mais fraco.

A ereção dele imediatamente mandou às favas suas noções do que era certo ou errado em uma amizade.

Vicki começou a friccioná-lo, e ele entrou ao mesmo tempo no céu e no inferno à medida que o prazer e a tortura abateram-se em ondas sobre ele. Felizmente, ela não falou nada, então, ele também não precisou falar. Ela havia aberto as portas que davam para o deque, então ele ficou tentando se concentrar nas ondas batendo na costa e não em como ela cheirava bem... ou no fato de que ela parecia saber exatamente como ele gostava de ser tocado. Se ela sabia como massagear o ombro dele, isso significava que saberia também exatamente como ...

Ele soltou um palavrão em voz alta.

Vicki sobressaltou-se.

— Machuquei você?

— Não. — Como ele ficaria de pé sem que ela visse o que seu toque inocente havia provocado? *Desce, garoto!* — Foi ótimo. É que acabei

de me lembrar de uma coisa que eu devia ter feito ontem à noite. — Isto é, enterrar o desejo por ela.

Quando conseguiu controlar a ereção para poder se virar, ela estava pegando as chaves e a bolsa.

— Bom, vou ter mesmo que sair. Vejo você no estádio à tarde.

Ela saiu antes que ele pudesse se desculpar por ser um safado.

Quando estava prestes a entrar em uma ducha bem fria, o telefone tocou. Ao ver que era Rafe, desligou o chuveiro e atendeu.

— Descobriu alguma coisa?

— Talvez. James Sedgwick gosta de umas coisas bem esquisitas. Em geral, práticas sadomasoquistas pesadas, o que não é muito incomum diante de certas coisas que vejo por aí.

— Mas ainda não está convencido de que ele esteja limpo.

— Essa sua amiga que ele estava assediando é escultora, certo?

Ryan entreabriu a boca tensa apenas o suficiente para dizer:

— É, sim.

— Imagino que seja bonita, não?

Ryan se lembrou dela no sofá na noite anterior, com os grandes olhos verdes ligeiramente dilatados por causa da sala escura, a boca carnuda implorando para ser beijada.

— Você nem imagina o quanto.

— Até onde sei, todo ano, ele escolhe uma moça como sua amiga. Aí, no final do ano, depois de encaminhar a moça para algum prêmio de carreira, ele a substitui. Imagino que ele queira que sua amiga preencha a vaga deste ano.

Ryan quase arrebentou o celular enquanto olhava às cegas para o mar.

— Isso. Não. Vai. Acontecer.

Só a ideia de deixar aquele pervertido olhar para Vicki e ter fantasias de amarrá-la e machucá-la para seu prazer sexual fez com que cerrasse os punhos.

Vicki achava que eles poderiam "se separar" e tudo ainda ficaria bem. Achava que havia reagido de modo exagerado diante dos avanços daquele maluco.

Se acontecesse qualquer coisa a ela, Ryan não só nunca mais se perdoaria como acabaria indo para a cadeia, pois mataria James sem sequer pensar.

Foi então que a verdade o atingiu com a força de um terremoto.

Era claro que a amizade de Vicki significava muito para ele. Também era fato que sempre a desejara, desde o primeiro instante em que caíra sobre ela na escola. Por isso, nesses últimos dias, havia sido fácil considerar, primeiro, a amizade deles, e depois a carência, o desejo insondável que sentia por ela, como as razões para protegê-la e conservá-la por perto.

No entanto, a principal razão era mais profunda do que amizade. Ryan não só queria Vicki, não só ansiava por seu riso, suas curvas e sua boca, desejando-a na dele. Ele a amava! E todas as outras mulheres com quem saíra desde o dia em que ela entrara em sua vida estavam apenas ocupando um lugar que já tinha dona.

CAPÍTULO DEZ

Ryan programou a chegada ao estacionamento do Hawks justamente para interceptar Judy, uma jornalista da ESPN.com. A relação com alguns desses jornalistas era puramente profissional, mas, desde que ele havia sido o responsável por apresentá-la ao marido, alguns anos antes, eles passaram a ter um contato amigável.

Mesmo assim, isso não significava que ela não divulgaria qualquer coisa que pudesse saber dele.

Particularmente hoje, ele estava contando com Judy.

— Como vai o John?

Ela sorriu, parecendo ainda tão feliz no casamento quanto uns dois anos antes, quando ele fora à cerimônia.

— Ótimo, obrigada, embora tenhamos recentemente adotado um cachorrinho que está nos ocupando bastante. E fazendo cocô em todo canto!

— Se precisarem de uma treinadora, avisem. Conheço uma das melhores.

— Sinceramente, aceito qualquer ajuda.

Depois de ele lhe dar o nome de Heather e o telefone da Top Dog, ela se voltou para os assuntos profissionais de praxe:

— Até agora, você tem tido um ano excelente. Mais um jogo antes das finais. Como se sente em relação ao jogo de hoje?

— Nunca me senti melhor.

Ela ergueu as sobrancelhas diante da resposta enfática.

— Mesmo? Algum motivo em especial?

Ryan deu-lhe um sorriso e se aproximou.

— Na verdade, existe, sim.

Apesar de todas as chateações com James e Anthony, Vicki não se lembrava da última vez que havia tido um dia tão bom no ateliê. Era provavelmente todo o desejo sexual reprimido canalizado para o trabalho que estava dando um grau extra a ele. Só Deus sabia que ela tinha que colocar todo esse desejo ardente represado em algum lugar!

Fez uma pausa, alongando as costas e o pescoço, usufruindo do sol que entrava pelas janelas do pequeno cômodo. Quando saltou da cadeira, derrubou o iPod e os fones de ouvido no chão.

Droga! Já eram 18 horas!

Havia planejado voltar para a casa de Ryan, tomar um banho e ajeitar o cabelo com o secador, talvez até fazer uma maquiagem antes de ir para o jogo. Em vez disso, mal tinha tempo para lavar as mãos, tirar o legging e a blusinha sujas de argila e colocar o vestido florido e as sandálias rasteirinhas com as quais viera. Vicki rosnou ao se dar conta de que seus seios quase saltavam do decote. Não havia planejado usar isso em público, mas se consolou com o fato de que ninguém olharia para ela. Principalmente se alguns dos irmãos de Ryan estivesse por perto, vendo o jogo.

Ryan havia sido o melhor amigo do mundo naquela semana, e ela nem conseguia chegar na hora do jogo dele! Que droga de amiga.

Já que não tinha tempo para caprichar na maquiagem, nem se importou em se olhar no reflexo da janela ao pegar a bolsa, os óculos escuros e as chaves do carro de Ryan no balcão azulejado. Nem quis saber como estava o cabelo encrespado.

Quinze minutos depois, ao chegar à área reservada do estacionamento do estádio indicada por Ryan, teve que fuçar a bolsa para encontrar o cartão especial que liberaria o portão. Depois que lidou com as rigorosas vinte perguntas da segurança e com a verificação de sua identidade, um barulho imenso no estádio indicou-lhe que o jogo havia começado. O suor escorria-lhe pelos seios quando ela estacionou entre dois carros importados e tremendamente caros. Não era para menos que chegar ali era como penetrar em uma fortaleza.

Estava correndo para a entrada do estádio quando sentiu um zumbido no quadril. Revirou a bolsa de novo para pegar o celular e ficou surpresa ao ver várias mensagens e chamadas não atendidas de Ryan.

Ligue assim que receber esta mensagem.

A primeira mensagem havia chegado várias horas antes, mas ela trabalhara o dia todo com fones de ouvido e não havia pensado em verificar o celular. Ele sabia que ela sempre ouvia música quando trabalhava, mas provavelmente não se dera conta de que estaria com fones de ouvido, já que não poderia ouvir o som alto como fazia na garagem.

Quinze minutos depois, ele havia escrito de novo.

Nada de sinal de celular agora. Se eu não atender, chegue cedo no estádio e chame por mim.

E depois, quinze minutos antes, ele havia enviado outra.

O jogo vai começar. Onde você está?

Apertando o passo, ela mostrou o ingresso na entrada. Os subterrâneos do estádio eram um labirinto de corredores escuros, e ela levou um longo tempo para encontrar a saída certa e dar com a luz.

Ainda procurava a fileira de assentos quando sentiu uns braços fortes em volta de seu pescoço.

— Vicki! — Reconheceu Lori, a irmã de Ryan, de imediato. — Faz tanto tempo que não vejo você! Fiquei doida quando Ryan me disse que viria hoje. Ele me pediu pra ficar de olho em você.

Enquanto Lori pegava sua mão e a arrastava pelos degraus até seus lugares, ela rapidamente a informou sobre tudo do mesmo jeito superveloz que tinha quando menina:

— A Sophie não estava a fim de jogo hoje. Parece até que faz anos que está grávida. Sabe que ela vai ter gêmeos, né? Ainda bem que vai ter dois, porque estou fora dessa de filhos, depois de ver como ela e a mulher do Chase ficaram imensas. — Lori parou um degrau acima da fileira delas. — Você lembra do Zach, né? Esta é a noiva dele, Heather. Ganhei a aposta de que ele se apaixonaria por ela.

Vicki não pôde deixar de rir diante do monólogo acelerado de Lori, enquanto cumprimentava Zach e Heather.

Acabara de se ajeitar em seu lugar quando uma voz grave e bastante conhecida disse:

— Desculpe, me atrasei.

Ai, Deus. Vicki não acreditava que Ryan havia se esquecido de lhe contar que Smith Sullivan vinha para o jogo. Ele pagaria por essa pequena surpresa.

Mas, antes que pudesse se voltar para dizer oi para um dos maiores astros de cinema do mundo, a vez de jogar mudou e Ryan foi para a base de arremesso.

Ele parou a meio caminho a fim de olhar as arquibancadas, e ela viu o alívio no lindo rosto dele ao vê-la.

Ela acenou, antes de lembrar a atenção que chamaria para si. Ele piscou para ela antes de assumir sua posição.

Quando um monte de olhares se voltaram para ela — não só porque Ryan acabava de piscar para ela, mas também porque Smith Sullivan estava bem a seu lado —, Vicki se deu conta de como sua vida havia ficado surreal.

Havia uma semana, alugava um apartamento-estúdio em Praga enquanto fazia negócios cotidianos entre comida e argila.

Agora, não só estava morando em uma mansão à beira-mar e dirigindo um carro esportivo em São Francisco como estava andando com as pessoas mais bacanas do pedaço.

Superficialmente, parecia que ela havia de fato percorrido um *longo* percurso desde os tempos de garota artista e esquisita da escola.

Engraçado como as aparências enganavam.

Claro, agora que ela e Ryan não precisavam mais fingir um namoro, toda essa diversão estranha com carros chiques e amigos famosos logo acabaria.

Sinceramente, ela não sentiria falta do luxo.

Sentiria falta de Ryan.

— Não me lembro — Lori disse. — Você chegou a conhecer o Smith quando éramos crianças? Ou ele já estava na faculdade?

Uma vez que Vicki só conseguiu sacudir a cabeça feito uma boba, Smith gentilmente disse:

— Muito prazer em conhecer você, Vicki. Então, como ficou conhecendo esta tropa bagunceira?

Smith era ainda maior e mais bonito em pessoa do que na tela. Curiosamente, porém, embora a fama dele a deixasse um bocado nervosa, ficou surpresa ao perceber que não se sentiu excitada nem incomodada. Apenas um Sullivan mexia com suas partes femininas.

Pena que *esse tal* Sullivan fosse um amigo bom demais e nem pensaria em se beneficiar delas e atrapalhar tudo.

— O Ryan e eu fomos amigos na escola. Acabei de me mudar de volta para São Francisco.

Smith sorriu, e ela perdeu um pouco o fôlego. Bom, talvez não quisesse pular em cima dele, mas mesmo assim era humana. E bilhões de mulheres bem casadas mundo afora teriam ficado esbaforidas se estivessem usando as sandálias simples dela nesse momento.

— Mudou de onde?

— Praga foi o último lugar onde morei.

— Ela é escultora. — Lori enfiou um punhado de jujuba na boca. — E maravilhosa. Quer um pouco?

Vicki pegou algumas das balinhas coloridas, mas não as levou à boca, com medo de fazer alguma coisa constrangedora, como se engasgar.

— O que Ryan acha de suas esculturas?

Vicki percebeu no olhar de Smith que ele via exatamente como ela se sentia em relação ao irmão mais novo dele.

Ela corou quando, por fim, conseguiu responder:

— Ele sempre me encorajou.

— Ele tem um monte delas e diz que as esculturas são o máximo, Smith. Eu também. Todos nós. — Lori se inclinou para o irmão e, em seguida, se voltou para Vicki de novo. — Depois que o Ryan contou que você estava de volta, trabalhando para ganhar a bolsa, eu e a Heather fomos até a galeria da instituição ontem à noite e compramos duas daquelas esculturas maravilhosas de rio pra minha casa. Qualquer dia, quando tiver mais grana, vou querer uma das grandes. Tive que fazer malandragem para passar a perna na Heather, não foi?

Vicki diria que Heather deu um sorriso afetuoso e irritado para Lori.

— Eu as vi primeiro, mas aí ela as comprou quando eu estava de costas.

— Desculpe por minha irmã ser tão infantil — Zach disse para a namorada, e Vicki não pôde deixar de notar que ele a olhava como se ela fosse a mulher mais linda do mundo.

— Não finja que não foi você quem a ensinou a ser malandra — Heather murmurou, fazendo Zach rir antes de beijá-la, como se não estivessem no meio de um estádio de beisebol.

— Eles fazem isso *o tempo todo* — Lori comentou, revirando os olhos e fazendo Vicki rir de novo.

A namorada de Zach era muito bonita, de um tipo bastante natural e não vistoso. Quem diria que o namorador Zach, que estivera um ano à frente dela e de Ryan na escola, sossegaria com uma mulher tão adorável e despretensiosa? E que parecia completamente apaixonada por ele, assim como ele por ela?

Lori interrompeu seus devaneios ao falar com Smith:

— O trabalho artístico da Vicki é lindo, inteligente e supersensual.

— Imagino mesmo que sim — concordou Smith, com sua voz profunda e milionária.

Vicki se sentiu corar diante da insinuação de que ele a achava sexy, e Lori atirou uma jujuba nele.

— Dá um tempo, Smith. — Ela fez uma careta para Vicki. — Ignore-o. Ele não aguenta quando uma mulher não se joga em cima dele. O Zach costumava ser assim — ela apontou o dedo sobre o ombro — até encontrar o amor *verdadeiro*.

Lori disse essas palavras com um pouco de sarcasmo, embora fosse óbvio que Zach e Heather estivessem realmente enlouquecidos de amor.

— Você já foi casada, né, Vicki?

— Fui.

— Sente falta?

Ficou atônita com a pergunta.

— Do casamento ou do meu ex?

— Suponho que tenha se divorciado porque seu ex era um babaca — Lori respondeu.

Vicki gargalhou.

— Não sabia que você o conhecia — ela brincou.

Lori deu um sorriso, depois esclareceu:

— Me refiro a essa parte de viver com alguém. Saber que vai acordar com a mesma pessoa todo dia. Ter alguém a quem contar primeiro as coisas boas e as ruins. Saber que, se você apagar na frente da tevê no fim do dia, em vez de ter uma transa ardente, isso não significa que deixou de amar.

— Meu ex era também escultor e ele... — Vicki fez uma pausa — ... abraçou o estilo de vida de um artista, *se* é que me entende. Era tudo um pouco sem pé nem cabeça.

E nada convencional. Fora isso que achara tão interessante no início. A única coisa tradicional que ele fizera fora se casar com ela. Mas tivera suas razões para isso, sendo a maioria delas relacionada a quem tinha o poder no relacionamento, desde o primeiro dia em que a conhecera, a jovem escultora fascinada.

Vicki ficou surpresa ao perceber que Ryan era a única pessoa com quem tinha feito as coisas que Lori relacionara.

Felizmente, naquele instante o jogo começou, a conversa morreu e ela pôde treinar o olhar no campo, onde Ryan estava fazendo seu primeiro arremesso. Ele era magnífico. Todo o talento puro de seus tempos de garoto havia amadurecido e ele tinha se transformado naquele astro atlético.

Em questão de minutos, ele derrubou todos os batedores. A multidão cantava o nome dele, e ela ficou surpresa quando ele sorriu para ela de novo.

De repente, toda a torcida deu vivas!

— Ai, meu Deus, não acredito que nenhum de vocês tenha dito nada! — Lori deu um gritinho de alegria e abraçou Vicki. — Parabéns!

Sobre o ombro de Lori, Vicki finalmente entendeu a razão dos vivas de todos:

PARABÉNS, RYAN SULLIVAN E VICKI BENNET PELO NOIVADO!

Um retrato de Ryan tomou metade da tela imensa, e uma foto de Vicki, rindo de alguma coisa que Lori havia dito minutos antes, estava ao lado dele, com um monte de pequenos corações em rosa e vermelho.

James já não estava contente por ter enfiado Anthony de novo na vida dela? Tinha que divulgar à imprensa o relacionamento dela com Ryan e ainda piorar as coisas dizendo que eram noivos e não apenas namorados?

Quando ela olhou de novo para o campo, Ryan ainda estava na base, olhando para ela. Sabia que precisava se segurar, mas de que jeito, quando uma bela mentira havia se espalhado assim?

Parecia que tudo estava em câmara lenta quando Ryan levou a mão à boca e jogou-lhe um beijo.

A multidão gritou de novo, e tão alto que seus ouvidos começaram a zunir. Smith passou os braços pelos ombros dela e disse:

— Se puder, sorria, Vicki. — A voz dele estava calma. Tranquilizadora. — Olhe pro Ryan e finja que estão só os dois aqui. Um sorriso. É só o que precisar fazer, e vai ficar livre de tudo por enquanto.

Vicki deu um jeito de seguir o passo a passo de Smith, tentando se convencer de que provavelmente ainda dariam risada de tudo aquilo um dia. Deu um jeito não só de sorrir para Ryan, mas também de lhe jogar um beijo.

Depois de todos esses anos de estrelato, Ryan era um showman perfeito, e pegou com a luva o beijo dela no ar.

— Muito bem — Smith murmurou, e ela ficou felicíssima por ter esse astro do cinema para orientá-la no momento mais apavorante de sua vida.

— Assim que o jogo acabar, quero saber de tudo — Lori disse. — Absolutamente tudo.

O encanto temporário que havia tomado conta dela quando ambos sorriram um para o outro imediatamente desapareceu. Vicki não queria mentir para a família de Ryan, de jeito nenhum. Mas precisava conversar com ele primeiro antes de confessar tudo a seus irmãos.

CAPÍTULO ONZE

Foi o jogo mais longo da vida de Ryan.

Ele nunca deixava de comparecer a um jogo e nunca estava machucado ou tão doente que os médicos do time o deixassem no banco, mas naquela tarde ele quase o abandonara para procurar Vicki. Depois de ligar para o ateliê por meia hora sem parar, alguém finalmente atendeu e disse que ela não estava lá, mas que havia trabalhado a tarde inteira.

Então, quando não a viu com seus irmãos no começo do jogo, foi tomado pelo medo. Durante quinze anos ele mal a havia visto, e agora perdia o controle se ficava alguns minutos sem ter notícias dela. Sabia que era maluquice sua, mas não conseguia evitar. Pois agora estava não só preocupado com James, mas também com a trapalhada imensa que seria se ela descobrisse o que havia feito antes de poder se explicar.

Ryan já estava suficientemente acostumado com a fama para saber que a história de um noivado seu chegaria à internet em questão de minutos. E havia imaginado que alguém no estádio talvez dissesse alguma coisa a Vicki, cumprimentando-a, mas não esperava que a direção do Hawks a saudasse com congratulações no telão.

Sabia que não deveria ficar bravo com eles. Quando um dos jogadores estava feliz, todos ficavam felizes. Se ele e Vicki estivessem de fato noivos, não seria problema nenhum, exceto pelo fato de que ela obviamente não ficava à vontade sob os holofotes.

Mas, sendo tudo uma mentira — que ele havia orquestrado, pois não suportava a ideia de ela deixar a sua vida antes que tivesse uma oportunidade de convencê-la de que podiam ser mais que amigos —, aquilo podia se tornar um grande fiasco.

Os jornalistas fizeram fila para falar com ele. Todos disseram a mesma coisa, um depois do outro:

— Belo jogo, Ryan. Parece que o amor faz bem a você.

Ele sabia que isso fazia parte do trabalho, dar a eles as declarações de que precisavam para os jornais, programas de tevê e blogues, mas, depois de alguns minutos, não aguentava mais. Principalmente quando olhou para as arquibancadas e viu Vicki completamente cercada. Seus irmãos e irmãs estavam com ela, mas era ele quem tinha de estar lá. Protegendo-a. Explicando tudo para ela.

E rezando para ser capaz de fazer com que esse noivado falso tivesse sentido.

O grupo de jornalistas imediatamente abriu caminho para ele, mas, ao se apressar na direção das arquibancadas, o proprietário do time o abordou:

— Parabéns, Ryan! Pela vitória espetacular e pelo noivado.

Era esse o sujeito que autorizava o alto pagamento de Ryan. Ele precisou desacelerar, dar um jeito de sorrir e dizer:

— Obrigado.

— Espero poder brindar pessoalmente a vocês dois na festa do time amanhã à noite.

Ryan só queria mostrar Vicki, reivindicá-la como sua diante de seus colegas de time e patrões. Mesmo que não fosse dele.

E ele ainda nem havia chegado perto dela.

Dez fileiras abaixo do setor de sua família no estádio, ele conseguiu ouvir todo mundo falando com Vicki ao mesmo tempo:

— Parabéns!

— Estamos tão felizes por vocês!

— Como é estar noiva do melhor arremessador do beisebol?

— Já escolheram uma data?

— Onde está seu anel?

Ryan tentou manter-se frio enquanto forçava o caminho pelo bando de pessoas. Desejou ter planejado melhor toda essa história, uma vez que percebia como isso exporia Vicki aos olhos do público. Embora já estivesse acostumado com essas situações, a histeria em torno do noivado era brutal.

Smith não estava por ali, mas, pela meia dúzia de homens imensos de preto, Ryan supôs que seu irmão houvesse chamado sua equipe de segurança para cuidar de Vicki. Lori estava abraçada a ela, e sua irmãzinha se incumbia da maior parte da conversa com as pessoas. Zach e Heather a protegiam do outro lado. Seus irmãos faziam o que podiam para cuidar da mulher que significava tanto para ele.

Ryan jamais conseguiria retribuir o que lhes devia por isso.

Por fim, ele chegou perto o suficiente para puxá-la e dar-lhe um beijo na cabeça. Ela cheirava tão bem, a argila e mulher, e ele fechou os olhos um instante para deixar que esse prazer o envolvesse.

Ao olhar finalmente para as pessoas, estavam todas esperando que ele dissesse algo. Entrelaçando a mão com a de Vicki, ele sorriu.

— Muito obrigado pelo apoio e entusiasmo. Prometo que vamos fazer o melhor possível para vencer as finais e ganhar o campeonato mundial de novo este ano. — Certificou-se de sorrir mais quando disse: — Mas, nos próximos dias, tudo o que quero é ficar sozinho com minha noiva, e tenho certeza de que compreendem isso.

Com essas palavras, ele deixou que Lori, Zach e Heather lidassem com a turba. Subiu com Vicki pelas arquibancadas até uma das portas do fundo, não parando antes de chegar a uma sala privativa do clube.

— Eu tinha tanta certeza de que tudo estava bem, de que James nos deixaria em paz! — ela disse assim que a porta se fechou atrás deles. — Não posso acreditar que ele tenha dito que estamos noivos em vez de só namorando! É como se ele soubesse exatamente como forçar você a admitir que não estamos juntos de fato.

A voz dela tremia, e Ryan se sentiu como se houvesse cimento endurecido em suas entranhas quando ela continuou a falar:

— Desculpe por ter metido você nessa encrenca, Ryan. Se pudesse fazer tudo de novo, não teria contado aquela primeira mentira. Deveria saber que ela aumentaria. As mentiras sempre crescem.

Os últimos oito turnos do jogo deveriam tê-lo ajudado a encontrar um jeito de contar a verdade a ela sem parecer um completo canalha.

Mas não ajudaram.

— Não fique se culpando por ter confiado em seus instintos em relação ao James — ele disse, sabia que estava sendo evasivo, embora falasse sério. Precisava ter coragem e dizer logo. — Você tinha razão sobre ele ser um tipinho detestável, mas não foi ele quem soltou a notícia sobre o noivado para a imprensa.

— Como assim não foi ele?

Ela ficou tão séria que Ryan alisou-lhe a testa com o polegar. Queria lhe dar um beijo, queria que toda essa bobagem desaparecesse para que pudesse recomeçar tudo.

— Tem que ser ele. Você, eu e James somos os únicos que sabemos sobre este suposto namoro.

— Tentei falar com você a tarde toda para explicar isso.

— Explicar o quê, Ryan?

— Porque eu tive que fazer isso.

Ela o encarou, chocada.

— *Você* fez isso?

— Meu primo Rafe é investigador. Ele pesquisou a vida de James. O cara é um traste de primeira. E não quero que chegue perto de você de jeito nenhum. Fiquei preocupado, achando que um cara desse tipo não daria a mínima para um simples namorado. Mas se achar que vamos nos casar... — O olhar dela, um misto de horror e raiva, o interrompeu. Ele continuou: — Depois de falar com o Rafe, só consegui pensar na sua segurança.

— Devia ter me perguntado primeiro. — Cada palavra dela vibrava de emoção, e ela recuou um passo. — Por que não me perguntou antes?

Porque não quero que me deixe.

Ryan passou as mãos pelo rosto.

— Desculpe, Vicki.

— Você sabia que fariam aquela tela de felicitações... e eu usando este vestido horrível?

— Não. — Ele se aproximou e pegou a mão dela, mesmo estando bem claro como ela estava chateada. Mas não suportava a impressão de que a perderia ainda mais, não depois de ter ficado tão perto dela nos últimos dias. — Juro que não sabia. E você está maravilhosa nesse vestido.

— Parece que acabei de lavar o chão.

— Então, de agora em diante, qualquer cara que vir um esfregão vai ficar com tesão. — Ela o encarou por um longo tempo, longo o suficiente para que ele sentisse medo de tê-la perdido de vez. — Sei que atrapalhei tudo, Vicki, mas não suporto a ideia de que alguma coisa possa acontecer com você.

Por fim, o olhar dela se suavizou.

— Ainda acho que devia ter falado primeiro comigo para que eu pudesse convencer você a não fazer isso. Mas sei que teve as melhores intenções.

Ryan havia passado a tarde toda tentando se convencer disso, mas a verdade era que tinha tanto motivos egoístas quanto generosos para fazer o que fez.

— Precisamos contar a verdade à sua família, pelo menos.

— Não. — A palavra saiu cortante. E tão dura que Vicki ergueu as sobrancelhas.

— Detestei mentir para eles hoje.

— Eles entenderiam se soubessem os motivos.

Contar a verdade à família seria como uma ladeira escorregadia — uma ladeira na qual Vicki acabaria escorregando e ficaria fora de seu alcance. Mas ele já havia feito as coisas de seu jeito vezes demais.

— Não vou mais mentir para a sua família. Confio neles e sei que você também confia. — Ela soltou a mão da dele e cruzou os braços. — Se você não contar, conto eu.

Sabia que ela estava esperando uma resposta, mas não conseguia pensar em mais nada além de beijar sua boca maravilhosa, ligeiramente franzida de irritação. O desejo era tão forte que ele não aguentou e deu-lhe um selinho leve.

Ela ofegou, surpresa, descruzando os braços para se firmar.

— Você tem razão. — Ele por fim concordou. — Vamos contar. Que tal um café amanhã de manhã? Contamos para minha mãe também. Sei como ela vai ficar animada por ver você de volta e por saber que temos andado juntos. Você foi a única garota que eu levei até nossa casa.

— Eu?

— É.

Ele estava prestes a beijá-la de novo, mas ela abruptamente deu um passo para trás e se soltou dos braços dele.

— Só espero que não me odeiem por usar você.

— Ninguém jamais odiaria você. — O celular dela tocou dentro da bolsa, e ele disse: — Já deu uma olhada no seu celular depois do anúncio durante o jogo?

Ela balançou a cabeça e pegou o celular.

— Nossa! Tenho quarenta e cinco chamadas perdidas!

Ela deixou o telefone cair como se fosse uma batata quente, e ele o pegou antes que chegasse ao chão. Rapidamente, verificando as chamadas, ele viu que eram os suspeitos de sempre: jornalistas, blogueiros e colunistas de fofocas, que facilmente descobriram o número do celular dela.

Droga, ele deveria ter pensado melhor nisso antes da entrevista para a ESPN daquela tarde. Quis ajudar Vicki... e não magoá-la ainda mais com toda essa atenção da mídia, que ela sequer queria.

No entanto, pensou, se pudessem usar a atenção da mídia em relação às esculturas dela, então talvez não tivesse sido à toa.

— Só mais uma coisa — ele disse antes de saírem dali.

— Tem mais?

Sim, caramba, muito mais.

Por exemplo, havia o fato de que ele se dera conta de que estava apaixonado por ela.

Embora obviamente tivesse sido um imbecil por divulgar o falso noivado dos dois sem antes falar com ela, não seria tão idiota a ponto de soltar a palavrinha de quatro letras naquela noite.

De amizade a amor seria preciso uma transição muito maior do que aquela. Precisava do restante da semana com ela a fim de descobrir como tratar disso. Pelo menos uma semana.

Portanto, por ora, ele soltaria apenas mais uma bomba:

— A direção do time vai dar uma festa amanhã à noite para comemorar a primeira etapa da temporada antes das finais. Tenho quase certeza de que vamos ser os convidados de honra.

Ela inspirou tão fundo que os seios se ergueram no decote de um jeito muito sexy.

— Smith me disse que tudo o que preciso fazer é sorrir. Talvez eu consiga continuar fazendo isso.

Ryan registrou mentalmente que deveria agradecer mais uma vez ao irmão astro de cinema por esse bom conselho.

— Bom, você por acaso, tem um sorriso maravilhoso. — Ele puxou a mão dela até a boca, e beijou-a. — Que tal irmos para casa com bebida e pizza suficientes para esquecer tudo isso?

O sorriso que Vicki lhe deu quase fez Ryan se esquecer de guardar a palavrinha de quatro letras consigo mesmo.

CAPÍTULO DOZE

Na manhã seguinte, enquanto se dirigiam do carro estacionado até o restaurante na esquina, Ryan afagou as costas de Vicki.

— Relaxe. São seus amigos, não um pelotão de atiradores. Você não dormiu bem, não foi?

Será que ele tinha alguma ideia do que provocava nela quando a olhava daquele jeito? Como se fosse a única pessoa importante do mundo?

Não conseguiu fingir novamente que havia, de fato, dormido bem naquela cama maravilhosa.

— Eu não costumo dormir muito bem.

Nunca, nem quando garota. Como se precisasse estar pronta e alerta para jogar as coisas em uma mochila e se mudar para a cidade seguinte a qualquer momento. Mesmo assim, aquela noite havia sido particularmente ruim. Mais do que nunca, tivera vontade de entrar no quarto dele e subir na cama, para que ele a abraçasse.

Mas não foi isso que a fez piscar uma, duas vezes e depois arfar.

O rosto dela estava na primeira página do jornal exposto na banca atrás dele. Vicki leu a manchete em voz alta:

— “Quem é a misteriosa mulher comprometida com o melhor partido de São Francisco?”

Uma palavra soava mais vazia que a outra. O jornal havia ilustrado o artigo com uma antiga foto de Vicki e pouco lisonjeira.

Ryan tinha o rosto tenso ao tirá-la do meio-fio.

— Ignore isso. Logo vamos ser notícia velha.

Os irmãos dele já estavam à mesa quando chegaram. Vicki ficou surpresa com o restaurante simples que os Sullivans haviam escolhido para se encontrar. No entanto, imaginou que precisava conhecer lugares pouco badalados se quisesse se encontrar com Smith e Ryan com sossego.

Lori se levantou de um pulo para dar a ambos um abraço, e a energia dela era tão contagiante que Vicki sorriu, apesar do humor sombrio.

Sophie saiu do canto desbotado antes que Vicki pudesse lhe pedir para ficar onde estava.

— Minha nossa! Você está linda, Sophie! Parabéns!

A outra irmã gêmea de Ryan abraçou-a, ou pelo menos tentou fazer isso, com a imensa e redonda barriga entre elas.

— Que ótimo ver você de novo, Vicki. Faz tanto tempo.

— Pra quando é?

Sophie riu.

— Não é pra já. — Levou a mão à barriga. — Acho que estão começando a ficar felizes demais aí dentro.

Em seguida, foi Gabe quem a abraçou. Ele era, em tudo, um vigoroso bombeiro.

— Veja só você! — Ela brincou. — Como cresceu!

— Você também! — Ele se afastou o suficiente para apreciá-la e isso a fez corar.

Chase estivera na escola na mesma época que ela e Ryan, e, embora ela nunca o houvesse conhecido bem, acompanhava sua carreira de fotógrafo fazia tempo. Ele estendeu a mão, cumprimentando-a.

— Muito bom ver você de novo, Vicki.

— Você também. Devo dizer que sou fã das suas fotos.

— É recíproco. — Chase sorriu. — Suas esculturas são fantásticas.

Ryan se acomodou, puxando-a para seu lado e segurando sua mão sobre a mesa, enquanto todos voltaram a seus lugares.

— Você já esteve com o Smith ontem — Ryan disse —, então, está tudo certo. Vamos para Palo Alto falar com a mamãe depois do café da manhã.

Uma garçonete grisalha veio anotar os pedidos, e Vicki não viu nos olhos dela nenhum sinal de entusiasmo ou de reconhecimento quando olhou para Smith ou Ryan. Era óbvio que não dava a mínima para quem estava comendo ali no restaurante.

Embora duvidasse que conseguiria engolir qualquer coisa, Vicki
pediu uma salada de frutas.

— Ela também vai querer uma porção de bacon e um sanduíche com queijo e verduras — Ryan disse para a garçonete antes de fazer o próprio pedido.

Em parte, ela queria se rebelar e dizer à garçonete que *não* comeria nada daquilo, mas sabia que Ryan só estava cuidando dela. Era o tipo de homem que não gostava que algo faltasse a uma mulher. E não fora por isso que enviara a mensagem a ele? Por saber que deixaria qualquer coisa a fim de ajudá-la?

No entanto, ela ainda ficava pensando se muito do que ele vinha fazendo nesta última semana não seria porque achava que estava em débito com ela por ter salvado a vida dele quando eram adolescentes. Afinal, não fora essa uma das primeiras coisas que ele dissera na noite em que ela se desculpara por arrastá-lo para aquela encrenca?

Assim que a garçonete se retirou, Ryan lhe lançou um sorriso, e ela soube que ele contaria a verdade aos irmãos. Mas Vicki já havia decidido que seria ela a explicar tudo.

— Não estamos noivos de verdade — ela disse em um tom que ninguém mais além da família de Ryan poderia escutar.

Todos voltaram os olhares automaticamente para as mãos dela e de Ryan entrelaçadas sobre a mesa, mas, embora os dedos dela tenham se enrijecido de imediato, ele a segurou com mais firmeza.

— Detestei mentir para vocês ontem. — Ela se voltou para Lori e Smith. — Por todos os lugares onde passei quando criança, a sua família foi a única que me acolheu e fez com que eu me sentisse à vontade. — A voz dela virou um sussurro. — Me desculpem.

Ryan deu-lhe um beijo na testa.

— Você não tem do que se desculpar.

Lori falou primeiro:

— Estou pasma de ouvir que você não vai mesmo se casar com o meu irmão, porque você seria um acréscimo *e tanto* à nossa família, mas devo admitir que achei você um pouco surpresa demais nas celebrações do jogo de ontem. Alguma coisa parecia esquisita. Então, o que está acontecendo com vocês? E que história é essa de noivado?

— Bom, também não estamos namorando — ela esclareceu, embora Ryan ainda segurasse sua mão e ela rezasse para que ele não a largasse tão cedo. Fez questão de encarar os irmãos dele. — Para encurtar a história, eu me vi em certa situação com um dos membros da comissão que vai votar pela minha bolsa. O Ryan interveio porque parecia razoável fazer de conta que eu era comprometida.

Sophie arregalou os olhos, chocada e preocupada.

— Você está bem?

— Tudo bem — ela disse —, graças a Ryan, que veio quando eu entrei em pânico.

— Então, você disse ao cara que se casaria com Ryan... — Gabe começou.

— Não, isso *eu* fiz. — Todos os olhos se voltaram para Ryan. — Quando descobri que o cara era um canalha sádico, não suportei a ideia de ele chegar perto da Vicki. Achei que, para o cara ficar longe, um noivado talvez funcionasse melhor do que ele achar que estávamos só namorando. Pelo menos até ela ganhar a bolsa, daqui a umas semanas. Fui eu que contei para uma repórter sobre nós, ontem. Infelizmente, não consegui contar para Vicki dessa nova reviravolta antes de o time decidir nos dar os parabéns em público.

— Qual é o poder desse cara sobre a escolha da bolsa? — Chase perguntou.

— Bem grande — ela respondeu, relaxando o aperto dos dentes apenas o suficiente para falar.

— E o ex-marido dela acabou de ser colocado na comissão — Ryan acrescentou, também tenso.

Smith olhou firme para Ryan, depois se voltou para Vicki.

— Coisas desse tipo acontecem o tempo todo na minha área. Mas nunca nos meus filmes, se eu puder. Quem é ele? Gostaria de fazer uns telefonemas.

Ai, Deus, a última coisa de que ela precisava era o envolvimento de Smith Sullivan. Um drama e tanto! Sem falar que as pessoas sentiriam medo de ter qualquer coisa com ela ou suas esculturas, no caso de os Sullivans as atacarem por terem olhado torto para ela.

— Muito obrigada, Smith — ela respondeu —, mas já foi péssimo eu ter envolvido o Ryan nesta confusão. Não quero que você se envolva também.

A garçonete chegou, trazendo o café da manhã de todos em uma imensa bandeja, e eles pararam de discutir o caso. Enquanto eram servidos, Vicki pensou novamente em como eles eram maravilhosos.

De repente, ficou pensando em como seria *de fato* se casar com um dos Sullivans.

Mas ela já sabia. Seria fantástico.

Sem contar Ryan, fora deles que sentira mais falta quando se mudaram da Califórnia, no final daquele seu ano escolar. O tempo que passara com a mãe e os irmãos de Ryan na cozinha, no quintal da casa deles, como se fizesse parte da família... Havia se apaixonado por Ryan desde o início, mas não demorara a adorar a família dele também.

Agora, dando uma olhada em todos eles, impressionou-se de novo ao sentir como eram solidários uns com os outros. Embora soubesse que tinham suas brigas e irritações como qualquer família, era óbvio o quanto se amavam, e que fariam tudo uns pelos outros. Qualquer coisa.

Daí a reunião daquela manhã.

No entanto, de alguma forma, ela havia dado um jeito de trazer sua costumeira falta de magia ao pedir a eles que mentissem por ela.

— Não posso fazer isso — ela disse, de repente, e todos interromperam o garfo a meio caminho da boca. — Não posso pedir que todos vocês mintam por mim. — Ela olhou para Ryan. — Precisamos contar a todo mundo que esse noivado não é verdadeiro.

— Não.

A voz de Ryan soou firme. Inflexível. Até seus irmãos se surpreenderam. Mas ela o havia visto assim muitas vezes na última semana, toda vez que ficara zangado ou preocupado por causa dela.

Sabia que ele achava que lhe devia, mas ela o teria salvo milhares de vezes e jamais pediria nada além da chance de ser sua amiga.

— Não quero tanto assim essa bolsa; não se for à custa de amigos. E não se isso significar ainda mais mentiras.

A mão de Ryan tocou o rosto dela, impedindo que dissesse algo mais. O toque era gentil, mas firme o suficiente para fazê-la olhar em seus olhos.

— Não estamos fazendo mal a ninguém ao fingir que estamos noivos, Vicki. O que importa para mim é a sua segurança, e que você e sua arte não sejam penalizadas injustamente pelo fato de você ser uma mulher bonita.

Ela corou, não só pelo modo íntimo como ele a estava tocando na frente de todo mundo, mas também por tê-la elogiado diante de sua família.

— Acho que o Ryan tem razão, Vicki — Sophie disse suavemente. — Infelizmente, com homens, às vezes a beleza pode significar perigo. Sobretudo com homens poderosos que acham que têm direito a tudo que veem.

De repente, Vicki se lembrou de quando conhecera o seu ex-marido. Estivera com um grupo de graduandos da escola de artes passeando por alguns ateliês. Anthony batera os olhos nela e a quisera. Inicialmente, insistindo que ela trabalhasse para o ateliê dele. Depois, e muito pior, convencendo-a lentamente, mas com firmeza, de que ela era muito melhor fazendo estátuas de gente e animais do que as esculturas inspiradas na natureza, que sempre a haviam interessado até então.

Na época, não lhe havia ocorrido que ele estava abusando do próprio poder. Sobretudo porque ela era muito jovem e inexperiente, e ele parecia um deus da sabedoria em um mundo do qual ela queria fazer parte.

— Concordo — disse Chase. — A Chloe teve uns problemas com o ex-marido, e eu teria feito qualquer coisa para protegê-la. Ela acabou por espetá-lo com uma tesoura, o que o humilhou bastante, mas eu detestaria que essa sua situação chegasse a isso.

Gabe assentiu com a cabeça.

— Recebemos muitos chamados de incidentes que começam como esse que você está contando. Parece que você confiou em seus instintos e foi esperta ao chamar Ryan antes que a coisa aumentasse.

— Além disso, adoramos ter segredinhos de família como esse — Lori comentou com um leve sorriso. — Quem sabe, até conseguir a bolsa, vocês fiquem inspirados e realmente se juntem.

— Com licença. — Vicki correu para o banheiro, sem saber o que dizer diante daquela pressão absolutamente humilhante que Lori acabava de jogar sobre Ryan.

— Nossa, Lori, para quê constrangê-la desse jeito?

— Desculpe — Lori disse, embora fosse óbvio que não estava arrependida. — É que eu realmente gosto muito da Vicki. Seria perfeito ver vocês dois juntos.

Ryan não estava realmente zangado com Lori. Estava zangado consigo mesmo. Irritado, disse:

— Vocês com certeza lembram como eu era louco por ela na escola.

Gabe pareceu confuso.

— Na minha lembrança, vocês eram só amigos.

— Éramos mesmo.

— E você estava sempre saindo com outras meninas, né? — Lori perguntou num tom de inocência fingida.

Ele sabia que essa pergunta de Lori tinha a intenção de provocá-lo.

— Eu era um idiota. Mas não tinha importância, porque ela não estava mesmo interessada. Ainda não está.

— Por que não conta de uma vez como se sente e que gostaria que isso tudo fosse de verdade?

Ele já havia feito essa pergunta a si mesmo milhares de vezes, mas sempre chegava à mesma razão inquestionável:

— Não quero arriscar perdê-la como amiga.

Ele falara sério quando dissera que ela não precisava pagar nenhum preço por ser bonita. Não só com sujeitos esquisitos com poder sobre a carreira dela, mas com um amigo que mal conseguia conservar as mãos longe dela.

Ryan passou a mão no rosto.

— Além disso, o marido dela foi tão canalha que ela não está querendo nenhum substituto por enquanto. — Ele ergueu os olhos e percebeu que os irmãos o encaravam como se estivesse falando grego. — O que foi?

Sophie deu uma olhada ao redor e disse:

— Acho que estamos todos um tanto surpresos. Não com essa história de noivado. Estranhamente, isso faz sentido. Mas porque... — ela mediu as palavras — tudo sempre pareceu tão fácil para você.

— Bom... Não é!

— Diga o que precisa e a gente faz — foi a vez de Smith.

Ryan sabia muito bem que o texto subliminar da pergunta de seu irmão estava relacionado tanto a ajudá-lo a fazer com que Vicki se apaixonasse por ele quanto a garantir que nenhum sujeitinho da comissão a machucasse.

— Se alguém perguntar pela gente, confirmem a nossa história de dois estudantes que se reencontraram e perceberam que não podiam desperdiçar uma segunda chance. Depois do café, vamos falar com a mamãe para falar dessa história — foi sua resposta ao irmão, sabendo que ninguém poderia fazer nada que mudasse os sentimentos de Vicki e que ela era forte demais para ser manipulada.

Vicki voltou para a mesa a tempo de ouvir Lori dizendo:

— A história de vocês dois soa romântica. Como todas as fantasias sobre como as coisas poderiam ser se alguém não tivesse ido embora. Amor não correspondido e depois conquistado é o máximo, né? Não é para menos que a imprensa está em cima de vocês.

A fisionomia de Vicki estava impassível ao se sentar de novo ao lado dele. Antes que ele pudesse suavizar a afirmação absurdamente exata de Lori, a garçonete apareceu.

— Tem alguma coisa errada com a comida? — Ela deu uma olhada nos pratos completamente cheios.

Foi a oportunidade ideal para uma mudança de assunto, sobretudo porque Ryan notou como Vicki havia ficado tensa com a palavra "romântica".

— Está tudo ótimo, obrigado. — Ryan pegou o garfo e enfiou um dos pedaços na boca antes de dizer a Smith: — Então, como está a produção do filme?

Foi a deixa para que todos soubessem que o assunto "noivado fingido" havia terminado. Definitivamente, para ele, já bastava ter todos da família com pena dele porque estava apaixonado por uma mulher que só o via como amigo.

Depois que Ryan e Vicki foram para Palo Alto para se encontrar com Mary Sullivan, Sophie comentou:

— Nunca vi o Ryan assim antes. Tão frustrado... quase zangado. Fiquei preocupada com ele.

— Para mim, a Vicki parece louca por ele. — Lori fez uma careta. — Talvez ele esteja enganado em relação a ela não corresponder aos sentimentos dele.

— Ela ficou apavorada quando puseram o seu retrato na tela ontem — Smith lembrou. — Mesmo que sinta algo além de amizade por ele, talvez não queira lidar com tudo o que significa estar com o Ryan. No ano passado, o Marcus teve que fazer sacrifícios por causa da carreira musical da Nicola.

— E, se ele estivesse aqui, diria que todos esses sacrifícios valeram a pena — Lori replicou, teimosa.

— Talvez — interferiu Chase —, mas, já que o Ryan talvez vire treinador profissional algum dia, a pressão sobre quem estiver ao lado dele vai ser ainda maior. E ele ficará ainda mais exposto. Imagino que a Vicki fique mais feliz sendo apenas ela com sua arte.

— Ela também fica feliz quando está com o Ryan — Lori argumentou. — Eu me lembro como se divertiam juntos. Não esqueço nunca da cara dela quando éramos crianças; ela soube que ia se mudar de novo e veio se despedir da gente. Parecia que o coração dela estava em pedacinhos. E o dele também.

Gabe concordou:

— Se querem saber, ele só está usando essa coisa da amizade como pretexto. Devia parar de inventar desculpas e ir em frente. Eu queria Megan e fui atrás dela.

Sophie virou os olhos.

— Claro, Gabe, depois de a Summer e eu fazermos a maior armação para vocês ficarem juntos.

Todo mundo sorriu para Gabe, e ele teve que rir.

— Tá bom, talvez eu tenha precisado de uma ajudinha para pensar melhor. Obrigado, Soph.

— Fizemos a nossa parte ao convencê-la a continuar com a história do noivado inventado. Agora é a vez do Ryan aproveitar bem esse tempo extra com ela — Smith comentou quando pagavam a conta. Ele se levantou, estendendo as mãos para ajudar Sophie.

— A mamãe sempre gostou da Vicki. — Ao se levantar, Sophie sorriu para os irmãos. — Não me surpreenderia se ela desse um jeitinho de garantir que tudo funcione como nós sabemos que seria melhor.

CAPÍTULO TREZE

— Eu adoro a sua mãe! — Vicki disse a Ryan algumas horas depois, quando voltavam para São Francisco vindos da casa onde Mary Sullivan havia criado sua família.

A mãe de Ryan fizera café para eles, enquanto ouvia pacientemente a explicação da estranha situação. Mais estranho ainda: ela pareceu satisfeita com o falso noivado, rindo bem-humorada quando Vicki lhe contou do pavor diante do parabéns público na imensa tela durante o jogo de beisebol.

Embora todos os irmãos de Ryan houvessem dado apoio para que se mantivesse o plano, só quando Mary Sullivan rira dele com bom humor Vicki finalmente concluiu que talvez estivessem certos... e ela podia parar de se sentir tão culpada com isso.

— E ela ficou tão contente por ver você — Ryan comentou — que nem se importou com o motivo.

Depois de se desobrigarem da história do noivado falso, Mary a persuadira a lhe contar tudo das viagens pela Europa nos dez anos anteriores. Vicki havia adorado ouvir Mary também contar as próprias histórias de viagens de quando era uma modelo muito solicitada, antes de se casar com Jack Sullivan e se ocupar dos oito filhos. Conversando com Mary e Ryan na confortável sala de estar com o imenso carvalho no quintal, Vicki se sentira em casa, da mesma forma que se sentia quando era adolescente.

Ela decidiu se agarrar a essa sensação de aconchego e conforto profundos — esse belo sentimento de amor incondicional e apoio vindo de Mary Sullivan e de seus filhos —, independentemente do que acontecesse.

Ryan parou o carro em um sinal vermelho e olhou para ela.

— Está melhor agora?

Vicki, por fim, conseguiu dar um sorriso de verdade.

— Nem imagina quanto! E você?

Ele apoiou a mão sobre a dela.

— Desde que você esteja sorrindo, tudo bem pra mim.

Na boca de qualquer outro homem, essas palavras não significariam nada além disso: palavras vazias. Mas, vindas de Ryan, ela sabia que eram verdadeiras.

Instantes depois, eles estacionaram diante do ateliê.

— Me ligue se precisar de alguma coisa. Qualquer coisa — disse ele.

De acordo com as mensagens de Anne, jornalistas e blogueiros haviam ligado para o ateliê durante toda a manhã a fim de encontrá-la. Parecia que nenhum deles havia aparecido ainda, mas ela suspeitava que talvez aquele não fosse um lugar dos mais seguros depois da notícia de seu noivado com o solteiro mais disputado da cidade. Do carro, ela e Ryan haviam ligado para os pais dela a fim de explicar tudo, mas, como ninguém atendera, ela deixara um recado. Não gostava da ideia de eles acreditarem que estavam de fato noivos, mas, como nunca acompanharam esportes nem jornais de fofocas, talvez nem soubessem de nada.

— Obrigada. Vou deixar o celular no bolso para o caso de você precisar falar comigo de novo hoje. — Ela já havia programado um toque especial para ele, de modo que soubesse da ligação dele e pudesse ignorar todas as outras de qualquer estranho que conseguisse encontrar seu número de celular e tentasse arrancar alguma coisa dela.

Em um dia tão cheio, só no último segundo ela se lembrou de perguntar:

— A que horas temos que ir pra festa do time esta noite?

— A limusine vem nos buscar às oito.

Ela se esforçou para afastar mais uma perturbação por ter que continuar com o esquema de que era a mulher com quem Ryan Sullivan havia decidido passar o resto da vida.

Ele pegou a mão dela e deu um beijo.

— Vejo você à noite.

Em vez de ir direto para seu local de trabalho, Vicki se desviou para a sala de costura de Anne, onde entrou sem bater.

— Você tem alguma coisa que eu possa usar esta noite em um coquetel chique?

— Oi! — Anne ergueu-se em um salto da máquina de costura. — Você vai ser a Senhora Maravilhosa! — Deu um abraço em Vicki. — Como é ser famosa?

— Esquisito — disse Vicki, sorrindo apesar da culpa que lhe revirava as entranhas por ter que mentir sobre a história do noivado para sua amiga.

Além disso, ao contrário de seu ex-marido, ela nunca havia procurado a fama. Só queria conseguir viver de arte e saber que havia criado uma escultura que fazia as pessoas *sentirem* algo que, do contrário, talvez não sentissem.

— Acho maravilhoso que tenha agarrado o homem mais bonito do pedaço, claro, embora tivesse sido ótimo receber um pouco de informação prévia sobre o noivado.

— Desculpe... — Vicki realmente estava chateada por ainda não conhecer Anne o suficiente para confidenciar a situação verdadeira. Mas achou que era seguro dizer: — E se eu lhe disser que a minha própria surpresa não foi menor?

Anne ergueu a sobrancelha.

— É mesmo? Não sabia do pedido?

— Não. De jeito nenhum. — Como não poderia ser mais sincera do que isso naquele momento, antes que sua amiga pedisse mais detalhes, ela continuou: — Será que você tem alguma coisa pronta que sirva em uma mulher comum?

Anne deu um sorriso um tanto travesso.

— Na verdade, fico feliz que tenha perguntado. Andava querendo ver alguns dos meus vestidos em alguém com curvas em vez dessas meninas pré-adolescentes que têm cara de quem devia estar chupando pirulito.

Anne foi até uma das araras e tirou de lá um vestido vermelho-escuro. Vendo as costas, Vicki notou que não tinha mangas e batia no joelho. Parecia simples e confortável, e ela gostava dessa cor. O corte dos vestidos de Anne era espetacular, e o tecido parecia elástico. Assim, achou que ficaria bem nela. Melhor do que qualquer coisa que tinha no armário, pelo menos.

Só quando Anne lhe entregou o vestido Vicki viu os zíperes que cruzavam a frente.

Antes que pudesse reclamar, Anne indicou o pequeno provador em um canto.

— Vá experimentar com estes sapatos. Acho que são do tamanho certo.

Não havia como Vicki ficar de lingerie com aquele vestido, então, depois de dobrar o sutiã e a calcinha junto com o casaco, a camiseta comprida e o legging, ela saiu do provador para dar uma olhada no espelho de corpo inteiro.

Anne começou a bater palmas.

— Eu sabia. Você está linda no meu maravilhoso vestido.

Vicki ficou corada ao se ver.

Anne ergueu o cabelo dela, amontoando-o no alto da cabeça.

— Perfeito. Absolutamente perfeito. Agora, tudo o que tem a fazer é contar a todo mundo que perguntar que esse vestido fabuloso que está usando é cortesia de uma nova estilista incrível. — Ela sorriu para Vicki no espelho, acrescentando: — Garanta que escrevam o meu nome corretamente quando tirarem todas aquelas fotos de você e do Senhor Maravilhoso.

A tarde toda, o coração de Ryan bateu forte... desde que havia colocado a caixinha do anel no bolso. Claro, ele sabia que não era um noivado de verdade. Mas, como nunca havia dado um anel a mulher nenhuma, parecia de verdade.

E, de verdade ou não, ele queria que Vicki gostasse do que havia escolhido para ela.

Quando finalmente ouviu a porta da frente se abrir, saiu logo do quarto, onde abotoava a camisa social, para se encontrar com Vicki. Fazia poucas horas que ele a havia deixado no ateliê, mas ainda teve que se deter um pouco para absorvê-la. Queria abraçá-la, mas contentou-se com um beijo na sua testa.

— Estou toda grudenta e suja de argila — ela disse, recuando e puxando um pacote de roupas ao peito. — Preciso de um banho. Você está ótimo. Não quero que se suje.

Ele adorava o cheiro da pele dela quando ficava trabalhando o dia inteiro. Ainda mais quando uma das coisas que mais queria era se lambuzar com ela.

Ela pôs tudo no chão e o olhou.

— Ignorei todas as chamadas e e-mails, e por sorte ninguém apareceu no ateliê. Ou, se apareceu, a Anne os espantou antes que chegassem até mim — acrescentou, sorrindo. — Você não telefonou, então imagino que tudo tenha corrido bem hoje, né?

Ryan havia sido perseguido por pedidos de entrevista, tanto com ele como com Vicki, mas achava que ela não precisava saber disso. Enfrentariam os acontecimentos desta noite primeiro e depois decidiriam os passos seguintes.

— Fiquei algum tempo assistindo a uns vídeos de jogos com o meu treinador e fazendo exercícios. — A maior parte do tempo, no entanto, ele havia sofrido por causa do anel. Perderia toda a sua lendária frieza como arremessador se não lhe desse o anel logo. Enfiou a mão no bolso. — Comprei um anel para você.

— Um anel? — Ela olhou para ele, alarmada. — Você comprou um anel para mim? — Ele a observou enquanto Vicki tentava se recompor antes de continuar: — Imagino que isso vá ajudar a fazer as coisas parecerem mais reais hoje à noite, certo?

Ryan, ao abrir a caixinha, mal pôde acreditar que sua mão tremia. Precisava se conter ou poderia assustá-la.

— Espero que goste. — A voz dele soava mais grave que o normal.

— Ah, Ryan. — Ela arregalou os olhos ao ver o anel. — É lindo!

Em vez de estender a mão para pegar o anel de platina, uma base chata e larga cravejada de rubis escuros e diamantes brilhantes, ela simplesmente ficou olhando para ele.

— Posso colocar no seu dedo? — ele perguntou em tom desajeitado.

Ela umedeceu os lábios, sem tirar os olhos do anel.

— Tudo bem.

Ele tirou o anel da caixinha de veludo, deixando-a na mesinha da entrada, antes de pegar a mão dela. Os dedos de Vicki tremiam um pouco quando ele escorregou o anel pelo dedo anular de sua mão esquerda.

— Eu... — Ela, por fim, olhou para ele, e ele desejou puxá-la e nunca mais deixá-la diante da emoção que viu nos olhos dela. — Eu não punha um anel no dedo desde que deixei...

Xingando-se mentalmente por não ter percebido o conflito que usar um anel de noivado representaria para ela, ele disse:

— Sei que não vai poder usá-lo quando estiver trabalhando, por isso comprei este colar para que possa guardá-lo durante o dia.

Ela pegou o colar.

— Você pensou em tudo. Até no fato de que um escultor não pode usar um anel no trabalho. Ninguém teria pensado nisso. — Ela fez uma pausa e balançou a cabeça. — Até mesmo Anthony se esqueceu disso quando ficamos noivos.

— Talvez seja melhor você usá-lo hoje para reforçar a nossa história, mas, se trouxer muitas lembranças ruins, não precisa...

— O anel é lindo, Ryan! — exclamou ela, sorrindo de leve. A armadura que havia se formado no peito dele cedeu diante daquele sorriso. — É perfeito. Como sabia?

Porque conheço você, querida. Tudo sobre você, por dentro e por fora. E não quero que você me devolva esse anel nunca.

— Um palpite feliz.

Ela ficou na ponta dos pés e deu-lhe um beijo no rosto.

— Obrigada por me dar o anel mais bonito do mundo. Adorei, mesmo que seja só um empréstimo por algum tempo. Vou me arrumar. Não demoro.

Os trinta minutos seguintes foram um inferno para Ryan. Ele não parava de pensar em Vicki no banho com a água jorrando por suas curvas, a espuma deslizando pela pele macia.

Sua ereção latejava nas calças pretas, e ele se esforçou para baixá-la antes que Vicki saísse do quarto. Quando ouviu as batidinhas dos saltos dela vindo em sua direção, já tinha certeza de que não se constrangeria.

Até ver o que ela estava vestindo.

Minha nossa!

Vicki usava um vestido vermelho-escuro que realçava ao máximo suas curvas e sua delicadeza. Todos aqueles zíperes provocavam nele uma vontade de escancará-los com as mãos e os dentes. Não importava como, desde que ela ficasse nua... e ele pudesse tocá-la.

— Você está linda, Vicki.

Um amigo poderia dizer isso, portanto ele não teve medo de que ela o interpretasse mal.

Só estragaria tudo se rasgasse o vestido e a encostasse na parede.

— Obrigada. — Ela corou lindamente ao agradecer.

A limusine havia chegado uns minutos antes e estacionado do lado de fora da casa. Ryan estendeu-lhe a mão. A pele dela estava ainda mais macia por causa do banho e tinha um perfume incrível, de sabonete e mulher bonita, perfeita.

— Ainda bem que todo mundo acha que estamos noivos, ou eu teria que passar a noite arrancando os caras de perto de você.

O sorriso dela era aberto e — ah! — tão bonito.

— Não admira que as garotas sempre tenham sido loucas por você. Sempre sabe o que dizer.

Ele odiava o fato de Vicki agir como se ele só dissesse as coisas para conter o nervosismo dela. Já bastante frustrado com toda essa situação, não controlou o desejo de passar as costas dos dedos pelo rosto dela.

Ao vê-la se arrepiar com esse gesto, Ryan soube que, se não se afastasse dela logo, não iriam a lugar nenhum... e depois ela o odiaria de manhã. Mas não conseguia deixar de tocá-la completamente, então, entrelaçou os dedos aos dela. Como fazem os amigos íntimos.

— Pronta?

— Não. — Um sorrisinho torto acompanhou a resposta sincera. — Mas estou determinada a levar essa história adiante. Então, não importa se estou pronta ou não.

CAPÍTULO CATORZE

Deus, ela era uma fraude! Cheia de direitos que nem sentia ter.

Vicki tentava não segurar a taça de champanhe com muita força, embora estivesse tão tensa que poderia parti-la ao meio. Ela e Ryan haviam acabado de entrar no edifício do Bentley Reserve, no coração da cidade de São Francisco, e todos os olhos se voltaram imediatamente para eles, enquanto taças de espumante lhes eram oferecidas. Ao passar pelos enormes grupos de jogadores com as esposas ou namoradas, o braço de Ryan em sua cintura era acolhedor e firme. Os brindes de parabéns vieram de todos os lados. Ela não havia conseguido comer muito durante todo o dia, e agora sua cabeça girava com o que parecia uma oferta interminável daquela bebida adocicada.

— Então, como se conheceram? Foi na escola? — perguntou uma das mulheres.

Ryan lhe deu um cutucão na cintura e respondeu:

— A Vicki se mudou para a cidade quando eu tinha 15 anos. Ela logo me chamou a atenção, embora nunca tenha me dado a mínima.

Os homens riram diante da imagem de um Ryan jovem e cheio de tesão, ao passo que Vicki tentava disfarçar a surpresa de saber que Ryan a havia notado antes de tirá-lo do caminho do tal carro.

— Claro que notei você — ela disse suavemente. — Como não notaria?

Tudo isso não deveria passar de um show, mas, assim que ele se voltou para ela, a surpresa era evidente em seu olhar, e tudo tornou-se bem real.

— Que eu me lembre — ele continuou —, tive de me enfiar na frente de um carro para você me notar.

— Opa! — disse um de seus colegas de time. — Que história é essa de ser atropelado?

— Um carro desgovernado quase pegou o Ryan no estacionamento da escola. Eu o ajudei a escapar — Vicki rapidamente esclareceu, apesar de estar zonza com a versão de Ryan.

— Obrigado mais uma vez — ele a agradeceu gentilmente, afastando o cabelo dela e acariciando seu rosto com suavidade.

Ryan era tão bom em manipular as pessoas, fazendo todo mundo acreditar que seus sentimentos eram verdadeiros. Como ela poderia esconder o que sentia por ele diante desse monte de gente que a olhava com tanta atenção?

— Então, se eram adolescentes quando se conheceram, por que demorou tanto pras coisas rolarem? — perguntou um de seus colegas. — Achei que você fosse conhecido pela rapidez, Sullivan.

— Ela se mudou e, de repente, quando dei por mim, tinha se casado com outro. — Ryan não tirou os olhos de Vicki ao responder.

Ela engoliu em seco enquanto sentia a mão dele passar delicadamente para sua nuca e ombros, acomodando-se de novo em suas costas.

— Eu devia ter lutado com ele por você. — Ele não estava contando histórias para as pessoas. Falava diretamente com ela. — Me arrependo de cada dia que não fui atrás de você. Agora que é minha, nunca vou deixar você partir.

Todas as esposas e namoradas, bem como as mulheres que ali estavam a trabalho, suspiraram enquanto Ryan descrevia a fantasia de todas elas.

Lamentavelmente, Vicki também fez a mesma coisa. Quantas vezes, ao longo desses anos, ela não havia pensado no que Ryan estaria fazendo, com quem estaria, se sentia falta dela?

Pare, Vicki! Ryan estava desempenhando tão bem seu papel que podia concorrer com Smith no cinema.

Frieza.

Ela precisava manter a frieza.

— E aí — disse uma das mulheres mais bonitas que Vicki já vira —, como é a sensação de ter domado o último dos *bad boys*?

A frieza pela qual se esforçava tanto foi logo substituída pelo sangue quente nas veias. Irritou-se, não tanto pela pergunta, mas pela evidência nos olhos e na voz daquela mulher.

Obviamente, Ryan havia transado com ela.

Isso não deveria ter importância. Sabia disso, racionalmente. Afinal, ela e Ryan eram apenas amigos, e ele podia fazer o que bem entendesse, tanto antes como depois desse falso noivado. Porém, aqui e agora, enquanto estivessem fingindo, a situação era outra.

Vicki ouviu seu próprio riso fácil como se estivesse do outro lado da sala, observando a mulher com um vestido sensual, com zíperes por todos os lados, abraçada a Ryan.

— Você só pode estar brincando! — Encarou a linda mulher com quem Ryan havia transado. — Ele está longe de ser domado. — Ela pôs a mão no peito de Ryan e sentiu o calor dele na palma da mão, antes do toque final. — Graças a Deus!

Quando a outra mulher fingiu rir, Vicki saboreou a vitória.

Infelizmente, não pôde desfrutar disso por muito tempo. Poucos segundos depois de pronunciar essas palavras, todo mundo começou a pedir um beijo para selar o compromisso.

Oh, não, pensou ao encarar os olhos escuros de Ryan, *o que foi que eu fiz?*

—∞—

Será que Vicki tinha alguma ideia de como ficava bonita quando corava assim? A combinação perfeita de sensualidade e timidez. Era exatamente o tipo de expressão que deixava um cara pronto para provocar a sensualidade e ajudá-la a perder a timidez na cama, embaixo dele e gritando seu nome.

Ryan sabia o que todo mundo estava imaginando depois do que ela havia acabado de dizer sobre não ser capaz de domá-lo — suas formas nuas sob os músculos dele, os dois engalfinhados e suados na cama.

Todos os caras ali pensavam que ele era o mais sortudo dos safados vivos por conseguir fazer amor com ela. Todos pensavam que ele em breve estaria abrindo aqueles zíperes e pondo mãos e boca no corpo dela. Sem dúvida, estariam imaginando Vicki esta noite, independentemente de quem estivesse de fato na cama deles.

Ele colocou sua bebida de lado, depois a dela, antes de se voltar e segurar-lhe o rosto.

— Vamos dar a eles o que desejam?

Pelo tempo que Vicki levou para responder, ele achou que fosse se negar a beijá-lo, apesar do espetáculo que haviam vindo apresentar esta noite. Ele não percebeu que estava segurando o fôlego até ela fazer um sinal positivo com a cabeça.

Tudo o que seus colegas de time queriam ver era um beijo, mas Ryan não conseguiu impedir-se de passar o dedo pelos lábios cheios dela. O olhar de Vicki sustentou o dele enquanto a sentia estremecer em seus braços e a respiração se acelerava.

Quando ele se inclinou para beijá-la, teve a intenção de lhe dar um beijo simples e suave, semelhante ao que lhe dera no bar do hotel. Ardente o suficiente para contentar as pessoas, mas ainda assim um beijo de acordo com os limites da amizade. Já havia feito isso naquela noite na frente de James, não? Lábios, sem língua. Ninguém esperava nada mais em público, portanto ele sabia que não teria pretextos.

Porém, quando tocou os lábios dela, sentiu-a tão doce, tão dócil em seus braços que todos os seus planos de beijo foram para o espaço.

Teve que inclinar o rosto dela e, ao vê-la entreabrir os lábios em um frêmito de prazer, deslizou furtivamente sua língua para dentro da boca convidativa à sua frente, em uma busca desesperada pela dela. Quando a acariciou, Vicki logo lambeu a dele também. Ele a puxou mais para junto de si, e ela enroscou sua mão nos cabelos dele, e ambos aprofundaram o beijo.

Ele só se lembrou de onde estavam — e do que estava fazendo com Vicki em um lugar cheio de espectadores — quando os aplausos, assobios e gritos dos colegas irromperam, quebrando o pulsar do sangue em seus ouvidos.

Vicki deve ter se dado conta ao mesmo tempo, pois pareceu chocada, depois horrorizada, ao se afastar dele no exato momento em que ele parou de lhe roubar a boca.

Receoso de que ela saísse correndo pelo que acabava de fazer, forçou-se a sussurrar "foi perfeito", como se estivesse interpretando e não sentindo esse beijo até o fundo da alma.

Conservou-a junto de si o suficiente para ocultar sua ereção, mas não tão junto que ela a pudesse sentir.

— Fim do show, pessoal! Vão se divertir em outro lugar — ele brincou, tomando a direção da sacada com Vicki, para ficarem a sós. — Tudo bem com você?

— Claro. — Ela estava bastante corada ao responder.

Bom, pelo menos um dos dois estava bem, pois ele não estava nem um pouco bem depois daquele beijo. Queria outro, e outro, e mais outro. Mas esse havia sido exagerado. Muito além da simples amizade.

Por isso, tentou brincar:

— Acho que com esse beijo realmente convencemos.

Ela ficou um instante sem expressão nenhuma, depois ele percebeu uma onda de emoção passar pelo rosto dela antes que ela a reprimisse.

— Ótimo. Que bom que demos conta disso. — Vicki tentou sorrir. — Acho que devemos entrar, não é?

Droga, ela estava com medo de ficar sozinha com ele depois daquele amasso!

Ele ergueu o queixo dela, forçando-a a encará-lo.

— Tem certeza de que está bem? Se não estiver, me diga, Vicki. Pode me dizer o que quiser.

— Só não estou acostumada a tanta atenção. Não sei como você convive com isso.

— Vamos embora logo, prometo.

— Não. — Ela sacudiu a cabeça de leve. — Esta festa antes das finais é importante para você. Precisamos ficar.

Pronto, esta era exatamente uma das razões para amá-la. As pessoas só pensavam em si mesmas, mas Vicki nunca era egoísta. Ao passo que ele, sabendo que era errado roubar aquele beijo ardente, fizera isso assim mesmo.

Porque *tinha* que fazer.

— Desculpe por ter beijado você daquele jeito, Vicki — ele comentou, odiando-se por ter ultrapassado os limites que havia jurado não ultrapassar. — Desculpe por ter me aproveitado da situação. E de você.

Ela ficou completamente em silêncio, sua expressão, paralisada.

— Não precisa se desculpar. Eles queriam ver você beijando a noiva, e pronto. — Pareceu mais fria, mais dura do que jamais a vira antes. — E, como eu correspondi, espero que me desculpe também.

Um instante depois, ela entrou no salão, e ele estava se sentindo o mais completo imbecil ao acompanhá-la. Não sabia o que havia dito de errado... mas definitivamente havia estragado tudo.

E não tinha ideia de como resolver isso.

CAPÍTULO QUINZE

Demais.

Ryan era demais.

Haviam saído da festa fazia dez minutos, mas, depois da noite que tivera — e do beijo que jamais conseguiria esquecer —, Vicki simplesmente não podia mais ficar tão perto de Ryan.

Às cegas, tateou a maçaneta da porta da limusine, mas a porta não se mexeu quando tentou abri-la.

— Vicki?

Sem fôlego, quase sufocou só de ouvir o som de seu nome nos lábios de Ryan. Tantas vezes ao longo daquela noite ele havia pronunciado seu nome e procurado por ela. E, a cada vez, ela se esforçara para lembrar de que tudo não passava de fingimento, que nada daquilo era real, que ela não era dele realmente... e jamais seria.

Talvez, quem sabe, ela houvesse conseguido considerar esses lembretes constantes se não sentisse ainda o toque dos dedos dele em seus ombros, a carícia no rosto, a pressão da mão em suas costas enquanto andavam pelo salão, conversando com as pessoas.

A cada carícia, a cada palmo do corpo rígido dele junto do dela, ela perdia o controle do próprio corpo — um pouquinho mais. Até que, ao final da festa, Vicki se transformara em uma confusão de nervos estremecidos, desejo ardente e esmagadora *necessidade*.

— Preciso sair. — O desespero na voz dela era dolorosamente óbvio. Havia passado do ponto de conseguir esconder qualquer coisa. Em especial, de si mesma.

Por isso precisava se afastar.

De Ryan.

E dos próprios desejos.

— Pare o carro, por favor! — Sua voz soou estridente, pois estava a ponto de explodir, no auge de um surto.

Em um instante, a limusine estacionou e a porta se abriu. Ela quase caiu na sarjeta, na pressa de escapar daquele confinamento.

Não havia planejado nada, não havia pensado para onde iria. Quando viu a entrada de um bar, achou que era a providência divina.

Uma bebida. Talvez várias.

Faria qualquer coisa para amortecer essa urgência pulsante, as lembranças potentes das mãos e da boca de Ryan na pele, os braços dele na cintura.

Vicki entrou pela porta preta e vermelha. Seus dedos tocaram uma tinta que havia sido raspada e repintada provavelmente milhares de vezes desde que esse bar começara a funcionar, e tentou se concentrar na textura grossa da madeira, nos pequenos e grandes torrões de onde pedacinhos haviam sido retirados.

Ela precisava, de algum modo, de qualquer jeito, preencher seu poço de sensações com alguma outra coisa que não fosse Ryan.

A noite toda ela estivera nos braços dele. Para uma escultora, não havia nada mais sensual que o toque. E todos aqueles toques quase a deixaram louca.

O tecido de algodão macio da camisa dele em seus dedos.

Os músculos incrivelmente torneados logo abaixo do tecido.

As linhas das costelas.

Os tendões que prendiam tudo.

Suas mãos haviam tremido quando ela tentara não fazer o que a artista nela pedia — traçar com os dedos os altos e baixos relevos do corpo dele.

Ao mesmo tempo, a festa havia revelado tudo de forma tão explícita que não havia como negar que não combinavam nada um com o outro.

Tudo era fácil para Ryan. A carreira, as relações, a família. Por outro lado, ela havia batalhado a vida toda com sua arte, ao tentar fazer amigos estando sempre de mudança, ao tentar se enquadrar como artista em uma família de militares. Enquanto Ryan estava muito à vontade consigo mesmo, ela nunca soubera bem como se sentir em relação à abundância de formas de um corpo que não era alto o suficiente.

No entanto, estranhamente, ela nunca se preocupava com essas coisas quando estava com Ryan. Sempre tivera muita certeza de que ele não a enxergava como mulher. Embora houvesse desejado muito isso no decorrer dos anos, era também bastante libertador não ter que se preocupar com essas bobagens.

Com ele, sempre fora verdadeira. Independentemente do que estivesse usando ou de estar ou não maquiada, ou de comer tudo e depois ainda roubar o último bocado do prato dele, sempre soubera que continuaria sendo sua amiga.

De forma nenhuma Vicki poderia perder isso só por que estava se deixando levar por fantasias ridículas, a todo momento, todos os dias.

Precisava, de uma vez por todas, se despedir desses "*e se isso fosse verdade e todos os meus sonhos se realizassem?*".

Ryan precisava de alguém que pudesse dar conta da pressão de ser companheira de um atleta famoso. Era risível imaginar que ela pudesse ser essa mulher, sobretudo porque tinha urticária só de pensar nisso, ainda mais agora que já sabia como a vida dele era sob os holofotes.

Na verdade ela não se encaixava no mundo dele a não ser como amiga, e, um dia, quando ele escolhesse uma mulher para esposa, sem dúvida a amizade deles ficaria em segundo plano.

E ela teria que lidar com isso.

Provavelmente do mesmo jeito atrapalhado com o qual estava lidando agora, pensou com certo sarcasmo íntimo enquanto cruzava um grupo de homens e mulheres jovens que flertavam, já bêbados, e punha as mãos no balcão.

— Quero um uísque. Duplo.

O mar de juventude de ruidosa sexualidade deu espaço para ela, talvez porque não desejasse que sua iminente crise mental e emocional atrapalhasse o burburinho.

No entanto, só quando o barman lhe trouxe o drinque ela se deu conta do que havia pedido.

Uísque fora a primeira bebida que ela tomara quando Ryan levara escondido uma garrafa de Johnnie Walker para a garagem, em um sábado à noite. O comportado Ryan Sullivan havia na verdade roubado a garrafa da casa de uns amigos e deixado a diversão com eles para ficar com ela.

Haviam se embebedado juntos naquela noite. Bem, pelo menos ela, e fora divertido. Sentira-se tão solta e quente, e mesmo quando começara a embaralhar as palavras e trombara com a bicicleta de um dos irmãos, ela havia se sentido segura.

Não havia no mundo nenhuma outra pessoa com quem pudesse baixar a guarda assim. E o fato de que Ryan havia preferido estar com ela em vez de com os amigos, pelo menos por algumas horas, acalentara-a tanto quanto o álcool.

Fora também nessa noite que ele quase a beijara, e ela ficara apavorada e o rejeitara.

Vicki suspirou ao relembrar. Mesmo aos 15 anos, sabia que ele não teria tentado beijá-la se não estivesse bêbado e cheio de tesão porque as líderes de torcida de sempre não estavam disponíveis naquela noite. Se tivesse permitido, ela não conseguiria respeitar a si mesma na manhã seguinte. Então, fingira que era tudo brincadeira e o afastara.

Nunca mais ele tentara beijá-la. Não até a noite em que ela o chamara com seu corcel branco, e ele chegara ao bar pronto para protegê-la a qualquer custo. Mesmo que isso significasse fingir que a amava tanto quanto ela sempre o amara.

Com o passado e o presente se sobrepondo, na mente e no coração, Vicki inspirou, trêmula. Segurou o copo frio, levando-o à boca, e os rubis e diamantes do anel de seu falso noivado brilharam sob a luz acima de sua cabeça.

— O mesmo para mim.

Ao som da voz grave de Ryan, ela quase derrubou o copo, enquanto ele se sentava a seu lado no balcão. Mas não derrubaria a bebida, já que precisava muito dela. O uísque lhe queimou a garganta.

— Mais um, por favor. — Colocou o copo vazio no balcão e manteve os olhos firmes no barman.

Ryan apoiou a mão no braço dela, mas ela estava tão sensível depois de uma noite cheia de toques que se esquivou. Era isso ou se jogar nos braços dele, bem ali.

Não poderia.

Não faria isso.

Ah, mas como queria!

Odiou senti-lo contrair-se a seu lado ao perceber a rejeição. Odiou o modo como ele cuidadosamente retirou sua mão, depois de ter sido afetuoso antes. E odiou ainda mais quando ele disse:

— Desculpe, Vicki. Eu devia ter percebido que você estava cansada. Devíamos ter caído fora mais cedo.

Ela treinara o controle de si mesma. Nos últimos dias, havia produzido formas artísticas ao canalizar todo o desejo, toda a carência para a arte. Durante toda a noite, havia contado com esse controle e se agarrado firmemente a ele. No entanto, ao recorrer uma vez mais a ele, sentiu que agora flutuava fora de seu alcance.

Suas mãos tremeram ao levar o copo à boca.

— Não tem que se desculpar de nada. — Conseguia ver fragmentos de seu reflexo nos espelhos enferrujados ao fundo do bar. Mesmo sendo apenas fragmentos, mostravam que parecia tão cansada, abatida e acabada quanto realmente se sentia.

— Fui eu quem contou à jornalista que estávamos noivos — ele recordou. — Já sabia como o time comemora notícias assim. Sabia o que aconteceria. Você, não.

Ela ainda desejava que ele a houvesse consultado antes, mas as intenções dele haviam sido as melhores. Como sempre, quando lhe dizia respeito.

Até isso a zangava agora. Saber que, mesmo sendo um homem conhecido como o mais safado dos safados, ele sempre tivera as melhores intenções com ela. E, por fim, era mais fácil dar peso a essa frustração do que aceitar os sentimentos proibidos pelo homem extremamente bonito sentado a seu lado.

— Você só fez isso para me ajudar — disse em um tom que o desafiava —, então como é que pode ser culpa sua?

Sobretudo porque sempre o amara.

Nossa, se ele não estivesse ali, ela tomaria mais uns drinques e deitaria a cabeça no balcão, fingindo que tudo não passava de um pesadelo.

Mas não houve tempo para que ela inspirasse de novo antes que Ryan segurasse sua nuca, aproximando-se dela, prendendo-a com as pernas fortes, encarando-a com ardor nos olhos escuros.

A boca dele ficou a um milímetro da sua antes que pudesse reagir, antes que pudesse ativar uma sinapse ou enviar a si mesma um lembrete íntimo sobre autocontrole, restrições e futuro impossível.

— Assim — Ryan sussurou.

Sentiu o sopro das palavras dele nos lábios e depois a boca sobre a sua, beijando-a como ninguém nunca a havia beijado antes, nem mesmo ele nas duas vezes anteriores.

Foi um beijo completo, a língua dele na dela, como se ele estivesse tentando conhecer todas as nuances de seu gosto. À medida que o beijo se aprofundava, ficava mais intenso e ardente, e ele a puxava mais, tomando de modo selvagem tudo que ela poderia ofertar. Como poderia não ceder — pelo menos por uma fração de segundo — a todo o desejo de também senti-lo?

Vicki o desejava tanto! Anos de desejo culminando neste momento, neste bar, onde ele a beijava como se precisasse de ar nos pulmões.

Os dois drinques que ela acabara de tomar, mais o champanhe constantemente servido na festa do Hawks, deixaram suas reações ainda mais lentas, confusas e soltas.

A bebida podia servir de desculpa.

Mas, mesmo quando era adolescente, ela não havia caído nessa. Não havia sido esperta o bastante para saber que uma transa bêbada era muito pior do que não transar?

E, se Ryan não a queria quando estava sóbrio, isso significava que não a queria de fato.

Forçou-se a se afastar da boca, do calor que transbordava dele, que arrastava suas mãos para os braços fortes, o peito largo, os músculos firmes.

— Ninguém está nos vendo agora — ela conseguiu dizer, deixando as palavras escaparem em meio à respiração ofegante dele. Mesmo quando pensara estar loucamente apaixonada por seu ex, os beijos dele nunca lhe tiraram o fôlego. Nem chegaram ao ponto de fazê-la entregar-se por inteiro. — Ninguém neste bar se importa com beisebol ou se estamos noivos ou não.

Com esses lembretes, feitos para abafar o fogo que se elevava de modo tão selvagem, ela poderia ter fugido dele.

Mas ele não a deixava.

E — ah! — ela acabava ainda mais perdida no desejo, no prazer, no jeito como ele usava os músculos, a força, para conservá-la bem ali onde estava. Mas tinha que tentar, pelo menos mais uma vez, se salvar antes de se soltar de vez.

— O espetáculo terminou. Você não precisa fazer isso, Ryan.

— Sim — ele resmungou. — Preciso, sim.

E sua boca estava de novo na dela, e ele a puxava do banquinho, encaixando-a entre suas pernas, as mãos firmes em seu quadril, a língua forçando a dela a dançar com a dele de novo em um beijo tão semelhante ao ato de amor como ela nunca havia sentido estando ainda vestida.

O gemido que havia tentado tanto conter soou luxuriante e arquejante na boca de Ryan quando Vicki cedeu ao que desejava havia tanto tempo... estar nos braços de Ryan Sullivan.

Pelo menos por uma linda noite.

Havia sido uma noite infernal.

A cada segundo, Ryan desejava Vicki ainda mais. Estava superconsciente de cada gesto sensual do corpo dela, a boca, as mãos, os olhos. O riso dela havia animado a festa, e sua sensualidade natural havia inflamado todos os homens ali — e muitas das mulheres também, ele suspeitava.

Havia se esforçado para manter-se controlado, mas estar tão perto dela e fingir ser mais do que de fato era fora demais para ele.

Tampouco ajudava o ciúme infernal que sentia de qualquer pessoa que a fazia rir, que a olhava com admiração, que não conseguia tirar os olhos de suas curvas sensuais. Se mais um cara da festa houvesse pedido para ver as esculturas dela, ele teria quebrado a cara do sujeito.

Mas, quando entraram na limusine para voltar à casa dele, a loucura havia aumentado. Tão perfumada! E, à medida que a festa seguia, ele havia se acostumado com o prazer de pegar nela, de acariciar sua pele macia.

Não queria parar, não via por que não aconchegar a cabeça dela em seu ombro. Dois amigos que haviam atravessado juntos uma noite difícil.

Mas, quando lhe estendera a mão, ela se afastara e começara a sacudir a maçaneta da porta como se quisesse fugir dele.

Por fim, ele vira como ela estava abatida. E cansada.

Havia mais de uma década ele desempenhava essa cena do jogador profissional. Mas ela não tinha esses anos de prática. Ryan se sentira péssimo por tê-la colocado naquela situação. E por isso a seguira até aquele bar.

Para se desculpar.

Pelo menos fora essa a razão que apresentara a si mesmo, a única aceitável.

Já havia jurado intimamente que não a tocaria de novo, que não cederia ao desejo de tomar a boca de Vicki... ou ao desejo desesperado de saber se ela corresponderia como ele sempre sonhara.

Mas, agora que tinha os lábios dela sob os seus e o corpo dela apertado contra o seu, apesar de todos esses anos de desejo, apesar dos poucos beijos e carinhos que haviam trocado naquela semana, enquanto fingiam ser namorados, era uma esplendorosa revelação como ela era perfumada, como seus lábios eram macios, como suas curvas eram suaves... e quanto ele queria ceder à necessidade de tê-la assim sempre, quando bem entendesse.

Ela estava cansada. Talvez um pouco embriagada.

Ryan sabia que estava se aproveitando disso.

De repente, porém, ele não se importava mais.

Não agora, quando tudo o que sempre quisera, tudo o que sempre sonhara estava finalmente prestes a ser seu.

A vontade de fazer amor com Vicki já tinha 15 anos.

E Ryan não desperdiçaria mais nenhum segundo.

CAPÍTULO DEZESSEIS

Ryan afastou a boca, mas não tirou a mão do pescoço dela. Vicki sentia-se marcada pelo toque dele enquanto ele pegava o celular no bolso para chamar um táxi, pois havia dispensado a limusine. Os olhos não se desgrudavam dela enquanto falava e, assim que desligou, sua boca voltou a procurar a dela.

Exigindo.

Não estava pedindo permissão para beijá-la.

Não estava tentando convencê-la com palavras persuasivas de que deveriam ir para a cama.

Em vez disso, simplesmente lhe mostrava do modo mais simples possível que o que haviam armado ao longo da noite definitivamente estava para acontecer.

Surpreendentemente, foi justamente isso que arrancou toda a paixão de dentro dela. Apesar de sua relutância anterior, não havia como negar que esse momento — nos braços apertados de Ryan, lábios e língua enredados em um salão escuro que cheirava a cerveja e champanhe — era perfeito.

Ele era homem. Ela era mulher. E eles partilhariam do que homens e mulheres haviam sido feitos para partilhar desde sempre.

Ele mal parou de beijá-la enquanto cruzavam o salão em direção à calçada. E ocorreu a Vicki que, se alguém os visse e reconhecesse Ryan, não haveria dúvida nenhuma de que eram mesmo um casal.

Que loucura! Esta noite de paixão que estavam prestes a dividir em um mundo onde o que parecia real não era e o que era falso poderia tornar-se explosivo e momentaneamente verdadeiro, em um doce momento de desejo.

No bar, ela não o havia procurado, não o havia tocado, com medo de não deixá-lo mais. Ao sair, não tivera escolha senão passar os braços pela cintura dele quando atravessavam o salão cheio. Agora, mesmo enquanto abria a porta do táxi para que ela entrasse, Ryan conservava a outra mão na dela, segurando-a junto de si como se tivesse medo que ela pudesse fugir se a soltasse por um segundo.

Vicki nunca havia sido o tipo de mulher que transa no banco traseiro de um táxi. Seu ex-marido lhe havia dito mil vezes que ela era rígida demais para ser uma artista "de verdade", que, se conseguisse se soltar, talvez viesse a encontrar seu verdadeiro eu artístico.

Ela o odiara toda vez que o ouvira dizer isso, e ainda mais quando se separaram, pois acabara percebendo que ele tinha razão. Mas, agora, pela primeira vez, ela percebia que a culpa não havia sido apenas sua.

Quando Ryan a estava beijando, quando suas mãos estavam nas dela e ele acariciava a pele logo acima de seu joelho, tudo o que queria fazer era estar ali, inteiramente naquele momento.

Não tinha escolha senão *ser* essa mulher.

Foi preciso estar com Ryan para perceber que seu ex-marido simplesmente não fora homem suficiente para despertar nela essa reação passional, mesmo que todo mundo o achasse maravilhoso, mesmo sendo tão procurado por mulheres e homens de seu estreito mundo das artes.

Ryan afastou a boca apenas por um breve segundo para dar o endereço ao taxista e em seguida era todo dela de novo. Recostado no banco de couro, colocou-a no colo sem esforço, de modo que ela montou nele.

Vicki arfava de desejo ao senti-lo tão viril, duro e pulsante entre suas pernas. Arfou de novo com os dedos dele em suas coxas e depois na curva do quadril.

Ela havia se divertido com Ryan tantas vezes. Haviam conversado até tarde tantas vezes sobre família, viagens e sonhos. Mas nesse tempo todo não havia conhecido esse lado dele, nunca havia imaginado que o rapaz simpático pelo qual sentia tanta atração pudesse ser um homem tão possessivo.

Ninguém nunca a havia reivindicado tão completamente em momento algum, nem mesmo o homem com quem se casara.

Bastaram os olhos e as mãos de Ryan nela para que Vicki se sentisse irrevogavelmente dele. Isso a encantava e a amedrontava na mesma medida.

Confusa diante do tumulto de emoções íntimas, atraída pelo tesão e pelos desejos que jamais imaginara que se revelariam, ela fez a única coisa que podia: passou sua mão de escultora pelo lindo rosto dele e fechou os olhos.

Precisava vê-lo. Realmente vê-lo da única maneira que sabia enxergar.

Vicki deixou as mãos no rosto de Ryan por um bom tempo, aquietando-se com a sensação da pele dele e de seus contornos, como já havia feito muitas vezes com argila.

Isso deveria acalmá-la. Porém, a argila não pulsava.

A argila não era quente.

A argila não arfava.

E a argila não dizia o nome dela em um sussurro que era tanto um pedido quanto uma expressão de pura gratidão.

As mãos dele a apertaram mais nos quadris, e ele a trouxe para mais perto. Ela não podia deixar de se embalar uma, duas, três vezes no prazer íntimo que lhe dava esse tesão dele. Ele soltou um gemido baixo, e, à medida que ela se arqueava mais uma vez, ele lambeu seu pescoço.

Céus! Quase que essa lenta carícia dele a levou às alturas. Apenas mais uns afagos em sua pele ultrassensível e quente, apenas mais uma investida nele, e não só ela seria o tipo que transa em um carro, como também o tipo que gozaria em um carro.

Mas, surpreendentemente, não foi seu senso de decoro, nem o último vestígio de autocontrole que a fez deslizar para trás nas coxas dele, o suficiente apenas para não explodir. Foi o fato de que suas mãos estavam ainda mais insistentes, implorando pela oportunidade de finalmente tocar o homem que até então ela só havia podido admirar visualmente, focando nos planos e traços de seu rosto.

Poderia explorar o rosto de Ryan durante horas — o osso ligeiramente irregular do nariz, que havia sido atingido por uma bola, os picos e vales de seu lábio superior, o pelo curto e aparado do queixo e das bochechas, que raspavam em seus dedos e na palma das mãos, a curva perfeita do lóbulo da orelha, o ponto em que o coração pulsava forte.

Como seria tudo isso dentro dela e não em suas mãos?, pensava.

Descobriria isso essa noite?

Essas últimas perguntas fizeram Vicki se aproximar mais dele, abrindo os olhos. Até agora, havia sido sempre Ryan a beijá-la. Desde aquela primeira noite no bar do hotel, quando esse falso relacionamento havia começado, fora Ryan a tomar sua boca em um beijo suave.

Ambos sabiam que ele poderia tomar o que quisesse dela agora, mesmo no banco traseiro de um táxi. Ele era maior. Mais forte. E ela o queria. Muito. No entanto, ele permaneceu quieto.

Observando-a com os olhos escuros.

Esperando, como se quisesse ver se ela teria coragem suficiente para exigir dele o que ele exigira dela no bar.

Vicki disse a si mesma que seu coração não deveria estar pulsando tanto no peito por causa de mais um beijo. Mas estava.

Ela sabia que era muito mais que um beijo.

Tratava-se da diferença entre permitir que Ryan a seduzisse... e ser também parceira atuante na sedução.

Ryan não havia dito nada, mas ela podia ouvir mesmo assim a voz dele. *Vamos, Vicki. Só um beijo. Você sabe que quer*.

Como se ele houvesse dito as palavras em voz alta, seus olhos escuros brilharam com a graça sempre presente, a combinação perfeita de malícia e ousadia, segurança e delicadeza.

Foi então que Vicki soube que estava perdida.

Não só por um beijo.

Não só por uma noite.

Mas para sempre.

Fariam amor esta noite. Seria bonito, excitante e provavelmente o auge de todas as fantasias sexuais que ela já tivera.

Mas não precisava ir para a cama com Ryan para saber que ele já havia conquistado o seu coração.

E que fazer amor provavelmente lhes causaria um dano irreparável na manhã seguinte.

Ela o beijou mesmo assim.

CAPÍTULO DEZESSETE

Vicki pressionou com suavidade a boca nos lábios de Ryan quando finalmente o beijou.

Nossa! Como era gostoso. Adorou o jeito como sua língua encontrou a dele antes de recuar de leve e acariciar seus lábios e dentes.

Sobretudo, adorou o fato de que ela enfim o procurara.

Não só com a boca, mas pelo modo como colocou as mãos no rosto dele e fechou os olhos, como se o estivesse esculpindo. Sentado no táxi, vestido e com as mãos dela nele, ele se sentiu nu. E completamente transparente. Como se Vicki tivesse uma linha direta com seu coração e sua alma.

Queria que ela soubesse de tudo, tudo o que ele não sabia como dizer, mas não podia deixar de sentir.

Quando o taxista freou bruscamente, Ryan ficou contente com o pretexto — com qualquer pretexto — para abraçá-la ainda mais. Nunca havia sentido nada tão bom quanto tê-la nos braços, e, quando ela se embalara nele uns instantes atrás, ele quase gozara, de roupa e tudo.

Ela tentou sair do colo dele quando ele foi pegar a carteira, mas Ryan não queria soltá-la. Segurou logo a mão dela, para que não saísse do táxi antes dele.

O táxi se afastou logo, e, à luz da rua diante de seu portão, o lindo rosto dela estava corado. Os cílios lhe cobriam os olhos, e ele quis erguer o queixo dela, fazer com que o encarasse e visse realmente quem a queria, antes de tomá-la bem ali na rua.

No entanto, deu-se um vago vislumbre de bom senso. Uma vez dentro de casa, seria o fim das apostas.

Não haveria constrangimento nenhum.

Nem recuo.

Havia esperado demais por ela. Será que ela havia esperado tanto assim por ele? Ou estava apenas enlevada pelo momento?

Mesmo tendo dito a si mesmo que isso não importava, que resolveriam tudo pela manhã, ele não conseguia afastar direito a pontada no peito que parecia lhe dizer que isso importava, sim, e muito, se fosse apenas um impulso de Vicki.

Droga, nunca havia desejado tanto alguém! Porém, se ela hesitasse, ele sabia que...

— Vamos entrar, Ryan. — Ficou surpreso ao ver no olhar de Vicki o tipo de paixão que ela tinha com suas esculturas. — Quero sentir mais de você nos meus dedos. — Ela lambeu os lábios e sussurrou: — Você inteiro.

Latejando por trás do zíper, Ryan teclou rapidamente o código de segurança e guiou a ambos pelos degraus da entrada da casa que haviam partilhado como amigos nos últimos dias.

Juntos, foram para o sofá onde haviam tentado assistir a um filme na noite anterior. Mesmo durante os cinco minutos de filme, fora uma tortura não tocar nela, não deitá-la e despi-la de modo que pudesse sentir cada pedacinho de seu corpo.

Que diferença em apenas dois dias!

Foi a coisa mais natural do mundo envolvê-la nos braços e colocá-la bem onde a queria. Os olhos verdes dela estavam tão grandes e tão bonitos ao piscarem quando ele se aproximou. Ela era tão menor do que ele; por isso, queria ser cuidadoso, não queria colocar muito peso sobre ela, ainda que não se aproximar mais fosse massacrante.

Vicki aproveitou a pequena distância entre eles para tirar o paletó dele. Ele a ajudou e, em seguida, com suas mãos habilidosas e ágeis, ela desabotoou a camisa dele.

A respiração de Ryan se acelerava a cada toque dos dedos de Vicki em seu peito. Mais um pouco e ele perderia o controle. Precisava se controlar, pelo menos o suficiente para não assustá-la com quanto a desejava.

Tudo.

Ela ergueu os olhos justamente quando essa palavra ecoou na cabeça dele.

— Você é tão lindo, Ryan — disse e então apoiou as mãos espalmadas no peito que havia despido.

Ele precisava vê-la também, precisava despi-la daquele vestido sexy, ver suas curvas maravilhosas e descobrir se todas as fantasias relacionadas a seu corpo nu eram mesmo verdadeiras. Mas ela então fechou os olhos de novo e começou a passar os dedos na pele dele.

Ela raspou as unhas vagarosamente nos pelos de seu peito, e ele não conseguiu controlar um gemido surdo diante da suavidade desse toque. Um outro sorriso surgiu nos lábios dela enquanto brincava um pouco mais com ele.

— Adoro como você vibra nas minhas mãos — cochichou ela, subindo as mãos até os ombros dele.

Ele pensou que preferia as mãos dela mais abaixo, mas o modo como traçava cada linha de músculo e tendão dos ombros, depois no pescoço, era a coisa mais sensual que uma mulher já havia feito nele com as mãos.

Se ela quisesse apenas continuar tocando-o assim por quanto tempo quisesse, ele não reclamaria.

Mas então ela desceu as mãos do pescoço para os ombros e dos ombros para os braços. Puxando o tecido da camisa para poder tocar sua a pele, ela envolveu com as mãos os bíceps e tríceps dele, que se arqueavam pelo esforço de sustentá-lo sobre ela, e suspirou contente.

Vicki foi abrindo os olhos e surpreendendo-o de novo com a beleza deles.

— Você é tão perfeito. Adoro tocar você.

Ele não resistiu e tomou-lhe os lábios em um beijo que dizia a ela que a achava absolutamente perfeita também. Agarrada aos braços dele, sentia o beijo se aprofundar, arqueando o quadril. Suas pernas estavam presas entre as dele, e ele aproveitou para pressionar mais o corpo no dela. Desta vez sua foi ela quem gemeu quando ambos foram tomados de prazer.

Ryan não se deitava em um sofá completamente vestido, em um amasso com uma garota, desde os tempos de escola. Nessa bruma de luxúria em que se encontrava, ocorreu-lhe que eles estarem ali era adequado, pois era como se estivessem revisitando todas as oportunidades perdidas quando adolescentes.

Se a houvesse tido assim naquela época, teria perdido a cabeça, pois a desejava demais. Todos os anos a partir de então apenas fizeram aumentar esse desejo, e ele tinha que se controlar para não arrancar de uma vez as roupas dela e possuí-la.

Droga, a quem queria enganar? Era exatamente isso o que precisava fazer.

Um segundo depois, ele arrancava a própria camisa e pegava um dos zíperes da frente do vestido dela.

— Eu quis fazer isto a noite toda.

Ele finalmente puxou um pouquinho um zíper, descobrindo a pele macia dela. Teria continuado até o fim se ela não houvesse demonstrado surpresa.

— É mesmo?

Achava que ela sabia exatamente o que estava fazendo com aquele vestido, que havia criado intencionalmente o máximo da fantasia — de abrir os zíperes um a um, dos seios, quadril e coxas — para qualquer sujeito da festa.

— Todo mundo quis.

Ela arregalou os olhos e lambeu os lábios, como se estivesse preocupada.

— Todo mundo?

Ele adorava Vicki e confiava nela como não confiava em nenhuma outra mulher além de suas parentes, mas era difícil acreditar que ela estivesse surpresa pelo que havia provocado naquela noite.

Ele aproximou a boca do ponto logo abaixo da orelha dela e, depois de dar ali uma mordidinha e, em seguida, de lambê-la, disse:

— Você com certeza sabia o que todos esses zíperes provocariam em um bando de jogadores excitados.

— Não — jurou, enquanto os arrepios explodiam em sua suave e macia compleição ao novo toque dos dentes dele, depois da língua, no outro lado do pescoço. — Minha amiga Anne é tão talentosa que eu precisava usar este vestido. E também não tinha outro.

Ryan ergueu a cabeça a fim de olhar para a beleza surpreendentemente inocente embaixo dele. Ela vivera por mais de uma década com artistas que, ele imaginava, faziam festas mais pesadas até que as grandes estrelas do esporte, que provavelmente participavam de grupos pervertidos pelos quais nem mesmo um cara como ele tinha interesse.

Como ela havia permanecido fora disso tudo?

— Me lembre de agradecer da próxima vez pelo prazer de desembrulhar você desse jeito. — Ele puxou o zíper de novo, até o fim desta vez, de modo que os seios dela ficaram livres.

Ryan ficou paralisado, olhando-a.

— Meu Deus, Vicki... — Ele engoliu em seco, tentando se agarrar ao que lhe restava de um frágil controle de si mesmo. — Você está sem sutiã. E seus seios são...

Não havia palavras para descrevê-los. Nada que lhes fizesse justiça.

Na pele clara, seus mamilos eram escuros, corados. Enquanto ele os olhava, encantado, os bicos se enrijeceram ainda mais.

Vicki preenchia todas as fantasias que ele jamais concebera, o corpo dela era feito para a mais pura e doce forma de sexo, com curvas que se encaixavam em suas mãos, boca e...

— Ryan?

Conseguiu ouvir o medo começando a borbulhar na voz dela pelo modo louco como ele estava agindo, mas não tinha mais lucidez para lidar com isso. Tudo o que conseguia fazer era pegar na mão a pele mais macia que já havia tocado.

Seu membro latejava tanto que sua ereção mais doía do que dava prazer, mas tentar controlar o desejo por Vicki não importava mais. Nada mais importava a não ser tocá-la como ela o tocara, descobrindo-a com as mãos em sua pele, seus suaves gemidos de desejo reverberando em todo ele.

Como apenas uma mão era insuficiente, ele a cobriu com as duas, espalmando-as na pele dela como ela havia feito com ele. Sentia o pulsar de seu coração muito acelerado, muito forte sob suas mãos.

Palavras que não havia planejado, cheias de emoções que sabia não dever sentir por uma amiga, ficaram na ponta de sua língua, e a única maneira de não dizê-las era levando aos lábios aquele lindo seio. As mãos de Vicki enfiaram-se nos cabelos dele à medida que ela se arqueava mais. Ele começou rolando a língua pelos seios dela. Depois, quis senti-la melhor com os dentes, os lábios. Ela arfava enquanto ele mordiscava sua pele sensível, chupando-a com mais força na tentativa desesperada de sorver dessa doçura.

De repente, o quadril de Vicki enlouqueceu debaixo dele, e Ryan estava prestes a descer as mãos por ele, segurando-a, antes que ela sem querer o levasse às alturas, quando ela sussurrou "Ryan", em uma voz rouca, repetindo o nome dele sem parar.

Nossa! Ele de repente percebeu que ela ia se desmanchando com nada além dos lábios dele em seus seios.

Ele a segurou com força pelo quadril e cobriu-a como vinha querendo desde o início da noite. Não teve tempo para ser preocupar em ser gentil ou em se segurar por medo de chocá-la. Não queria que ela jamais se esquecesse do primeiro orgasmo em seus braços... e não tinha nenhuma intenção de deixar que ela se esquivasse do fato de que era ele quem a estava levando para além das fronteiras do prazer.

A pele dela ficou úmida sob ele à medida que chegava cada vez mais perto do gozo, e foi por puro instinto que ele ergueu a cabeça e acariciou o rosto dela com uma das mãos enquanto ela se contorcia embaixo dele.

— Solte-se, Vicki. Me deixe ver como você é linda.

Ela foi abrindo os olhos, entreabrindo os lábios arfantes. Arqueou-se, tremendo de prazer exatamente quando ele tomou-lhe a boca em um beijo ardente. Mais uma vez, e outra, ele movimentou o quadril sobre o dela, segurando-a contra si, até finalmente senti-la relaxada e macia de novo.

Ryan sentia-se selvagem, como um animal finalmente liberto, e, com uma leve mordida no lábio inferior dela, encarou a mulher de quem precisava mais do que ninguém.

Ainda de olhos fechados, ela ofegava quando ele passou o dedo pelos lábios que acabara de devorar. Lentamente, ela os abriu, corando mais. Ryan não havia percebido que sorria até ela sorrir também.

— Você é maravilhosa, Vicki.

Ela piscou uma, duas vezes, virando um pouco a cabeça como se de repente tivesse ficado envergonhada.

— Não sabia que isso aconteceria. Não costumo ser tão... — Ela balançou um pouco a cabeça, olhando os bíceps dele. — ... sensível.

Embora adorando ouvir que ele a fazia sentir coisas que em geral não sentia, ela parecia ter medo de encará-lo, e ele detestava isso. Segurando-a pelo queixo gentilmente, Ryan a fez voltar-se para ele.

— Acho que nunca mais vou ficar à vontade nesse sofá — ela a provocou, sorrindo, embora seu sangue pulsasse tanto nas veias que mal conseguia formular uma frase.

Era verdade, claro, que ele relembraria aqueles últimos quinze minutos durante muito tempo. Toda vez que entrasse na sala, ele veria Vicki deitada embaixo dele, com os lindos seios transbordando em suas mãos e boca, enquanto ela se arqueava e gozava.

Ela corou de novo, mas dessa vez ele não deixaria que virasse o rosto.

— Você é tão linda quando goza — disse ele, forçando-a a enxergar exatamente o que fizera com ele. — Mais bonita ainda do que eu tinha imaginado.

De novo, aquela leve expressão confusa franziu o ponto entre as sobrancelhas dela.

— Você não tem ideia de quantas noites, quantas horas eu pensei em você — ele admitiu, baixinho. Afinal, agora que estavam realmente juntos, não havia por que esconder suas fantasias infinitas. — Estava louco para saber como você se tocava. Do que gostava. Como. Não parava de imaginar os sons que faria quando estivesse quase gozando... e quando finalmente gozasse.

Ela não disse nada, só continuou a encará-lo como se não pudesse acreditar que era verdade o que ouvia. Querendo que ela acreditasse, precisando que ela soubesse o quanto significava para ele — o quanto sempre significara —, ele deslizou a mão de seu quadril até os seios.

Dos lindos lábios saiu outro som arfante enquanto ele segurava as curvas macias e passava o dedo pelos mamilos rígidos, ainda úmidos.

— Também sonhava ver você nua um dia — admitiu, em uma voz rouca de desejo.

— Ryan... por favor.

Ele não sabia se ela estava implorando que parasse de revelar seus desejos secretos ou para começar logo a aproveitá-los. Não que houvesse outra escolha, claro. Ele não chegaria tão perto de despi-la sem fazer bom proveito disso.

Ele sorriu de novo, um amigo que acabava de se tornar mais que isso. Ainda bem! Os benefícios da amizade nunca foram tão bons, com certeza.

— Sempre gostei de ouvir uma mulher implorando.

Ela virou os olhos, e então ele ficou feliz de ver que a timidez finalmente havia passado.

— Já ouvi dizer — ela respondeu, erguendo a sobrancelha de um jeito atrevido.

Ryan baixou os lábios em um dos seios, depois no outro.

— O que mais ouviu dizer? — Quando ela não respondeu logo, ele a lambeu de novo. — E aí? Quero saber.

— Não consigo pensar enquanto faz isso.

Ele sorriu mais.

— Ótimo. — Mudando de posição sobre ela, ele se afastou para conseguir segurar os zíperes que começavam logo acima dos joelhos dela e subiam pelas coxas. — Nossa, que tesão! — disse, abrindo devagar o primeiro zíper, revelando a coxa centímetro por centímetro.

Sentia o ligeiro tremor dela sob suas mãos, mas era obviamente de desejo, não de medo. Então, ele o saboreou, raspando a ponta das unhas devagar pelo alto da coxa dela, de modo que ela se encolheu toda.

Como fazer outra coisa que não fosse lamber toda a perna que acabava de descobrir? Com um lado aberto agora, o tecido do vestido mal cobria suas partes mais íntimas, e ele estava a ponto de puxá-lo e cair de boca no calor dela. Contudo, conseguiu se segurar e abrir o zíper do outro lado. Não conseguiu ir tão devagar desta vez, mal se contendo diante da ideia de Vicki quase nua em seu sofá.

Com um rápido puxão, ele agarrou o vestido e o tirou por completo. Quando Vicki instintivamente se mexeu para se cobrir, ele pegou as mãos dela e as segurou acima de sua cabeça.

— Você estava completamente nua embaixo desse vestido! — Ele resfolegava tanto que mal pronunciou as palavras.

Segurava as mãos dela alto o suficiente para fazê-la arquear-se um pouco e, em um movimento rápido, mudou a posição das pernas de modo a ficar entre as dela, sentindo-la toda aberta para ele de uma vez.

Ryan nunca antes vira nenhuma mulher tão bonita quanto Vicki.

Nem parecida.

Sabia que a estava encarando como se fosse um moleque vendo uma garota nua pela primeira vez, mas, de certo modo, era assim que se sentia. Todas as outras mulheres com quem estivera antes caíram por terra — as modelos, as atrizes de cinema, as fãs de beisebol —, todas pareciam completamente insignificantes agora.

— Você devia ficar nua sempre. É perfeita. Mais que perfeita.

O riso dela o pegou desprevenido.

— Você realmente sempre sabe o que dizer para uma garota, hein?

Ele adorava quando ela ria, mas não à custa de si mesma. Ou dele.

— Está me chamando de mentiroso?

Ela lhe lançou um olhar que poucas pessoas além de sua família lhe davam. Um olhar que dizia que ele estava falando bobagem.

— Nós dois sabemos que não sou perfeita. De jeito nenhum. — Ela logo acrescentou. — E estou bem com isso, com o que sou. Achei que você, mais que ninguém, saberia que não precisa dizer coisas que não são...

Ryan fechou sua boca com os lábios antes que ela dissesse qualquer coisa que o chateasse, mas, mesmo perdido de tesão, não conseguiu esquecer como Vicki havia duvidado do que ele dissera. Daquilo em que ele acreditava.

E que era verdade, droga!

Mostraria a ela como a era perfeita... carícia por carícia, beijo por beijo.

E assim seria até ela acreditar.

CAPÍTULO DEZOITO

— Deixe suas mãos aí, acima da cabeça.

Vicki arregalou os olhos diante da ordem de Ryan, mas ele não tranquilizou a surpresa dela nem riu como se estivesse brincando. Em vez disso, fez com que ela agarrasse com os dedos o braço do sofá.

— Se você precisar se segurar em alguma coisa, isso vai ajudar.

Um segundo depois, voltou para mais um beijo em sua boca antes de começar a percorrer com beijos seu rosto, pálpebras, mordiscando o lóbulo das orelhas por um instante e, então, obtendo dela um gemido de prazer diante de mais uma lambidinha no pescoço.

Ainda que saboreasse cada segundo da atenção dele, cada um de seus beijos, Vicki não conseguia acreditar em nada daquilo. Nadinha mesmo.

Ela estava mesmo embaixo de Ryan Sullivan? Ele a estava mesmo beijando com tanta paixão? Ela já havia gozado, de roupa e tudo, no sofá dele, e mais uma vez isso aconteceria se ele continuasse a beijando desse jeito!

E teria ele descoberto a verdade... que essa restrição leve e o comando gentil provocaram todos os desejos secretos dela?

O grupo do seu ex-marido a havia ridicularizado por ela não participar de suas experiências sexuais regadas a drogas, mas a ideia de se envolver com qualquer um deles a enojava. Eles a chamaram de pudica — sobretudo seu marido —, e ela havia permitido. Ainda bem que nunca ousara revelar seus desejos a Anthony depois de seus primeiros anos, quando ele parecia feliz só por estar com ela.

Ficou tensa ao pensar que deveria tentar se preservar também com Ryan.

Ele parou de dar beijinhos no braço dela e a encarou, com os olhos cheios de desejo tirando-lhe o fôlego de novo.

— Você ficou tensa.

Ele estava em sintonia com o corpo dela *a esse ponto?* Ela mal havia se enrijecido, mas Ryan percebera.

— Fiz alguma coisa de que você não gostou? Estou sendo bruto?

Quer que eu seja mais gentil?

Ela engoliu em seco, balançando a cabeça.

— Você sabe muito bem como estou gostando de tudo o que está fazendo.

Nossa! Detestava ficar envergonhada toda vez que o olhava ou falava com ele, mas ainda estava tentando entender o que estavam fazendo. Mais que isso, não queria que o ex-marido se imiscuísse naquele momento maravilhoso nem por um segundo.

Não deixaria que isso acontecesse de novo.

Voltando toda a atenção para seu belíssimo amigo, ela disse:

— Imagino que vou começar a gostar ainda mais logo, logo.

Ele então sorriu. E ela jurava que os sensuais olhos escuros e intensos, com o sorriso contagiante, formavam a combinação mais sexy do mundo!

— Adivinhou! — Ele lhe roubou um beijo, mordiscando seu lábio inferior de um jeito gostoso. — E assim? É bom?

Ela se esforçou para recuperar o fôlego.

— Sim. É bom.

Adorou receber mais um sorriso e percebeu que faria qualquer coisa para obter mais sorrisos dele.

Ele se mexeu, colocando os lábios embaixo de seus seios. Primeiro, veio o beijo, depois, um leve beliscão com os dentes na pele sensível. Depois, lambeu onde os dentes haviam mordiscado e ergueu a cabeça.

— E que tal assim?

— Hummm — foi tudo o que conseguiu murmurar enquanto ele dava ao outro seio a mesma atenção deliciosa. Por fim, ela conseguiu dizer: — Bom.

Mas então — minha nossa! — ele começou a descer, beijando uma linha de arrepios que se tornaram línguas de fogo no meio de sua barriga.

Não estava constrangida pelo modo como havia gozado antes, quando ele estivera brincando com seus seios e eles estavam se agarrando. Mas já sabia, assim que essa boca travessa começou a descer por suas pernas, que não teria como se segurar pela segunda vez.

O que ele pensaria de ela gozar tão rápido de novo? Pensaria que estava desesperada e que ir para a cama com ele era a maior fantasia sexual de sua vida?

Claro, ele contara que havia fantasiado com ela quando adolescente. Mas era fácil descontar isso — todo mundo sabe que adolescentes não conseguem controlar seus hormônios diante de nenhum rabo de saia. Além disso, sendo sua colega de garagem, era a única que passava dos limites com ele. De fato, isso devia ter tido efeitos esquisitos na cabeça dele. O clássico caso de desejar o que não se pode ter.

Sem dúvida, precisava se preparar para os lábios dele em seu centro de prazer. Claro que gostaria. Como não? Mas desta vez não perderia o controle.

Conservaria pelo menos um pequeno segredo íntimo. Particular.

Outra mordidinha de Ryan em sua barriga a tirou de seus pensamentos, e ela imaginou se ele estava fazendo isso de propósito para que ela não viajasse muito enquanto estivessem juntos.

— Se eu tivesse champanhe, eu a beberia em você — ele murmurou pouco antes de lamber uma linha até seu umbigo. — Bem aqui. — Desceu um pouco pelo quadril. — E logo aqui embaixo. — Com intenção óbvia, ele foi para o outro lado. — Aqui também.

Como ela conseguiria cumprir o juramento íntimo que acabava de fazer, pensou, desamparada, enquanto ele brincava com seu corpo todo desejoso.

— Diga, Vicki, você gosta disso?

A voz dele era grave. Rouca de desejo. E tão sensual que ela praticamente estava gozando de novo apenas com o modo como ele

juntava as palavras.

— Você gostaria se eu despejasse champanhe no seu seio e fizesse você ficar quieta até ficar toda limpa de novo só com a minha língua?

Sério, ele estava tentando matá-la?

Como ela não respondeu logo, ele a mordiscou de novo, bem abaixo do umbigo.

— Sim — arfou —, eu gostaria.

Flagrou o brilho do sorriso dele e ouviu-o dizer:

— Ótimo, eu *adoraria*. — E abaixou a cabeça de novo.

Enquanto a torturava com a boca, suas mãos fortes acariciavam o lado de dentro de seus braços e costas antes de passarem por baixo de seu quadril, embalando-a. Ele virou a cabeça e apertou o rosto na barriga dela, segurando-a assim por longos minutos.

Vicki sentiu-se mais que preciosa — e incrivelmente segura. Então, em uma fração de segundos, um ligeiro movimento dos polegares entre suas coxas substituiu essa segurança por uma pontada de tesão tão intensa que ela chegou a ter medo do poder que isso teria.

Um instante depois, ele a estava lambendo, devagar, confiante e tão maravilhosamente que todos os pensamentos de medo ou segurança desapareceram como se nunca houvessem existido. Ela se ouviu gritar como se estivesse distante, bem distante, e suas mãos escorregaram do braço do sofá enquanto gozava de novo, indo mais fundo em seu prazer ao sentir a língua dele tão intimamente, com a onda que a arrebatava, irradiando do centro de seu prazer até os seios, membros e extremidades.

O prazer foi doce e intoxicante, e ela nunca havia se sentido tão bem.

Logo depois, Ryan a erguia do sofá e se dirigia para a escada. Com os braços no pescoço dele, ela aconchegou a cabeça na curva de seu ombro. Ele cheirava a sexo, suor e *Ryan*. Se pudesse engarrafar essa essência, ganharia milhões, pensou com sonolenta satisfação.

— Bom?

Havia certo riso na voz dele enquanto a questionava sobre se havia sentido prazer. Ela também sorriu, lambendo a pele salgada dele.

Ah! Como ele era gostoso. Ela experimentou de novo e respondeu:

— Muito bom.

— Foi muito bom para mim também — ele disse, abrindo com um chute a porta do quarto, colocando-a sobre a imensa cama no meio do cômodo e rapidamente tirando o restante da roupa.

Na última semana, toda vez que ela fora dormir no quarto de hóspedes, ficara sonhando em estar ali. No entanto, mesmo em sonhos, ela não havia chegado perto de saber como ele era lindo completamente nu.

— Ótimo — ela disse sem pensar —, acabou de fazer todos os outros homens perderem a graça para mim.

Ele olhou para baixo — e estava ereto em toda a sua glória masculina —, depois olhou-a de novo, erguendo as sobrancelhas e parecendo bastante satisfeito consigo mesmo.

— Ótimo.

Não, ela pensou, não era ótimo. Era horrível, pois, depois que essa fantasia ridícula chegasse ao fim e ela tivesse que voltar à realidade, estaria realmente ferrada. E não de um jeito bom.

Já estava perdida por causa do humor dele. Sua gentileza. Seu talento. A maneira como amava a família e sempre a priorizava.

E agora *isso*?

Se já não estivesse relaxada depois daqueles dois orgasmos espetaculares, ficaria louca com isso.

Porém, ele não havia se jogado em cima dela desde que vieram para o quarto. Deixando de lado uma ligeira decepção com esse fato, à medida que ondas de exaustão a atingiam enquanto se esticava na cama, disse a si mesma que era bom que a névoa maluca do desejo que andara embaçando a cabeça deles estivesse finalmente se dissipando.

Pelo menos conseguia falar com ele normalmente de novo sem toda aquela vergonha e timidez. Ele se juntaria a ela na cama logo, e terminariam de transar, e depois ela voltaria para o quarto de hóspedes e ambos colocariam tudo na conta de algumas horas de momentânea loucura.

Acabariam rindo de tudo pela manhã, pensou, com um bocejo de cansaço. Se o perdesse como amigo...

— Com sono?

A primeira dica de que estava enganada em relação à possível diminuição dessa paixão estava no tom da voz dele. Tão perigosamente tranquila, na verdade, que só essa palavra já lhe deu arrepios.

— Você acabou comigo — ela provocou, tentando ser leve.

Será que ele não sabia que precisavam terminar de um jeito que pudessem encarar como algo passageiro no dia seguinte?

Além disso, já não estava nem um pouco bêbada, então, não poderia culpar o álcool por nada que fizesse — ou sentisse — dali em diante.

Ou seja, dali em diante tudo seria ela... e ela simplesmente não queria sentir nada além de simples prazer físico com Ryan, enquanto estivessem nus e aos beijos.

Ele deu um passo na direção dela.

— Vou ter que me esforçar mais para que você fique acordada, né?

Ainda que quisesse agir como se tudo o que estavam fazendo — e já haviam feito — não fosse nada demais, Vicki não conseguiu ficar quieta, esperando por ele. Sentindo-se repentinamente vulnerável, deslizou para trás.

A mão de Ryan em seu tornozelo a impediu de continuar se movimentando para longe dele. Ela engoliu em seco ao vê-la, tão bronzeada, em sua pele clara.

A outra mão segurou o outro tornozelo logo em seguida, e, antes que ela conseguisse respirar, sentiu a colcha macia raspando em suas costas e coxas enquanto ele a puxava.

Ele não parou de puxá-la até que ficasse na beirada da cama. Posicionou-se então de modo a ficar com as pernas entre as dela. Puxou as pernas dela até a altura da cintura, e ela as cruzou em suas costas. A cama, alta o bastante, permitia que a virilha dele ficasse pouco mais alta que a dela. Ele não precisava dobrar as pernas.

Ela não sabia onde se segurar, como agir, sentindo-se perdida e completamente fora de si. Haviam cruzado muitos limites esta noite, mas nenhum *tão grande* assim. Sim, ela gozara rapidamente ao menor toque dele, mas tinha certeza de que ele estava acostumado a esse tipo de reação das mulheres.

Mas ela nunca se reabilitaria por ter implorado... principalmente porque Ryan não deixaria que ela esquecesse isso.

Porém, o modo como a olhava agora, como se possuísse o corpo e a alma dela e estivesse mais do que satisfeito com isso, levou-a a pensar se ele sabia exatamente como estava se sentindo sem ter que dizer uma única palavra.

— É assim que quero você, Vicki. Aberta para mim. Pronta. Sempre.

O olhar dele, de pleno prazer, corria pelo corpo dela e voltava a encará-la nos olhos, por onde ela tentava não se entregar de jeito nenhum.

Instintivamente, reconheceu as palavras dele como uma ordem. Lembrando a si mesma que, se não quisesse obedecê-las, bastava descruzar as pernas e sair da cama, deixou-as exatamente onde estavam, à medida que ele começava a subir a mão lentamente dos tornozelos pelas pernas até as coxas.

Depois, ele se inclinou sobre ela, e a boca pecaminosamente talentosa era um calor só em seus seios.

Vicki teve que tocá-lo, teve que colocar a mão no peito dele e nos músculos largos de suas costas. Queria memorizar cada centímetro dele só pelo toque, mas sua concentração foi logo quebrada pela pressão da ereção dele, grande e dura, em sua barriga. Ele lhe deu um beijo atrás do outro no pescoço, no colo, até chegar ao ponto abaixo de sua orelha, fazendo-a arrepiar-se de novo.

— Está mais acordada agora?

Não lhe deu tempo de responder, cobrindo-lhe a boca com a sua. Ela se entregou completamente ao beijo, adorando o modo como ele a devorava e deixando-se devorar por ela. Apertou os tornozelos no quadril dele ao mesmo tempo que ele encostava em seu baixo ventre.

Com as mãos dele nos cabelos dela, eles continuavam a engolir a boca um do outro, e então Ryan foi mudando de posição, abaixando o quadril e — *ah, meu Deus!* — ela o sentiu penetrar com toda a sua largura, comprimento e calor!

Ela arfou ante o extremo prazer de senti-lo tão seu, e ele engoliu sua respiração com o próprio gemido, enquanto penetrava, recuava e penetrava de novo na umidade íntima e excitada dela.

— Quero tanto amar você, Vicki.

As palavras dele soaram espremidas nos lábios dela, e ela estava tão perdida de desejo que mal conseguiu compreendê-las. Mas, então, ele ergueu a cabeça para olhá-la nos olhos. Nunca vira os olhos dele tão sérios, tão intensos. Não havia vestígio do homem risonho e à vontade que todo mundo conhecia.

De repente, ela se deu conta que era assim que ele estava quando fora ajudá-la com James. Como se ela fosse a única coisa importante no mundo, e ele faria qualquer coisa para protegê-la e poupá-la.

— Diga que você quer também.

A voz dele estava rouca de desejo, mas ela podia jurar que havia mais que luxúria por trás desse pedido.

— Sim, eu quero você — ela sussurrou, sentindo os músculos das costas e ombros dele se contraírem sob seus dedos, no esforço de ficar firme sobre ela. — Você já sabe quanto quero você.

Ela precisava dele mais perto, precisava de mais do que apenas provocações. Mas, mesmo que houvesse acabado de dizer o que achava que ele queria ouvir, ele não havia se mexido, ainda não a havia tomado como ela tanto queria.

Ryan acariciou seu rosto, passando os dedos em seus lábios, pelo contorno do maxilar. Ela estremeceu com o toque suave e carinhoso. Reconheceu o que ele estava fazendo — com as próprias mãos tinha que acariciar uma escultura verdadeiramente bonita. Ele precisava tocá-la, precisava senti-la sob as mãos para que a emoção dela lhe percorresse, fazendo-a parte dela também.

Durante toda a noite ela havia tentado segurar alguma coisa, qualquer coisa. Mas não conseguia mais. Tinha que espelhar os gestos dele, tinha que sucumbir ao desejo instintivo de memorizá-lo com as mãos assim como estava memorizando seus beijos com a boca.

Vicki deslizou as mãos dos ombros para o rosto dele, e, quando pôs as mãos nele, ele fechou os olhos e sua respiração soou entrecortada.

Era isso que ele estivera esperando? Que ela se entregasse por inteiro, completamente?

Percorreu o rosto dele com as mãos, apaixonando-se mais a cada nova carícia de seus dedos nos ossos, nos pelos aparados. Enquanto isso, ele não abriu os olhos, como se simplesmente a deixasse senti-lo.

A beleza dele a impressionou mais uma vez, como sempre impressionara desde o primeiro dia em que pusera os olhos nele. No entanto, conhecê-lo assim, para que ele a deixasse senti-lo tão intimamente e, além disso, praticamente implorasse por isso, havia ido muito além do que ela jamais havia desejado.

Por fim, tendo as mãos no rosto dele, o que ela viu em seus olhos quando ele os abriu de novo fez com que todas as súplicas que planejara guardar para sempre escapassem de sua boca:

— Faça amor comigo, Ryan. Por favor, não espere mais. *Por favor.*

Ela não viu de onde ele pegou a camisinha, nem quis saber. O que importava era que a colocou e depois a beijou de novo, e ela o sentiu quente, duro e pulsante em seu sexo.

Ele a penetrou, deixando escapar um gemido de prazer, e ela soltou a cabeça para trás, abrindo a boca arquejante. Um movimento forte e quente de Ryan e ela já estava prestes a gozar de novo.

A razão lhe gritava para que se controlasse mais. Não deveria precisar tanto dele, não deveria reagir de modo tão patético a um único toque.

Devagar, tão devagar que ela precisou cerrar os dentes para não gritar, ele saiu de dentro dela, agarrando-lhe o quadril, e a penetrou de novo. Vicki não quis olhar para ele, conservou os olhos bem fechados. Não ousava ver o fogo do olhar dele.

Precisava ficar de olhos fechados até terminarem, para ela então pudesse fingir que o que haviam partilhado não passava de sexo entre dois amigos com tesão.

As mãos dele apertaram o quadril dela.

— Não se esconda de mim, Vicki.

Oh, Deus, por que ele falava assim com ela? Como se tivesse o controle de cada célula de seu corpo?

E, pior, por que isso fazia suas entranhas virarem geleia... e ela imediatamente reagia com mais fogo e carência?

Zangada consigo mesma por não ter mais o controle, fechou os olhos com ainda mais força. Mas sabia que isso não o impediria de conseguir o que quisesse. Ela estava certa. Ele se inclinou e beijou suavemente suas pálpebras.

— Olhe para mim. Por favor.

A súplica dele a desarmou. Completamente.

Incapaz de resistir mais, ela ergueu o olhar, apertando ainda mais os músculos internos em torno dele e deixando que o olhar dele penetrasse seu coração... e sua alma.

— Ah, querida — ele sussurrou com um gemido de prazer ao penetrá-la ainda mais fundo. — Adoro sentir como goza quando toco você, quando estou dentro de você. Que reação linda! — Ele saiu, depois penetrou mais, fazendo com que ela se agarrasse a ele ainda mais com suas pernas, cravando-lhe as unhas nas costas, em desespero.

— Goze para mim, Vicki, enquanto amo você. Me deixe ver você. Você toda.

Entre o movimento suave do corpo dele no dela, seus pedidos persuasivos e o desejo intenso no rosto dele, Vicki sabia que não tinha mais escolha. Já pertencia a ele.

A boca dele recebeu seus gritos quando ela gozou como nunca antes na vida, em um orgasmo contínuo, só para ter Ryan penetrando-a com mais força, enquanto ela o chamava pelo nome e ele dizia de novo e de novo o quanto a desejava, até que por fim ele também perdeu totalmente o controle.

CAPÍTULO DEZENOVE

Vicki acordou enroscada nos braços de Ryan. O quarto estava escuro, os lençóis, sobre eles. Na mão espalmada no peito dele, sentia o coração bater com força. Mesmo dormindo, precisou ficar com as mãos nele, para garantir que não perderiam essa mais elementar das conexões.

O medo ameaçou quebrar o aconchego, a lembrança dos prazeres que ainda pulsavam entre suas pernas, os seios, os lábios formigando. Logo amanheceria e então teriam que encarar a realidade fria, dura e constrangedora.

Tudo o que ela queria era se deleitar mais alguns segundos com sua fantasia transformada em realidade. Sabia que não seria para sempre, que a transa deles era uma espécie de sinal maluco em uma tela de radar, mas ficar com o homem que sempre amara, respirando-o por mais uns segundos, era algo que ela simplesmente precisava fazer.

Ryan se mexeu, puxando-a mais para junto de si com um gemido surdo saindo do peito, de modo que o rosto dela descansou em seu peito e as mãos em volta da cintura.

O coração de Vicki flutuava com o prazer do momento mais doce que ela já havia experimentado até agora. Fazer amor com Ryan havia sido extraordinário, mas essa proximidade ela sentia nos recônditos do coração.

Alguns minutos mais. Era tudo o que queria com Ryan antes de sair dos braços dele e voltar para seu quarto. Pois era bom, bom demais estar tão perto assim.

Vicki fechou os olhos e caiu de novo em um sono embalado pelos batimentos do coração de Ryan.

Quando acordou novamente, viu-se sozinha na cama de Ryan e sentiu o cheiro de bacon fritando. Seu estômago roncou enquanto se dava conta de que aquela manhã não seria como outras que haviam partilhado.

Em vez de sair do próprio quarto já vestida, teria que sair envergonhada do quarto dele.

Detestando a batida acelerada de seu coração — É só o Ryan, tentou lembrar a si mesma intimamente —, saiu nua da cama e viu que ele havia deixado um roupão para ela. Adorou o cheiro dele ao vesti-lo. As mangas eram tão compridas que precisou enrolá-las várias vezes e também teve que dar quase duas voltas no corpo antes de amarrá-lo. Tinha certeza de que estava ridícula, mas, naquele momento, não conseguiu se importar com isso.

Porque era quase tão bom quanto se enroscar nos braços de Ryan.

Além disso, a única forma de lidar com a situação era enfrentá-la, disse a si mesma ao abrir a porta do quarto e começar a descer. Porém, ainda não podia forçar-se a ir até a cozinha. Precisava de mais uns minutos para tentar tirar da cabeça as lembranças deliciosas dos toques e beijos dele e de como a havia amado na noite anterior.

Do alto da escada, conseguia vê-lo movimentando-se na cozinha lá embaixo. Como deixara o roupão para ela, ele só estava usando um short de algodão azul.

Ela. Não. Ficaria. Babando!

Certo, ficaria. Era humana.

Na verdade, tentou convencer-se de que era como vê-lo sem camisa, treinando, em fotografias de revista. Já havia se acostumado a ver essas fotos sem ficar com o coração palpitando. Sobreviveria a isso aqui também.

E Ryan já estava preparando o café da manhã, não tentando convencê-la a mais uma rodada de sexo selvagem pela manhã. Ele estava a toda com o plano de "vamos voltar ao normal".

Ryan ergueu o olhar e, quando a viu, deu um sorriso.

— Bom dia, linda!

Será que havia enfatizado a palavra "bom" ou era coisa da cabeça dela? Ela jamais conseguiria ouvir ou dizer a palavra "bom" do mesmo jeito de novo, depois da noite anterior.

— Preparei seu café da manhã preferido.

De novo percebendo como Ryan era maravilhoso, seu coração se sobressaltou e ela quase errou o passo na escada, tendo que se segurar firme no corrimão para se equilibrar.

Se houvesse estragado a amizade deles por irem para a cama, jamais se perdoaria.

Faria qualquer coisa para consertar isso.

Mesmo que significasse abrir mão do prazer estonteante das possíveis noites nos braços dele.

— Obrigada — disse, ao pegar o prato no balcão e sentar-se à mesinha junto da janela.

— O prazer foi meu.

Todo o corpo dela ardeu com o jeito como ele disse "prazer". Apesar de todos os avisos que dera a si mesma desde que acordara, ela estava prestes a se jogar nele, implorando por mais desse prazer. E, por todo esse tempo, ele estava lidando com os afazeres corriqueiros da cozinha, abaixando o fogo antes de servir mais ovos, bacon e torradas.

Quantas vezes, quando garotos e depois esta semana, ela havia visto as mulheres se atirarem sobre Ryan?

Ele era sempre gentil, mesmo quando se aproveitava de seu fascínio — e principalmente quando não se aproveitava —, mas Vicki sabia que jamais conseguiria se encarar de novo caso se tornasse uma dessas mulheres.

Pior, não suportaria a ideia de Ryan preocupando-se com algum jeito de dar o fora nela.

Vicki esperou até que ele tomasse o lugar ao lado dela antes de dar um sorriso e dizer:

— A noite passada foi bem esquisita, né?

Ryan sentiu que tudo ficou parado.

Principalmente seu coração.

Quando erguera os olhos e deu com Vicki descendo as escadas com seu roupão, toda engolida pelo tecido grosso e azul, ele sentira tanto amor que quase o confessara naquele instante. Mas achara que logo teriam tempo para isso, que ele poderia pelo menos deixar que ela tomasse café antes de levá-la de novo para a cama e abrir seu coração completamente.

— Esquisito?

Vicki assentiu antes de tomar um bom gole do café que ele havia colocado diante dela.

— Ai, está quente! — reclamou.

Ele automaticamente se levantou para lhe trazer um copo de água fria, mas sentiu-se estranho. Como um robô. Como se estivesse começando a aprender a usar seus membros. Ele lhe deu o copo, ela agradeceu. Ele observou as linhas do pescoço dela enquanto bebia, de olhos fechados.

Engoliu em seco, também, ao se sentar de novo. Estava faminto quando acordara — sexo gostoso sempre mudava seu metabolismo —, mas agora era como se um peso imenso houvesse descido por suas entranhas vazias, acabando com o espaço para a comida.

Vicki colocou o copo vazio na mesa.

— Você é sempre o meu cavaleiro de armadura brilhante.

Ela sorriu para ele, mas Ryan havia aprendido a reconhecer esse sorriso nos últimos dias. Embora parecesse verdadeiro a olhos cegos, estava longe disso. Ele não sabia o que estava acontecendo ali, mas
descobriria com certeza.

— O que houve, Vicki?

Ela sacudiu a cabeça.

— Nada. — De novo, o sorriso que não era bem um sorriso. — Só quero que *você* saiba que *eu* sei que a noite passada não significou nada.

De novo, o coração dele parou. Bem ali, sob os ossos de seu peito, ele deu a última batida.

A noite que haviam partilhado significara *tudo*!

Ele havia implorado para que ela o deixasse amá-la. E achara que ela havia compreendido que estar juntos significava muito mais do que o prazer de seus corpos juntos.

Como ele havia se enganado tanto?

Diante do silêncio estupefato dele, ela continuou:

— Quero dizer, o sexo foi muito bom e tal — ela corou com a palavra "bom" —, mas nós dois sabemos que foi uma dessas coisas que acontecem quando um homem e uma mulher disponíveis passam muito tempo juntos, entende? — Ela não esperou que ele concordasse ou discordasse e, em seguida, acrescentou: — Com essa de tentar convencer todo mundo o tempo todo de que estamos realmente juntos, era inevitável que a gente esquecesse que era só fingimento e fosse pra cama. — Ela pegou o café de novo. — Só para dar uma relaxada e tal.

Ela levou a caneca aos lábios de novo, mas tomando cuidado para não se queimar.

Ryan não tinha ideia do que dizer. Não conseguia pensar em não tocá-la de novo, não mais tocar o ponto logo abaixo de seu queixo, onde o sangue pulsava, não mais senti-la mexendo-se e gritando embaixo dele ao gozar.

Tudo o que imaginava que havia conquistado nessas agradáveis e perfeitas horas noturnas com Vicki nos braços acabava de ser arrancado dele tão rápida e tão abruptamente que quase sentia o gosto da perda dela em sua língua.

Contudo, mesmo sentindo essa perda, ele sabia que só havia uma coisa pior do que perder a amante que havia feito com que esquecesse todas as outras.

Perder a amiga seria pior.

O que significava que Vicki achava que cometera um engano ao ir para a cama com ele — e, se ele não quisesse perder também a amiga, teria que concordar.

— Então, tudo bem entre a gente? — ela perguntou, e apenas uma pessoa bastante afinada com ela, como ele era, teria percebido um ligeiro tremor em sua voz.

Por causa da aflição dos olhos dela, Ryan conseguiu balbuciar:

— Claro que sim.

Ela empalideceu diante da resposta pouco convincente dele, e quando, em uma voz ainda mais trêmula, ela disse:

— Ryan?

Ele não pensou em nada. Só a puxou.

Mesmo ao trazê-la para o colo, enterrando o rosto nos cabelos dela para senti-la, ele sabia que precisava ser muitíssimo mais convincente, em vez de soar como um bobo apaixonado que havia acabado de levar o fora da garota de seus sonhos.

Lembrando a si mesmo que já havia realizado muito mais fantasias com ela do que jamais sonhara — e que deveria ficar satisfeito com isso —, ele acariciou os cabelos dela e a puxou mais contra o peito.

Esforçando-se tremendamente para ignorar como as curvas dela se encaixavam tão bem nele e o fato de que os seios nus surgiam pelo decote do roupão e uma coxa se revelava pela abertura do tecido, ele disse:

— Sempre fomos amigos, Vicki, e sempre vamos ser.

Ele sentiu no peito o movimento de cabeça dela, enquanto acariciava suas costas e ombros. Sabia que não deveria ceder à vontade de tocá-la assim, mas, se esta seria a última vez, então, como resistir?

Com uma mão, ele ergueu a cabeça dela de modo que precisassem se encarar e superar aquela situação, garantindo que a amizade permanecesse.

— Transamos e foi ótimo, mas somos adultos.

Ela concordou de novo, mas ainda parecia séria demais. Preocupada demais. Para ele, fazer isso era a morte, mas por Vicki ele enterraria o que passava em seu coração e pegaria leve. Simplesmente porque ela precisava que ele fizesse isso, para que se sentisse melhor.

— Só tem uma coisa que eu queria que você me prometesse. Como você provavelmente sabe, dizem por aí que sou impressionante. — Ele ergueu a sobrancelha e baixou a voz: — Não conte a verdade a ninguém, tá bom?

— A verdade? — O riso dela foi a coisa mais doce que já ouvira. Ela balançou a cabeça, e depois acrescentou: — Com a verdade, seria difícil você sair sem proteção de muitos guarda-costas. Garanto.

Um instante depois, ela deslizou do colo dele e voltou a seu lugar. Pegou um pedaço de bacon e o enfiou na boca.

— Que tal é ser tão bom em tudo? Na cozinha. No beisebol. — Ela lhe lançou um olhar maroto que fez a pressão sanguínea dele subir. — No sexo. — Terminou com o bacon e soltou um suspiro de satisfação tão parecido com os sons que havia feito na cama que ele ficou suando ao se sentar junto dela. — Sério, deve ser exaustivo.

— Sou ruim em algumas coisas.

Ela ergueu a sobrancelha.

— Diga uma.

Fazer você se apaixonar por mim como eu sempre fui apaixonado por você. Você só via o atleta e deixou aquele artista idiota perseguir você. E magoar você.

— Fazer um pote de argila.

Ela riu, mas sacudiu a cabeça.

— Você consegue, se praticar.

— Tá bom, então. Sou péssimo no centro do campo ou no campo de esquerda.

Ela apontou-lhe o garfo.

— Bobagem! Lembra aquele jogo na escola, quando colocaram você no centro do campo? Detesto dizer isso, mas você foi ótimo.

A palavra "ótimo" nos lábios dela instantaneamente fez com que relembrassem a noite que haviam acabado de passar juntos. Enquanto se entreolhavam e sustentavam o olhar, ele quase jogou tudo para o alto, pondo-a no colo para beijá-la, tocá-la e amá-la de novo.

Porém, quando estava prestes a pegá-la nos braços, Vicki balançou a cabeça de modo tão imperceptível que ele nem soube se ela percebeu.

Mas ele ouviu o que ela tentava lhe dizer em um tom bem alto e claro, como se gritasse:

Não!

— E aí, como foi ontem à noite?

Vicki levou um susto com a pergunta de Anne quando estava acabando de colocar no forno umas pequenas esculturas que havia feito para a festa de aniversário de Summer.

Chegara a um ponto difícil do projeto para a bolsa, então, tivera que deixá-lo de lado por algumas horas para tentar fazer um esboço. Quando o esboço também não dera certo, sentira que precisava encarar os fatos.

Depois do que havia acontecido na noite anterior com Ryan — que resultara na mais bela, surpreendente e estonteante transa de sua vida —, ela simplesmente não conseguia se concentrar no trabalho. Além disso, estava nervosíssima em relação a essa festa de família, sobretudo agora que esse falso noivado havia se transformado em uma noite acidental de sexo superardente.

Poderia ter ido a uma loja de brinquedos para comprar um presente convencional para Summer, mas se sentiria melhor se metesse a mão na argila e fizesse alguma coisa. A garotinha havia acabado de ganhar um cachorrinho *poodle* de Heather, a namorada de Zach, e estava louca por ele.

Depois de ter feito um *poodle* bem engraçado de argila, resolveu fazer um lindo carvalho para Mary Sullivan, e, depois de terminá-lo, pôs mãos à obra para fazer um livro antigo de argila para Sophie colocar na biblioteca. Vicki andava trabalhando com tanta seriedade e por tanto tempo no projeto da bolsa que se sentiu doida pelo prazer de fazer essas esculturas engraçadas e bonitinhas.

Mal percebeu o cair do sol enquanto passava de um projeto para o outro. Como era divertido fazer coisas para uma família grande. Mas não teria tempo para fazer uma garrafa de vinho para Marcus nem um par de sapatilhas de bailarina para Lori. Ficariam para a próxima vez.

As mãos dela ficaram paradas na lombada do livro de argila que estava fazendo.

Próxima vez.

Por que ela achava que haveria uma próxima vez?

Logo sairia da casa de Ryan. Esperava que conseguissem se encontrar de vez em quando para falar da vida, claro, mas, quando não mais estivesse na casa dele, cada um iria para um lado.

A pergunta de Anne a tirou de seus devaneios sombrios e a trouxe de volta à noite anterior.

E aos maravilhosos momentos de amor e sexo que tivera com Ryan.

— Todo mundo adorou o vestido. Claro, você sabia disso. É um vestido maravilhoso.

O sorriso de Anne era travesso... e satisfeito.

— Maravilhoso, é? — Ela ergueu as sobrancelhas. — Será que posso supor que o meu maravilhoso vestido ficou jogado no quarto do seu maravilhoso homem?

Vicki começou a balançar a cabeça automaticamente, mas logo percebeu que não tinha sentido fingir que não havia sido a noite mais gloriosa de sua vida. Sobretudo com o anel de noivado que Ryan lhe havia dado pendurado no peito em uma corrente de ouro.

Fazia tempo que não tinha uma amiga com quem fazer confidências. Dizendo a si mesma, para se justificar, que se Anne soubesse só daria mais crédito ao falso noivado, Vicki puxou o anel que estava debaixo da blusa.

— Ele me deu isto.

Anne arregalou os olhos, pegando o anel e puxando Vicki para a frente inadvertidamente.

— Ele tem muito bom gosto. Você está livre esta noite para uma ou duas garrafas de champanhe? E será que ele poderia trazer alguns dos seus maravilhosos amigos jogadores de beisebol?

— Eu adoraria — disse Vicki —, mas prometi a Ryan que iria a uma festa de aniversário de família com ele.

Anne bateu palmas.

— Melhor ainda! Você pode usar outro dos meus vestidos. Quem precisa de uma bolsa de estudos se tenho você usando todas as minhas roupas?

Ela já havia puxado Vicki pela metade do vestíbulo quando Vicki conseguiu dizer:

— Não sei se é uma boa ideia.

Anne apoiou as mãos na cintura.

— Por quê? Você estava lindíssima na noite passada. E obviamente o vestido causou uma boa impressão!

Era justamente esse o problema. Ryan havia *adorado* o vestido... e adorado ainda mais tirá-lo. Só de pensar nisso, seu corpo começou a esquentar.

Se usasse outra roupa estilosa e sensual de Anne, ele talvez pensasse que ela quisesse repetir a noite anterior. O que, é claro, ela queria; quem não quereria isso?

Mas aquela manhã já havia sido bem constrangedora.

A noite anterior fora um acidente. Um deslize sexual. Dois corpos em movimento que colidiram sem intenção premeditada.

Não conseguia imaginar como seria constrangedor se ele pensasse que estava de fato tentando seduzi-lo. Em vez de dar um fora nela com facilidade, seria forçado a dar passos muito mais drásticos — e óbvios.

Mas como não podia dizer nada disso para a amiga, que nada sabia da bela mentira, Vicki agarrou-se à única desculpa em que pôde pensar:

— A festa é para uma menina de 8 anos. Todo mundo vai estar de jeans.

— Ou com lindos vestidinhos de verão — Anne replicou. — Uns dias atrás, não sei por quê, tive o impulso de fazer este vestido. Agora já sei. Era o meu presente de noivado para você.

Diante disso, Vicki sabia que não tinha escolha. Deixou que Anne a arrastasse até o ateliê dela e lhe desse um lindo vestido de verão feito de várias camadas leves e coloridas.

E, apesar de tudo, não podia deixar de querer causar uma tremenda impressão em Ryan mais uma vez.

CAPÍTULO VINTE

Ryan estava na sala da casa de seu irmão Gabe, rodeado pela família, um grande grupo de desconhecidos e um bando de crianças bagunceiras. No entanto, só tinha olhos para Vicki.

Summer acabava de pular na cintura de Vicki em um abraço apertado. Obviamente, a menina adorara a escultura do *poodle* que Vicki havia feito para ela. Também havia surpreendido Sophie e sua mãe com pequenas esculturas engraçadas, e ele sabia que elas ficariam falando sem parar desses presentinhos inesperados por muito tempo.

Enquanto conversava animadamente com Summer, não havia nada falso, nada afetado em Vicki — do cabelo macio às unhas sem esmalte até as curvas suaves que o haviam alucinado quando adolescente. Para aumentar o tesão que estava tentando segurar como louco, ela estava usando um lindo vestido que escondia, e simultaneamente revelava, a incrível silhueta à medida que a brisa brincava com o tecido.

Ryan sentiu o peito apertado diante de sua beleza.

Smith lhe ofereceu uma cerveja.

— Lá na produtora, hoje, corriam belas apostas para as finais. Pronto para fazer a gente ganhar uma grana?

Ryan tomou um gole na garrafa, sem tirar os olhos de Vicki.

— Vou fazer o melhor possível.

Mas, em vez de sacar que ele não estava para muita conversa essa noite, Smith continuou falando:

— Gostei da sacudida que demos hoje para o seu projeto de esporte na escola. De vez em quando é bom ser quem exige, ficar desse outro lado. Você não sente que estão sempre querendo alguma coisa de você?

Dependendo do humor, Smith ficava incomodamente insensível... ou meio obtuso. Obviamente, estava com humor para conversar.

— Bom — Ryan arrastou as palavras —, considerando que o meu irmão acabou de me dizer para não falhar para que ele ganhe alguns trocados em apostas, é... acho que sei do que está falando.

— Você tem sorte de tê-la, sabe?

Ryan finalmente deu uma olhada em Smith para ver do que ele estava falando.

— A Vicki?

— Vocês são amigos desde garotos, então sabe que ela não está com você por causa do que pode fazer por ela ou pela fama de ser sua noiva.

— Ela não é minha...

— Sei. — A palavra estava carregada de significados. — Engraçado, vocês dois olham um para o outro e se tocam de um jeito que fica difícil a gente lembrar que é tudo mentira.

O maxilar de Ryan se contraiu, pois seu irmão acabava de mostrar o óbvio. Ele não conseguia deixar de querer Vicki. Amar Vicki. Nem mesmo sabendo que ela havia chamado a noite deles de "esquisita" e dito um *não* silencioso a qualquer outra intimidade como aquela.

— Nem todo mundo é tão bom ator quanto você.

Smith olhou-o, sério.

— Então, talvez você deva parar de fingir tanto.

Por fim, o irmão o deixou sozinho de novo, e o olhar de Ryan voltou-se imediatamente para Vicki.

Durante o dia todo, ficara pensando e repensando no caso deles. Sim, sabia que ela achava que havia sido um erro ir para a cama. Um erro *esquisito*. Mas não havia se esquecido do modo como ela correspondera a seu toque... e que não houvera nada de esquisito no jeito como ela se arqueara, gritara e pedira mais.

O problema é que, mesmo antes de saber exatamente como era maravilhoso transar com ela, Ryan já queria mais.

Tudo.

Ele queria tudo.

Não só dar a ela seu coração, mas saber que ela queria lhe dar o dela também.

Ryan nunca tivera que lutar por muita coisa na vida. Escola, esporte, amigos, mulheres — tudo havia vindo fácil. Até a amizade com Vicki sempre fora natural, agradável — fácil —, desde o início.

Mas amizade não o satisfazia mais.

Ele queria o que seus pais haviam compartilhado.

Ele queria o que seus irmãos e irmãs haviam encontrado, um depois do outro.

Ele ficava imaginando como seriam os filhos dele com Vicki quando segurava Emma, a filhinha de Chase, no colo.

A vida toda Vicki havia perseguido um sonho, acreditado em um sonho e tentado transformar em realidade seus sonhos mais apaixonantes.

Agora, chegava finalmente a vez dele de perseguir um sonho. De acreditar nele. De tentar.

Ryan Sullivan finalmente havia encontrado alguma coisa pela qual era importante lutar.

Amor.

— Fico tão contente que tenha vindo à festa da Summer — agradeceu Mary Sullivan quando Vicki se juntou a ela no pátio.

— Você sabe como gosto de me encontrar com sua família. E Emma é realmente uma graça. — Os cachorros de Zach e Heather haviam obviamente adotado o bebê, pois se colocaram ao lado de seu vibrante bercinho rosa e violeta. Um instante antes, Jake havia ajudado Sophie a se levantar de um sofá ali perto, a barriga dela parecendo ainda maior do que um dia antes. — Fico tão feliz que as coisas tenham dado certo com a Sophie e o Jake.

A avó de Summer, que viera de Minneapolis para a festa de aniversário, sorriu, cumprimentando-a.

— Parabéns pelo noivado.

Vicki se esforçou para sorrir e dizer "obrigada" sem vacilar. Ainda bem que Mary sabia a verdade, ou ela teria se sentido ainda pior por essa situação.

A outra mulher voltou-se para Mary.

— Você deve estar felicíssima por saber que mais um dos seus filhos encontrou a cara metade!

Mary passou o braço pela cintura de Vicki sem perder o tom do faz de conta.

— Estou muito feliz pelo Ryan e pela Vicki. Ele era tão apaixonado por ela quando estavam na escola. Para mim foi uma surpresa vê-lo tão sério em relação a uma moça, pois nunca tinha levado nada a sério antes.

Uau, pensou Vicki, *agora entendo onde foi que o Smith aprendeu a atuar*.

Mary se voltou para ela, acrescentando:

— Na noite em que foi convidar você para o baile de formatura e descobriu que você já tinha combinado com outro... bom, fiquei de coração partido ao ver como ele ficou.

— Ele ia me convidar para o baile de formatura? — Vicki deixou escapar, esquecendo-se de que deviam estar fingindo.

— Ele nunca contou a você? — a avó de Summer perguntou, interrompendo-a.

Ela balançou a cabeça, imaginando se Mary teria inventado isso.

— Não, nunca me contou.

Diante de sua dúvida não pronunciada, a mãe de Ryan lhe deu um tapinha na mão.

— É verdade, Vicki. Ele realmente foi convidar você para o baile. Sei como se preocupava em não estragar a amizade de vocês. Ele ia correr seu primeiro risco ao convidá-la para o baile. Infelizmente, não deu para fazer isso. — Os olhos de Mary a encararam. — Até
agora.

A avó de Summer começou a contar alguma coisa sobre histórias de amor românticas e namorados do tempo de escola, mas Vicki mal conseguiu acompanhar o que dizia. Felizmente, Mary pareceu compreender que ela precisava ficar sozinha com seus pensamentos.

Vicki havia tomado tanto cuidado para não se machucar nessa história com Ryan durante a semana toda. Mas, enquanto observava Ryan pegar Emma e enchê-la de beijos no rosto a ponto de a menina aninhar-se ainda mais no peito dele, Vicki de repente ficou pensando se o que achara ser sabedoria não teria, na verdade, sido uma tremenda bobagem.

Passando pela cidade ao voltar para a casa de Ryan, Vicki se sentia muito nervosa. Ele estava estranhamente quieto, o que não era problema, já que ela tampouco conseguiria falar de trivialidades.

Ai, Deus, nem acreditava no que estava pensando em fazer — estava, na verdade, lutando com a ideia de confessar seus sentimentos depois de todos esses anos. Mesmo que seu corpo houvesse demonstrado muito mais do que havia planejado, enquanto estivera nos braços dele na noite anterior, ainda era possível chamar isso tudo de "só sexo".

Ao passo que, se ultrapassasse o limite do "eu gosto de você mais do que como amigo" com palavras de fato, não haveria como voltar atrás... ou como tentar atribuí-las a uma noite de maluquice.

Ao final dessa semana, havia jurado ficar calma e racional e não muito passional, para o próprio bem. Tudo bem, jogara tudo para o alto na noite anterior e, obviamente, se quisesse, havia ainda muita coisa boa despontando em seu horizonte.

Mas o sexo mais gostoso do mundo valia arriscar o coração — e a amizade com Ryan?

Quando chegaram em casa, entraram, e ela colocou suas coisas no balcão da cozinha, do mesmo jeito que havia feito em outras noites da semana. Mas, esta noite, tudo estava diferente.

Tão diferente que ela de repente deixou escapar:

— Você ia me convidar para o baile de formatura?

— Eu estava louco por você já naquela época.

Devagar, ela se voltou. Ele a encarou e ela também. O tempo parou enquanto tentava compreender o que os olhos dele diziam.

— Ryan? — O nome dele fazia os lábios dela arderem. Ela o queria. Desesperadamente.

— Não vai ser esquisito desta vez.

O coração de Vicki batia tão forte que ela mal ouvia a própria voz.

— Garante?

— Garanto.

Rapidamente, o fogo entre eles, que vinha se inflamando e faiscando ao longo da noite, explodiu quando ele a segurou pela cintura, puxando-a para bem junto de si, e as palmas das mãos roçaram seu maxilar quando ela enfiou-lhe os dedos nos cabelos.

As bocas se lambiam, chupavam e até mordiam um ao outro a caminho do sofá. Vicki agarrou a camisa de Ryan, empurrando-o, sentindo-se arder de tesão à medida que ele deitava seu peso sobre ela.

Haviam feito tudo devagar da primeira vez, pois precisavam daquele ritmo para se descobrir. Mas ela não sobreviveria a isso esta noite, não estando já tão desesperada para que ele a possuísse, para que a fizesse dele de novo.

Os botões voaram em todas as direções quando ela abriu a camisa dele, dando beijos famintos em seu peito. Brincou com a língua por ele e o ouviu gemer o nome dela enquanto lhe arrancava o vestido pelos ombros.

Ela adorava o jeito rude das mãos dele puxando o tecido por seu peito, quadril e pernas.

Ele recuou para contemplá-la em sua nudez.

— Acho que nunca vou me esquecer de como você fica linda nua no meu sofá. — Um instante depois, ele a erguia, dizendo: — Mal posso esperar para ver como você fica no chuveiro.

Ele a beijou sem parar enquanto subia a escada, passava pelo quarto de hóspedes e chegava ao quarto dele. O coração dela batia forte tanto pela excitação que ele lhe provocava sem esforço nenhum como pela ideia de estar logo no banho com ele.

Uma transa rápida e safada no sofá seria mais fácil de atribuir a mais um impulso maluco.

Mas, depois de chutar longe os sapatos e arrancar os dela antes de entrar na imensa ducha envidraçada, tendo-a ainda nos braços, e abrir a água em cima deles, Vicki soube que ele estava fazendo exatamente isso — seguindo os impulsos.

Ainda bem.

Ele posicionou-os de modo que pudesse ver a água tépida caindo nela e então baixou a cabeça para os seios dela. Enquanto sua boca cobria o bico intumescido de um dos seios, ela segurava o pescoço dele, sentindo o prazer percorrer cada célula de seu corpo.

A pele dele foi ficando molhada, bem como as mãos dela, mas, antes que ela escorregasse, ele a colocou de pé, pressionando-a contra a parede azulejada. Abriu bem as pernas dela com as suas, pegando suas mãos e erguendo-as acima da cabeça dela na parede de azulejos.

Ela se sentiu dominada.

Possuída.

Inteiramente, completamente reivindicada pelo ardor nos olhos que percorriam seu corpo e voltavam a encará-la.

— Todas as fantasias, Vicki. — As palavras dele eram simples. E falava tão baixo que ela mal o ouvia na ducha de múltiplos jatos. — Você está em todas as fantasias que já tive.

A respiração dela se acelerou ao olhar para ele também. O peito era bronzeado e musculoso. A camisa desabotoada e molhada caía-lhe pelos ombros e músculos do braço de um jeito sensual. Sem mencionar o modo como o jeans marcava seu membro ereto e os rígidos músculos das coxas.

— Você também está — ela sussurrou, mal conseguindo falar antes que ele lhe tomasse a boca em um beijo tão marcante que mesmo sob a água fria ela ainda estaria quente.

— Você não tem ideia de quantas coisas safadas eu quero fazer com você agora mesmo.

Diante dessas palavras ardentes, ela sentiu seu corpo se esquentar todo até embaixo. Já estava arriscando muito com Ryan esta noite. Por que não mais alguma coisa?

— Que bom que já começamos em uma ducha, então.

Os olhos dele se iluminaram diante da constatação de que ela acabava de lhe dar permissão para fazer o que bem entendesse, e sua boca cobriu-a de novo em um beijo breve e intenso antes que se ajoelhasse diante dela.

Ele soltou as mãos dela e segurou-lhe os seios, e ela enfiou as mãos nos cabelos dele, segurando-o ali, contra seu corpo, enquanto ele lambia e chupava e mordiscava a pele sensível dela.

— Nossa! Adoro seus seios — ele murmurou, saboreando o outro seio.

Eles sempre foram grandes, desde a puberdade, e muitas vezes ela
já havia desejado não ter que lidar com eles. Mas nunca se sentira tão contente com esses seios abundantes como agora, já que pelo menos isso significava mais beijos de Ryan.

— Não tem ideia de quantas noites desejei fazer isso quando estávamos na escola.

— Quantas? — Ela mal teve fôlego para perguntar.

— Todas.

Descendo pela barriga dela, ele substituiu a boca pelos polegares e indicadores. As pernas de Vicki tremiam à medida que ele ia cada vez mais para baixo, onde ela estava tão molhada, tão pronta para ele, que ao menor toque explodiria.

Porém, em vez de aproximar dela a boca, ele recuou e ficou olhando os cachinhos molhados entre as pernas dela e, tirando as mãos de seus seios, apoiou-a nas coxas, abrindo-as mais.

Ele já a havia chupado na noite anterior, mas estar em uma ducha assim enquanto ele a olhava realmente parecia bem safado... no melhor sentido da palavra.

Ela ainda não podia acreditar que era Ryan entre suas pernas nuas, o homem mais bonito do mundo ajoelhado diante dela, pronto para adorá-la com a boca e as mãos.

— Linda. — Ele deu um beijo suave nos pelinhos dela. — Absolutamente linda. — Deslizou dois dedos para dentro dela, gemendo ao dizer: — Tão molhada. Tão quente.

Como os músculos internos de Vicki automaticamente se contraíram, ele puxou os dedos e, em seguida, deslizou-os de novo.

— Você vai gozar para mim, não vai?

Oh, sim, era tudo o que queria.

Ela se mexeu na mão dele e depois na boca, enquanto sua língua a

penetrava. Seus gritos de prazer repercutiram pelas paredes da ducha à medida que ele avançava mais, até ela ficar confusa e trêmula de antegozo.

Ryan segurou as mãos dela de novo e, antes que ela tivesse tempo de pensar, ele a virou, de modo que suas mãos ficaram espalmadas em uma beirada onde ficavam o sabonete e o xampu.

Ele deixou as mãos sobre as dela, prendendo-lhe o quadril com o corpo.

— Pode ficar assim, firme, enquanto eu tiro a roupa?

Oh, nossa!

— Sim. — Não muito.

Ele passou as mãos pelos braços dela e depois pelas costas até o quadril.

— A sua bunda é um bendito milagre!

Ela desejou ter experiência com homens e sexo para lhe dar uma resposta maliciosa, mas o gracejo anterior sobre estar em uma ducha era o máximo que conseguia em termos de malícia. Principalmente com ele apertando e acariciando seu traseiro.

Ela soltou um suspiro de prazer quando ele animou-lhe o desejo de novo com uma facilidade surpreendente, escorregando os dedos de uma das mãos dentro dela de novo, enquanto tirava a calça com a outra.

Em seguida, já havia tirado a mão e a penetrava fundo com um gemido, apertando as mãos em volta de seus seios, enquanto ela se segurava à beirada azulejada.

— Segure firme.

Esse comando meio áspero mal atravessou a bruma de lascívia e prazer de sua cabeça, e ele logo a estava penetrando com força, rápido e tão profundamente, com as mãos passando dos seios ao quadril, agarrando-a de modo possessivo e tão maravilhoso que ela não teve escolha senão senti-lo pelo corpo todo... e amar cada segundo dessa posse.

Bem no fundo, sentia como se suas curvas houvessem sido feitas
só para que Ryan as segurasse quando a possuísse, levando-a ao auge de novo com seu jeito selvagem de amar.

— De novo, Vicki. Quero sentir você gozar.

Essas deliciosas palavras obscenas foram o empurrão final para que ela se jogasse mais e mais e deixasse a testa se apoiar na beirada entre suas mãos, empurrando-se contra ele com tanta força quanto ele, dando-lhe exatamente o que havia pedido.

Com todo o aperto de seus músculos internos ao redor do membro dele, ele cresceu, ficou mais firme. De repente, ele o tirou, acariciando-a entre as pernas com uma das mãos e retirando dela os tremores finais de seu orgasmo enquanto se masturbava com a outra.

Inteiramente perdida nesse mundo obsceno de sexo sob a água, Vicki não pensou duas vezes antes de se virar, ajoelhando-se e tomando-o nas mãos e boca.

Mal ouviu o gemido dele através do pulsar do sangue em seus ouvidos. Pela primeira vez na vida, ela compreendeu a emoção de experimentar um homem desse jeito, a ereção que pulsava em sua língua a cada carícia de sua mão, o terno arroubo de saber que estava lhe dando tanto prazer quanto ele já lhe dera.

Queria ver o rosto dele quando ele gozasse, mas, quando ergueu os olhos, ficou surpresa ao ver que ele a olhava, encantado.

E então, ajoelhou-se junto dela no chão da ducha, tomando-lhe a boca, o gosto de ambos misturando-se até que ela não diferenciava um do outro. Estava prestes a subir nele quando ele recuou abruptamente.

— Preciso de uma camisinha.

Ele a pegou pelas mãos e a puxou da ducha, toda pingando, levando-a até a cama. Era tão forte — e tão musculoso — que só precisou

jogá-la na cama e deixá-la à espera dele enquanto abria a gaveta com um puxão, pegava uma camisinha e rasgava a embalagem.

Sem conseguir esperar que ela a colocasse, as mãos de ambos se enredaram na ereção dele, desenrolando o preservativo. Em seguida, as mãos dele já estavam nos seios dela de novo, e a boca na dela, enquanto a empurrava na cama, abrindo-lhe as pernas e penetrando-a.

A deliciosa força do desejo dele por ela — e do dela por ele — a levou a perder o fôlego de novo, e Vicki teve que se arquear, afastando-se do beijo, jogando a cabeça para trás e arfando, ao passar as pernas pela cintura dele e agarrá-lo pelos ombros e pescoço. E — ah! — como estava feliz pelas mãos fortes de escultora enquanto eles se cavalgavam, Ryan finalmente chegando ao ápice que antes havia contido, enquanto Vicki explodia uma vez mais, lindamente, sob seu melhor amigo.

CAPÍTULO VINTE E UM

As luzes ainda estavam acesas no quarto de Ryan. Pela janela, o céu lá fora era escuro, quando Vicki acordou nos braços dele um tempo depois. Assim que se mexeu, ele falou:

— Deixei você muito cansada.

Sem esforço, ele a colocou de costas e se ergueu no braço direito, olhando-a. Parecia tão satisfeito consigo mesmo que ela sorriu de satisfação.

— Sim. Três vezes, na verdade.

Ele deu um sorriso, e por um instante parecia que nada havia mudado e eles eram apenas dois amigos que se divertiram na companhia um do outro.

Mas, isso não era nem um pouco verdade.

Pois tudo havia mudado.

Tudo.

Enquanto o sorriso dela se apagava, a expressão de Ryan também foi ficando séria.

— Não me diga que foi esquisito de novo, Vicki. Não quando nós dois sabemos que não foi nem um pouco.

Detestava tê-lo magoado com o que havia deixado escapar naquela manhã de modo tão estúpido.

— Não, não foi esquisito. Foi ótimo. A noite passada foi ótima também. Mas...

Ele a interrompeu com um beijo. Um beijo tão suave quanto pecaminoso.

— Vou deixar você terminar de dizer o que tem que dizer para que tire todos os "mas" da sua cabeça. — Ele a encarou com os olhos escuros plenos de emoção. — E depois você vai ouvir o que *eu* tenho a dizer. Então, vá em frente. Desembuche.

Animada pelo beijo dele — e pela pressão de seus músculos firmes —, ela teve que se esforçar muito, muito mesmo para ignorar o fato de que os dois estavam completamente nus na cama. Porém, sabia que ele tinha razão, e, se não desse voz a todas as suas preocupações agora, da próxima vez que acabassem na cama as coisas só ficariam mais confusas.

— Sei que jamais iria me magoar, Ryan. Não de propósito, pelo menos. E eu nunca iria querer magoar você também. Mas — ela fez uma pausa, detestando o que diria em seguida — acho que isso só pode acabar mal, pois sou feita para compromissos longos e você, não.

Ele a encarou, com o maxilar contraído.

— Como pode dizer que não sou feito para compromissos longos?

— Quanto tempo durou o seu relacionamento mais longo?

— Alguns meses. — O olhar dele se suavizou ao acrescentar: — Mas nenhum deles foi com você, Vicki.

Essas palavras doces a acalentaram, claro, mas ela ainda quis saber:

— E com quantas mulheres já esteve?

Alguma coisa brilhou nos olhos dele, parecia muito com remorso.

— Já disse a você que nenhuma delas teve importância para mim. Só você teve.

Ela balançou a cabeça, com um aperto no estômago ante a ideia de todas essas mulheres.

— Tem razão. Eu não quero, nem preciso, saber do número. — Além do mais, se ela levasse em conta o ano que passaram juntos na escola, dava muito bem para adivinhar quantas foram.

— Não entendo o que o meu passado tem a ver com o nosso futuro.

— É o seguinte: você já esteve com um monte de mulheres e admite tranquilamente que elas não tiveram importância. Eu nunca fiz isso. — Vicki ergueu o queixo e encarou-o com determinação. — Na minha vida inteira, só estive com dois homens.

Ela pôde ver muito bem como ele ficou chocado.

— Espere aí! Você era virgem quando conheceu o seu marido?

Ela não queria se sentir constrangida pelas escolhas que fizera, sobretudo quando elas pareceriam ser corretas na época.

— Não fui uma santinha na escola. Saí com alguns caras, mas não tinha como ir para a cama com eles quando sabia que não estaria mais ali no semestre seguinte.

Além disso, nenhum deles havia feito de suas entranhas uma geleia, ou seu coração voar no peito, como ela gostaria.

Exatamente como Ryan fazia.

— Não acredito que o canalha do seu ex-marido foi o primeiro!

Ela percebeu como ele ficou com ciúme disso. Não deveria sentir-se bem com isso, mas se sentiu.

Deu-lhe um sorriso de esguelha.

— Ele adorou isso, claro. Acho que ficou se sentindo um conquistador heroico. Sabe, aquele que chega aonde nenhum outro homem chegou. E, estupidamente, eu achei que a gente fosse ficar junto para sempre. Talvez, se eu ficasse com 22 anos para sempre, tivesse funcionado, mas eu precisava crescer em algum momento. Tudo mudou depois que deixei de ser aquela garota influenciável e encantada. — Mesmo assim, havia permanecido, na esperança de que pudessem consertar as coisas e de também não acabar sendo um fracasso em termos amorosos.

— Não sou assim, Vicki. Não sou como ele.

— Eu sei. — Ela sorriu para Ryan, acariciando levemente o queixo com a barba por fazer. — Esta é uma das razões de eu ter ido para a cama com você. Não só porque os meus hormônios estavam me dominando, mas porque confio em você.

— Então, continue confiando em mim quando digo que queria estar com você desde que tínhamos 15 anos. Mesmo antes de você

me salvar daquele carro, eu quis você, Vicki. Todas as histórias que tenho contado nesses últimos dias, sobre tentar chamar a sua atenção e perder você para outro, foram verdadeiras.

— Adoro ouvir você dizendo tudo isso, você nem imagina quanto. Mas, mesmo tendo estado só com dois homens, já vi o suficiente para saber que um desejo nem sempre vai além disso.

— E o que dizer do fato de que desde que você voltou tudo está melhor?

— Imagino que signifique alguma coisa — ela admitiu, cautelosa.

— Poxa! Significa muito mais que *alguma coisa*. Vicki, quero que me dê uma chance. Quero ser seu namorado. Quero que seja minha namorada. Quero que pare de supor que eu vou querer cair fora daqui a poucas semanas. Quero que nosso relacionamento seja *verdadeiro*.

— Tudo isso soa tão bem — ela disse, lentamente.

— Vai ser bom. Garanto.

A segurança dele era uma das coisas de que ela sempre gostara. Mas a vida nunca havia sido tão fácil para ela como para ele. Nem um pouco.

Então, precisava ser realista... e garantir que o que estavam fazendo não acabasse afastando uma das pessoas mais importantes de sua vida.

— E se não der certo? E se tudo o que a gente sente for um impulso por essa novidade de finalmente conseguir ser mais que amigos?

— Faz quinze anos que sou louco por você. Os meus sentimentos nunca mudaram. Só ficaram maiores e mais fortes a cada ano que estivemos separados. E toda vez que olho pra você, toda vez que toco em você, você está ainda mais bonita do que segundos antes. Agora que ficamos na horizontal, e na vertical, algumas vezes, tenho certeza de que quis isso também. Esperamos metade da vida pra podermos ficar juntos. Você acha mesmo que a gente vai estragar tudo?

Ela queria tanto acreditar que não iriam. Mas já havia acreditado nisso antes, havia seguido seus impulsos e se enganado.

Precisava ser pragmática pelo menos uma vez. Prática. Sobretudo agora, quando havia muita coisa em jogo.

— Claro que não acho que a gente vá entrar em um relacionamento para estragar tudo. Mas preciso saber: se namorar não der certo, ainda vamos ser amigos? Ou pra gente se ver vai ser esquisito demais, difícil demais?

Em especial se, no final das contas, ela não fosse suficiente para Ryan.

Ele bufou.

— Você fica dizendo que eu não sou o tipo de cara que quer as coisas para sempre, mas é você quem fica falando sobre o fim das coisas.

Vicki ficou surpresa ao perceber que ele tinha razão.

— Só estou com medo de que a gente cometa um engano e não possa se recuperar. No ponto em que estamos, ainda podemos voltar atrás, e tudo fica bem. Mas se seguirmos adiante e tudo der errado...

— E se eu disser a você que nos vejo juntos daqui a quarenta anos, com filhos e netos, e você com argila nas unhas, e eu treinando um time da esquina? E se eu disser a você que estou...

Mesmo tentando recuperar o fôlego diante do conto de fadas que ele descrevia — o mesmo conto que ela fora desejando cada vez mais com o passar dos anos, cheio de filhos e netos em uma família unida, que se ama, ri e briga —, ela se apressou em silenciá-lo, colocando um dedo na boca dele.

Claro que desejava que ele a amasse, mas não aguentaria ouvir isso depois de terem acabado de transar tão gostoso. Ou ficaria com medo de essa ser a única razão de ele estar dizendo tudo isso.

— Acho que esse é um bom momento pra lembrar você que, depois de passarmos mais de uma década em continentes diferentes, nós só passamos uma semana juntos e fizemos amor duas vezes.

Ele beijou o dedo antes de entrelaçar as mãos às delas, abaixando-as.

— É verdade, mas foram duas transas realmente incríveis.

Com um sorriso repentino, ele a fez lembrar-se muito do garoto por quem havia se apaixonado anos antes. Riu, apesar do tom sério da conversa.

Então, Ryan colocou a palma da mão dela em seu peito; o riso dela e o sorriso dele logo desapareceram.

Aquele gesto era um testemunho do quanto a conhecia — ele compreendia que, quando as palavras falhavam, o único caminho infalível para as emoções dela eram as mãos.

— Fique comigo, Vicki. De verdade desta vez. Você nunca vai precisar saber das respostas para essas perguntas.

As juras de Vicki de que tomaria cuidado não valiam nada diante dos olhos escuros de Ryan ou do batimento forte e firme do coração dele sob suas mãos.

— Quero ficar com você também — ela disse, baixinho. — Mas, embora a gente tenha começado as coisas ao contrário, acho que devemos ir devagar. Só para termos certeza de não estragarmos tudo.

— Devagar, é? — O coração dela parou quando ele franziu o cenho. — Não sei se posso fazer essa promessa na cama.

Sentiu-se aliviada.

— Não seja bobo. — Ela pegou outro preservativo na mesinha de cabeceira, depois o empurrou na cama, montando em cima dele. — Sexo ardente, rápido e *obsceno* está fora dessa discussão.

Ele deu um sorriso, puxando-a para beijá-la.

— Então, o que me diz de uma rapidinha antes de eu convidar você para o nosso primeiro encontro oficial?

Momentos depois, ela respondia a essa pergunta entregando-se à ereção dele. Pelos minutos seguintes, deixou que a pressão agradável da boca dele e as carícias intensas de suas mãos carentes na pele dela afastassem as dúvidas, os medos... e a certeza de que nada havia sido fácil para ela antes.

Especialmente o amor.

CAPÍTULO VINTE E DOIS

Ryan havia esperado quinze anos para esse primeiro encontro com Vicki.

Felizmente, o ano anterior fora uma pós-graduação sobre o amor, vendo seus irmãos e irmãs se apaixonarem uns depois dos outros. Apesar de ter zombado de todos eles, havia prestado atenção às ligações emocionais profundas, ao humor dos casais... e às faíscas que iluminavam e estalavam entre os amantes como fogos de artifício.

Talvez fosse demais querer que um primeiro encontro desse conta disso tudo. Afinal, ele já havia ficado satisfeito outras vezes com um jantar, cinema e sexo descomplicado. Mas comparar Vicki com qualquer outra mulher com quem já saíra não tinha sentido nenhum.

No entanto, Ryan sabia que, mesmo que conseguisse realizar o melhor primeiro encontro da história, isso não significava que estava tudo resolvido no que dizia respeito ao coração de Vicki.

Pois ela não o havia deixado dizer que a amava.

Ele entendia que havia se magoado tanto com o único homem em quem confiara que estava cautelosa para dar esse passo com ele. Mas Ryan jamais a magoaria.

Nunca.

Quando Vicki entrou pela porta da frente e sorriu, obviamente feliz ao vê-lo, ele já nem pensou mais no primeiro encontro que ainda não haviam tido.

Infelizmente, tinha certeza de que transar com ela na porta de entrada não deveria fazer parte do planejamento de um primeiro encontro perfeito.

Assim como simplesmente soltar um "eu amo você" também não ia rolar.

— Como foi o seu dia?

Ela parecia radiante quando entrou na cozinha e jogou a bolsa no balcão.

— Maravilhoso. Meu projeto começou a dar certo hoje, pra valer.

Como ele podia se controlar quando ela brilhava desse jeito?

Ele a enlaçou pela cintura, prendendo-a com eficiência no balcão da cozinha.

— Mal posso esperar para vê-lo. — Inclinando-se, ele disse, antes de beijá-la suavemente, esforçando-se para ser gentil e não ceder ao desejo irresistível de colocá-la no balcão e possuí-la ali mesmo: — Mal podia esperar para ver você também.

— E o seu dia? — ela perguntou quando ele a deixou respirar novamente.

— A vida está boa. — Ela estava tão macia e adorável junto dele que mal conseguia se lembrar do que havia feito durante o dia. — O Smith me ajudou a convencer um bando de gente riquíssima a fazer doações para o programa de esporte nas escolas. Não sei por que não havia pensado nele antes para me ajudar.

Ela sorriu.

— Imagino vocês dois juntos! Essa pobre gente rica não teve como escapar, teve?

Será que ela tinha alguma ideia de como ficava linda sorrindo assim?

— Está pronta para o nosso encontro?

Ela o acariciou nas costas, puxando-o para mais junto de si.

— Quase.

— Tem alguma coisa... — ele teve que limpar a garganta para não dar vazão à malícia das palavras. — Tem alguma coisa que precisa fazer primeiro?

— Sim. — Ela ficou na ponta dos pés. — Mais disto.

A boca de Vicki mal o tocara e ele já a colocava no balcão de mármore, como se fosse um punhado de tecido em sua mão.

— Você disse que quer ir devagar. A gente pode ter um encontro sem sexo, Vicki.

A ideia de se afastar de todo o calor dela, sua doçura, era quase insuportável. Mas não queria que ela tivesse alguma razão para não ter esse encontro com ele. Não queria que pensasse que ele só queria sexo.

— Se precisa que eu me controle — ele garantiu —, dou um jeito nisso.

— Então, isso significa que você é mais forte do que eu. — Ela o pegou pela camisa e começou a tirá-la. — Porque de jeito nenhum vou esperar o compromisso acabar para depois ter você.

Ela segurou o rosto dele para beijá-lo de novo, mas, embora não houvesse nada no mundo que ele quisesse mais do que isso, Ryan precisava ter certeza de que ela não usaria esse sexo antes do encontro oficial para se afastar dele depois.

— O que há entre nós não é só sexo. Somos mais que isso.

Ela lambeu os lábios.

— Claro que sim. Mas o sexo é um bônus realmente fantástico, não acha?

Ele então a beijou de novo uma vez, duas vezes, e disse:

— O melhor bônus do mundo.

Uma hora depois, eles estavam andando de mãos dadas pelo mesmo caminho dos pântanos por onde andaram muitas vezes quando adolescentes.

— Não acredito que me trouxe aqui. — Ela apertou mais as mãos dele, puxando-o na direção da água, de um verde denso enquanto fluía pela península ao sul da cidade. — Pronto para o mergulho?

Lado a lado, eles se agacharam na margem lamacenta para enfiar a mão dentro da água. Vicki olhou para as mãos deles logo abaixo da superfície e depois para ele.

— Que delícia de primeiro encontro. Obrigada.

— Mesmo a parte em que eu arranco as suas roupas assim que você entra em casa?

— Principalmente essa parte. — Ela lhe lançou um sorriso travesso... e bastante satisfeito.

— Você sabe o que eu sempre quis fazer neste lugar? — ele perguntou.

— Provavelmente, a mesma coisa que eu.

Em perfeita sintonia, eles se inclinaram para se beijar. Prestes a unir os lábios aos dele, porém, Vicki começou a escorregar na beirada lamacenta.

Os olhos arregalados e sorridentes dela foram a última coisa que ele viu antes que ela caísse na água... e o levasse junto.

Os patos se dispersaram no ar quando eles voltaram à superfície. Rindo muito e abraçados, nem se importaram em sair da água lodosa. Os patos então voltaram a nadar em volta deles.

Vicki tinha no cabelo alguma coisa verde e grudenta e lama nas bochechas... e, mesmo assim, era a mulher mais bonita do mundo.

— O que você está olhando?

— Você — foi tudo o que ele disse. — Só você, Vicki.

Então, parou de falar e tratou de cumprir o beijo na relva molhada pelo qual ele havia esperado quinze anos.

Vinte e quatro horas depois, Vicki cantarolava a canção pop que vinha repetindo havia dois dias enquanto trabalhava. Tinha um fraco por canções românticas bobocas cantadas por artistas adolescentes. Achava que artistas sérios tinham que se comportar direito, mas nunca havia sido muito boa nem em parecer, nem em soar, nem em agir como um artista sério.

Mas tampouco havia achado que conseguiria desempenhar o papel de noiva de Ryan Sullivan de modo convincente.

Claro, isso não tinha nada a ver com habilidades de atriz... e tudo a ver com o fato de que seu coração já era dele havia muito tempo.

Não era difícil se fazer passar por embriagada de amor quando de fato se sentia assim. E quando suas noites juntos haviam sido tão especiais. Sobretudo, a noite anterior, depois que voltaram para casa.

Ela sabia como a vida dele ficava cheia de compromissos durante a temporada. Mesmo assim, Ryan havia se ocupado dela em todos os momentos livres. Ainda que adorasse isso, não podia ficar sossegada sabendo que o havia roubado dos amigos e da família. Tomara, ela pensou, olhando o pôr do sol, que o treino tivesse sido bom e ele tivesse ido tomar uma cerveja com os rapazes.

Sim, era disso que precisava. Um tempo com os amigos.

Ela podia muito bem ignorar a agonia da saudade dele nessas oito horas ou mais que já haviam se passado desde que se levantara. Corou diante da lembrança deliciosa da bela manhã que Ryan lhe havia proporcionado antes de ir para o estádio.

Percebendo que fazia uns quinze minutos que não trabalhava, e que sua concentração estava um tanto perturbada no momento, ela colocou cuidadosamente seu projeto na mesa junto da parede.

Dava-se conta de que havia começado a planejar o futuro, de alguma maneira. Um futuro em que Ryan — e sua família — desempenhava um papel imenso.

Sentiu um aperto no estômago ao considerar o caminho que havia trilhado com Ryan naqueles últimos dias. Quando concordaram em começar a namorar, depois de todo aquele sexo doido no banho, ela dissera que deveriam desacelerar.

E, agora, ela mesma estava tendo dificuldades com isso.

Não havia garantia de que as coisas dariam certo entre eles, embora fossem incrivelmente compatíveis. Não duvidava de seus sentimentos por ele, sabia que jamais diminuiriam. Mas Ryan tinha o mundo a seus pés. E, ainda que já fosse um atleta muito importante, ela sabia que ele ainda não havia chegado ao auge. Passaria de arremessador a algo ainda maior, tinha certeza disso. Ela não ficaria no caminho dele. E jamais seria — nunca mesmo — um peso que ele tivesse que arrastar ao subir cada vez mais.

A luz no ateliê aumentou, e ela ficou momentaneamente ofuscada. Uns segundos depois, percebeu que Ryan vinha em sua direção. Antes que pudesse compreender o que estava acontecendo, ele a ergueu nos braços em um beijo forte, faminto e possessivo. Conseguiu sentir o desejo nele. E, estranhamente, seu alívio também.

— Minha nossa, Vicki, você precisa atender o celular!

Suas pupilas ainda estavam se ajustando às luzes fortes enquanto se equilibrava depois do beijo sedento de Ryan.

— Meu celular? — foi tudo o que conseguiu responder ao se recuperar o suficiente para encarar a boca maravilhosa dele. Não pôde deixar de roubar um pouquinho desse gosto também.

— Você não estava em casa, e faz uma hora que estou ligando. — Ele se afastou, os olhos escuros brilhando perigosamente. — Não tive nenhuma resposta.

Ela desejou que suas mãos não estivessem cheias de argila. Do contrário, teria acariciado o rosto dele, acalmando-o.

— Perdi a noção do tempo. Não devia ter se preocupado.

Ele de repente se descontrolou, fechando a porta do ateliê com um chute. Talvez ela houvesse se amedrontado se fosse algum outro homem agindo assim, mas não sentiu nem um pouquinho de medo com Ryan.

Apenas um rápido frêmito de tesão... e a antecipação do modo como ele a tomaria a seguir.

Além disso, sabia por que ele estava agindo assim. Até que se comprometesse como ele queria, como não duvidaria dela? De um jeito ou de outro.

Ryan trancou a porta antes de começar a puxar as persianas, uma depois da outra.

— O dia inteiro pensando em você. — Puxou outra persiana, e com tanta força que ela raspou na vidraça. — O tempo todo no estádio, o tempo todo durante reuniões, fiquei esperando tudo terminar para poder chegar em casa e passar a última noite antes de viajar para as finais com você. — A frustração tomou conta dele pra valer. — Mas você não estava lá!

Ela ficou no meio do ateliê, paralisada pelo desejo — e pela possessividade — que via nos olhos de seu amigo normalmente calmo e tranquilo, que logo diminuiu a distância entre eles.

— Concordamos em desacelerar — ela o lembrou, embora ir devagar fosse o oposto do que desejava neste exato momento. Rápido, forte e de perder o fôlego era tudo em que pensava, ainda que lhe dissesse: — Passamos as últimas seis noites juntos. Quis dar um pouco de espaço pra você ficar com seus amigos.

— Já tive espaço a vida inteira — ele grunhiu. — Não preciso de espaço. Preciso de você, Vicki. *Você*!

Ela ficou estarrecida com a intensidade dele.

E a sinceridade.

— Então, Ryan, não perca mais tempo. Eu também preciso de você.

Ele arrancou a camisa e depois a blusa dela, parando apenas para

passar os dedos pelo anel de noivado pendurado entre seus seios. Um segundo depois, ia o legging para o chão e, em seguida, abrindo o fecho do sutiã, lá foi ele também. Tudo o que sobrou foi a calcinha, onde ele enfiou os dedos na lateral, fazendo-a deslizar pelo quadril e coxas.

As mãos dela estavam molhadas e sujas de argila, mas Ryan não ligou, entrelaçando os dedos aos dela e empurrando-a contra a parede mais próxima. Ele ergueu as mãos dela acima da cabeça, levando a boca a seus seios, esfregando o queixo áspero por eles e deixando a pele dela ainda mais sensível ao lamber um deles, depois o outro.

Mesmo envolvida na surpreendente doçura do tesão, Vicki se deu conta de que estava cercada pelas coisas mais queridas.

Argila. Esculturas. Ryan.

Quase explodindo de alegria como nunca pensara ser possível, viu-se logo em seguida aos beijos com Ryan e pondo as mãos sujas de argila sobre as dele, que já estavam em seus seios.

Cada milímetro de pele se avivava ao toque dele, deixando-a marcada de argila e reivindicando-a como sua ainda mais a cada carícia.

Também querendo marcá-lo e louca para sentir o calor e a força dele sob os dedos, ela pousou as mãos nos ombros de Ryan e aos poucos foi traçando uma linha de argila por seu peito e barriga.

Ele se colocou entre as coxas nuas dela, de modo que o zíper de seu jeans — e o enorme volume atrás dele — fazia uma pressão deliciosa entre as pernas dela, levando-a a arfar quando ele acertou o ponto exato. Sempre em sintonia com o corpo dela, ele ergueu sua coxa, deslizando a mão por baixo dela e puxando-a até a cintura.

Vicki era só sensações. Nervos prontos para explodir. Mas não queria explodir sozinha.

Desajeitada de tanto desejo, suas mãos tremiam, atrapalhando-se no botão e no zíper da calça dele. Ele tirou a mão dos seios dela apenas para pegar uma camisinha antes de deixar o jeans cair no chão. Foi ela quem arrancou a cueca dele; com as mãos já limpas de tanto acariciá-la, ele pôde colocar o preservativo.

Era tão forte! Ergueu-a e passou as pernas dela por sua cintura, ao mesmo tempo em que a encaixava nele, encostando-a na parede. Ambos arfaram nesse suave instante de conexão, o corpo dela moldando-se perfeitamente ao dele, e ele segurando-a pelo quadril com força e cavalgando-a. Ela o beijava não só com a boca. Todo o seu coração e alma estavam ali em cada lambida, em cada suspiro de êxtase... e especialmente na explosão de prazer que logo tomou conta dos dois no meio do ateliê.

Ficaram pendurados um no outro por um bom tempo, recuperando o fôlego. Ele a segurava como se nem pensasse em soltá-la.

— Gosto de namorar você — ele sussurrou no ouvido dela.

Ela riu, perdendo o fôlego de novo em espasmos devidos ao riso dele. Trinta minutos depois, quando vestiram as roupas sobre o corpo lambuzado de argila e estavam sentados no chão devorando fatias de pizza que haviam acabado de ser entregues, com o anel de noivado falso no peito, ela se deu conta de que esse havia sido um segundo encontro muito maluco.

Maluco... e *tão* bom!

CAPÍTULO VINTE E TRÊS

Vicki aninhou-se mais em Ryan. Ele tinha a mania de chutar as cobertas enquanto dormia, mas, desde que estivesse ali para esquentá-la, ela não se importava.

Alguns minutos depois, os despertadores começaram a tocar.

— Hora de acordar, dorminhoco. Você tem que pegar o avião. — Ela adoçou as palavras com uma lambidinha na orelha dele.

Ryan gemeu, tentando puxá-la para si, mas, ainda que ela desejasse muito ficar embaixo dele e ter uma manhã ainda mais perfeita, primeiro precisava sair de debaixo dos braços dele para desligar os diversos despertadores.

Quando desligou o último, ele já estava sentado na cama, com um olhar de apreciação ardente.

— Você fica tão linda nua que acabou de me dar uma ideia.

Ela ergueu uma sobrancelha, dirigindo-se para os braços estendidos dele.

— Tem certeza de que é uma ideia *nova*?

Ele a puxou, de modo que ela ficou montada nele.

— Acho que devemos fazer deste quarto uma zona livre de roupas.

Ela riu, beijando-o.

— Tá bom.

— Se eu soubesse que seria tão fácil convencer você, teria dito que a casa inteira deveria ser uma zona livre de roupas — disse ele antes que suas mãos grandes e talentosas segurassem os seios dela, levando-os à boca.

Vicki parou de rir assim que sentiu a língua quente e desejosa começar a lamber seus seios. Enfiou os dedos pelos cabelos dele, segurando-o enquanto ele se fartava.

— Quem sabe... — ela suspirou.

Ele ergueu a cabeça.

— Diga isso de novo!

Ela lhe deu um sorriso travesso. Ele precisava sair logo, mas, se fossem rápidos, poderiam se divertir um pouquinho.

— Me faça dizer!

De imediato, ele a pegou pelos punhos, transformando-se de gentil amante matutino em dominador delicioso em uma fração de segundo.

A mão livre de Ryan passeou por entre suas pernas, e sua boca tomou a dela enquanto seus dedos brincavam em seu corpo desperto.

— Já está pronta para falar?

Falar? Mal conseguia respirar.

— Tá bom. Não tenho escolha a não ser pegar pesado. — Ele tirou a mão, levando-a para o alto da barriga dela, numa provocação gostosa.

Já transbordando de desejo, Vicki arfou:

— Humm...

— Humm o quê? — Os dedos dele desceram um pouco, tocando de leve seus pelos pubianos, mas, ainda que ela tentasse se mexer, ele ficou ali firme.

— Fico nua por um dia.

— Onde? Só no quarto? — Ele beliscou o lóbulo da orelha em um gemido possessivo. — Ou na casa toda?

Ele desceu a mão mais um pouco, mas ainda não o suficiente.

Ela só conseguiu gemer as palavras:

— Na casa toda.

Ele sorriu, com os olhos cheios de desejo.

— Só uma vez?

Ela não conseguia acreditar no que estava prestes a prometer. Mas nunca ninguém havia feito com que se sentisse tão desejada — e tão segura — a ponto de concordar em ficar nua um dia inteiro.

— Pelo menos uma.

— Todo mês. — A respiração dele vibrava com ardor sobre seus seios e barriga ao dizer essas palavras, enquanto ia descendo pelo corpo dela aos beijos até que sua boca parou junto da mão brincalhona. — Prometa que vai ficar um dia nua todo mês e eu lhe dou o que quiser.

Se pudesse, prometeria qualquer coisa, tudo.

— Por favor, Ryan — foi tudo o que conseguiu dizer.

Ela havia deixado de evitar súplicas quando estavam na cama. Não só porque não parecia que estivesse desistindo de qualquer tipo de poder ao suplicar... mas também porque sabia como Ryan gostava de saber que a estava deixando louca.

Assim que deslizou os dedos para dentro dela, Vicki imediatamente explodiu em cores brilhantes e vivas.

Momentos depois, ele ficou em cima dela, dentro dela, e ela se enrolou toda nele, e ele nela, e foi tudo tão bonito e perfeito que ela soube que não poderia ser melhor.

— Eu amo você.

Havia esperado metade da vida para ouvir de Ryan essas três palavras. Não só para ouvi-lo dizer... mas também para acreditar nelas.

Era muito pequena quando aprendera a não se apegar a nada, pois a base militar de seu pai mudaria pelo menos anualmente. Mas aquele ano com Ryan havia sido diferente. Tão especial que ela não conseguira não se envolver com ele. Como esta semana, quando lhe havia dado o coração novamente.

Ainda assim, mesmo quando ele lhe dissera como se sentia em relação a ela e como desejava que esse falso noivado fosse verdadeiro, ela havia se esquivado por medo de que essa história de amigos que viravam amantes fosse boa demais para ser verdade.

Porém, deitados ali, tendo o batimento do coração dele junto de si, Vicki sentiu-se íntima de Ryan como nunca se sentira de ninguém. Íntima o suficiente para finalmente dar voz ao sentimento que, acreditava, permaneceria escondido para sempre.

— Amo você também.

O coração dela se apertou diante da alegria na fisionomia dele pela confissão, e as lágrimas logo começaram a escorrer pelo seu rosto.

— Como é bom ouvir você dizer isso. Tão bom, Vicki. Fale de novo.

— Amo você — ela sussurrou outra vez entre beijos. Embora estivessem muito juntos, ela ainda queria mais.

À medida que suas palavras de amor entrelaçavam-se com suas bocas e línguas, a rapidinha da manhã se transformou em algo mais ardente e suave. Os dedos de Ryan enredaram-se nos dela, e ele levou seu corpo — e seu coração — ao ponto mais alto do momento mais bonito.

Vicki secava o cabelo na toalha enquanto Ryan juntava suas últimas coisas para ir para o aeroporto. Haviam aproveitado até o último minuto da última manhã antes das finais — e até mais, ela pensou, sorrindo.

Ela vestiu o costumeiro uniforme do ateliê — blusa e legging — e foi para a cozinha. Sorriu ainda mais ao pensar em como poderia deixar o dia de Ryan um pouco melhor antes que ele pegasse o avião para St. Louis para jogar contra o Cardinals no primeiro jogo das finais.

Ele estava ao celular e ela não via sua fisionomia, enquanto dizia:

— Obrigado por avisar, Smith.

Enquanto ele olhava a tela, ela o observou por uns minutos... pensando sobre o fato de que ele era todo dela.

Ah, como sentiria falta dele nesses cinco dias no Missouri. Como conseguira ficar tantos anos sem vê-lo se agora mal conseguia dar conta de uma semana?

Agradecendo aos céus por ele voltar pouco antes da decisão da comissão da bolsa, ela passou os braços em volta da cintura dele, apoiando o rosto em suas costas.

— Tá bom, você ganhou. — Ele se virou, e ela estava sorrindo e dizendo: — Um dia completamente, inteiramente nua... — Ela ficou muda ao ver a fisionomia dele. — O que aconteceu?

— O Smith acabou de me ligar para falar de notícias na imprensa.

Ela tentou fazer piada para espantar um rápido surto de medo:

— Devem ser mais fotos horríveis de mim...

— É uma entrevista com seu ex.

A essa altura, nem as mãos quentes de Ryan conseguiram evitar o calafrio ela que sentiu.

— O que foi que ele disse?

— Um monte de bobagens. Está obviamente magoado por saber que você virou a página.

Vicki percebeu como Ryan estava zangado, o maxilar tenso, o olhar destruidor. Ela olhou para o celular.

— Era isso que estava lendo?

Com relutância, ele lhe entregou o celular, aconchegando-a mais quando ela começou a ler. Os braços dele obviamente queriam segurá-la firme.

Quando chegou à parte em que Anthony falava dos últimos sucessos e conquistas, o coração de Vicki começou a se acelerar. Ele sempre fora um mestre em fazer as pessoas saberem como estava se saindo bem sem parecer exibido. Também havia sido bom em reduzi-la a pedacinhos sem que ela percebesse, até já estar casada com ele — as palavras sempre afiadas que saíam de sua boca.

Por fim, ela chegou à parte da entrevista que quase fez seu coração parar.

Passaram-se trinta anos desde a primeira escultura elogiada de Anthony Abbott. Pergunto a ele sobre as diversas transformações que testemunhamos em seu trabalho ao longo das últimas três décadas, em especial no último ano.

"Sei o que está realmente perguntando", ele diz enquanto um riso autodepreciativo se dissipa, deixando no ar algo que pode ser descrito como dor profunda e forte. "Amor verdadeiro, coração partido — como não causariam impacto em uma pessoa? Não importa se somos um artista ou contador, quando o amor entra em nossa vida e vira tudo de cabeça pra baixo, há amor em tudo o que fazemos." Ele se cala, e eu sinto que está pesando as palavras cuidadosamente antes de continuar com suavidade: "E, se o amor se vai, quando ele se vai, uma dor cruel toma o lugar de tudo o que tocamos".

— Ele sempre se achou um poeta e tanto — ela rosnou.

— É um idiota — Ryan concordou, mas ela continuou lendo... e a raiva tornou-se nojo.

A ex-mulher de Abbott acabou de ficar noiva. Não de um artista, desta vez, mas do jogador de beisebol profissional Ryan Sullivan.

"Desejo tudo de bom a eles", ele me diz, acendendo um cigarro e dando algumas boas tragadas. "Talvez por causa do que faço, sempre me senti atraído pela beleza. Victoria é sem dúvida uma mulher bonita, uma mulher que quis ter assim que vi. Não tenho dúvida de que seu novo noivo se sente da mesma forma." Ele franze o cenho ao jogar o cigarro no cinzeiro. "Só espero que ele saiba ter cuidado... para ter certeza de que vem em primeiro lugar."

Ele acredita que sua ex-mulher o usou para subir na carreira?

Anthony olha para longe por algum tempo antes de balançar a cabeça. "Gostaria de acreditar que não foi isso."

— Ai, meu Deus, não acredito que ele disse que eu usei nosso casamento para crescer na carreira! — Ela soltou o celular, mas Ryan o deixou cair e a abraçou mais.

— Sinto muito, Vicki. — Ele a beijou no alto da cabeça, acariciando suas costas. E sua voz tremia ao continuar: — Lamento que tenha se casado com ele. Lamento não ter estado com você esses anos todos. Meu advogado vai fazer essa jornalista...

— Não é culpa da jornalista. — Engraçado como a voz dela soava firme, sendo que por dentro sentia como se seu peito houvesse se transformado em um mar de caquinhos, causando milhares de pequenos cortes enquanto revolvia na cabeça as palavras de Anthony. — Não foi ela quem colocou as palavras na boca dele. É ele quem acha que eu o usei, mesmo que a verdade seja que me casar com ele foi a pior coisa que eu fiz para minha carreira.

Anthony sempre garantira que ela ficasse em um cenário sombrio sempre que ela cometia o erro de tentar pegar nem que fosse um tantinho da notoriedade que ele já havia reivindicado para si mesmo.

— Ele é um idiota. Todos nós sabemos disso.

— Você sabe disso. Eu sei disso. Mas ele apenas deu voz ao que as pessoas sempre acharam e sempre vão achar. Acham que eu o usei. — Vicki se forçou a encarar o rosto preocupado e zangado de Ryan.

— Acham que estou usando você também.

— Você não pode deixar que ele vença. Sobretudo porque não passa de um canalha amargo e egoísta.

Durante o casamento, ela já havia perdido a alma por causa de Anthony e não queria mais que isso acontecesse. O problema é que ela não podia desprezar o fato de que talvez seu ex-marido tivesse alguma razão.

— Mas que tal o fato de que eu não contei a você que estava aqui até precisar que você aparecesse por causa do James, para que eu não perdesse essa bolsa? E que eu queria havia muito tempo ficar com você, mas tinha medo de realmente dizer como me sentia, e que criei uma mentira e enfiei você e sua família nessa minha confusão? E se uma parte do que o Anthony está dizendo sobre como eu uso as pessoas for mesmo verdade?

— Pare com isso. — Ryan colocou as mãos nos ombros dela. E, mesmo segurando-a com firmeza, seu toque era gentil. Amoroso.

— Você me procurou porque sou seu amigo e você estava em uma situação difícil. Eu fui porque a amo e faria qualquer coisa por você. Se acha que eu ligo para o que qualquer um pensa sobre você, sobre mim ou nosso relacionamento, então vai fazer com que eu questione tudo o que acabou de me dizer na cama esta manhã.

Ele a encarava com intensidade, transbordando de amor.

— Não faça isso, Vicki. Nem pense em desdizer nada, pois esperei muito pra saber que você sentia o mesmo que eu.

As lágrimas escorriam pelo rosto dela.

— Eu jamais retiraria o que disse.

Por fim, ele sorriu, passando o dedo pelo rosto dela.

— Jamais deixaria que fizesse isso. — O telefone dele tocou de novo, e ele xingou ao olhar a tela. — Preciso pegar o avião do time. — Ryan segurou o queixo dela nas mãos. — Prometa que não vai deixar que nada que esse idiota disse atrapalhe você e sua escultura linda. Principalmente porque ele deve ter garantido que essa entrevista ocorresse no momento de ele tomar parte da comissão. Você já deu a ele dez anos. Ele não merece nem mais um segundo.

A vida inteira de Vicki havia sido de mudanças. Ela já sentia o mesmo desespero na hora de ir embora começar a tomar conta dela — enterrar o passado, começar de novo em um lugar onde sua história não tinha importância e ninguém a conhecia. Se fosse embora, guardaria as lembranças dessa intimidade com Ryan consigo para sempre. Ainda que fosse para bem longe, jamais esqueceria como era estar nos braços dele, sentindo-se segura e acalentada.

No entanto, deixar Ryan quando era apenas uma adolescente quase acabara com ela. Como poderia pensar em escapar dele agora?

Principalmente porque o único lugar para onde queria escapar eram seus braços abertos. E como ele tinha razão em relação a Anthony não merecer nem mais um segundo de sua energia!

Em um segundo, as mãos dele acariciavam seu cabelo e a boca a beijava muito, de modo tão apaixonado que tudo o mais se apagou, ficando apenas Ryan... e como ela o amava.

Quando o beijo terminou, ela não abriu logo os olhos. Ficou ali, sentindo o forte e o acelerado batimento do coração dele sob as mãos espalmadas, enquanto recuperava o fôlego.

— Todos esses anos em que ele e eu ficamos juntos, ignorei uma vozinha que me dizia que tinha algo de errado no meu casamento. Era muito mais fácil ouvir a voz dele e de todo mundo à minha volta, que dizia que eu seria louca se não o quisesse. E ele era tão agradável, sempre tendo o pretexto certo para tudo. Achei que podia fazer dele o marido de que precisava. Durante o último ano, eu sempre tinha um sonho em que tentava cavar o mármore com os dedos. Sentia falta de ferramentas para cortar, cavar, lixar. Só tinha minhas mãos, e isso não bastava. Podia me dedicar a vida toda a isso e não conseguiria tirar nem uma lasca da pedra. Parei de ter esses sonhos quando fui embora.

Ela abriu os olhos, sustentando o olhar de Ryan, ao admitir:

— Ainda estou aprendendo a ouvir essa vozinha.

— O que ela está dizendo a você?

Ela ficou na ponta dos pés para beijá-lo e sussurrou entre seus lábios:

— Que eu prometa a você.

E ame você com todo o meu coração... e alma.

Ryan mal havia atravessado a porta da frente quando o telefone dela tocou. Nos últimos dias, ela havia se acostumado a ignorar chamadas de jornalistas e blogueiros, mas, ao reconhecer o código da Itália, soube que precisava atender.

É claro que Anthony não ficaria satisfeito apenas com uma entrevista. Ele queria ter certeza de que ela a lera e esfregaria isso na cara dela.

Droga, não deixaria que ele a enrolasse.

— Seus truques não funcionam mais, Anthony, então pode parar de tentar.

Houve uma pausa do outro lado da linha.

— *Signorina* Bennet?

Oh! Não era seu ex-marido! Era uma italiana. Que ficou obviamente confusa com a explosão de Vicki.

— *Si*, desculpe. Sou Vicki Bennet.

— Desculpe por ligar sem nenhum aviso prévio — disse a mulher com um belo sotaque italiano. — Sou do Museu de Escultura Contemporânea de Matera. Nos últimos meses, avaliamos seu trabalho, e estou ligando com boas notícias. Selecionamos algumas de suas obras para uma exposição e ficaríamos muito satisfeitos se aceitasse a posição de artista residente.

Enquanto estivera em Praga, Vicki havia enviado seu portfólio para alguns museus com programas para artistas residentes, resolvida a deixar que o destino a guiasse.

Achava que o destino houvesse escolhido São Francisco. E Ryan.

Qual era essa do destino agora?

Sabendo que a mulher provavelmente esperava que ela aceitasse na hora, Vicki conseguiu pelo menos dizer:

— Fico encantada que tenham escolhido minhas esculturas para seu museu, claro, mas...

A mulher a interrompeu, informando-a sobre uma remuneração anual muito maior do que ela obteria em São Francisco.

Se ganhasse a bolsa.

— É claro que tem algum tempo para considerar essa oferta. Mas precisamos saber até o final desta semana, a fim de que possamos preparar a exposição e o material a tempo de sua chegada. Estou certa de que compreende isso. Enviamos por e-mail todos os detalhes.

A mulher não precisou explicar mais nada. Se não aceitasse em uma semana, a oportunidade seria oferecida a outro escultor.

E ela perderia a maior chance que jamais tivera.

Essa residência na Itália significava ainda mais. Significava que não importava mais se ganhasse ou não a bolsa de São Francisco. Ou seja, não precisava se preocupar com James ou Anthony... e ela e Ryan não precisavam fingir nenhum noivado.

Mas também significaria deixar Ryan.

Sim, sabia que poderiam arrumar um jeito de manter um relacionamento a distância, pelo menos pelos primeiros meses até a temporada terminar e os horários dele ficarem mais flexíveis. Mas, assim que a nova temporada começasse, seriam nove meses até ele conseguir pegar um avião para a Europa.

Ela segurou o anel que ficava sob sua camiseta e instintivamente envolveu-o na mão. Não era real.

Mas será que se tornaria real se tivesse mais tempo? E mais sinceridade? E mais riscos?

E mais fé?

Vicki prometeu à mulher que leria tudo com cuidado e daria logo uma resposta.

CAPÍTULO VINTE E QUATRO

Assim que Ryan embarcou no avião do Hawks, foi levado para uma sessão sobre estratégia com o treinador de arremessos e o pegador a fim de estudar o time adversário e recordar os pontos fortes e fracos de cada batedor. Ele já tinha uma boa ideia de quem era bom, quem pegava as bolas mais rápidas e quais batedores poderia enganar. Por isso, seus pensamentos se voltavam para o telefonema preocupado de Smith e para a fisionomia abatida de Vicki quando lhe contara da entrevista do ex-marido.

Smith voltara a ligar para saber se havia alguma coisa que sua equipe de relações públicas pudesse fazer. Obviamente, o irmão ficaria satisfeito em usar sua influência contra o ex-marido de Vicki, ainda mais em um grupo de gente de cinema super-rica que provavelmente colocara um monte de dinheiro na mão do escultor ao longo de anos.

Era tentador demais deixar que Smith fizesse isso. Mas Ryan não se esquecia do que Vicki havia dito naquela primeira noite no bar. "Se eu ganhar a bolsa, quero que seja pela qualidade do meu trabalho."

Smith e Marcus e o resto do bem-relacionado clã dos Sullivans poderiam facilmente mexer os pauzinhos a favor de Vicki. Mas isso seria tão desgastante e ruim para as conquistas dela como havia sido a atuação do ex-marido durante o casamento deles.

Claro, Ryan ainda tinha vontade de ir até a Itália e arrancar o coração do peito do canalha.

Assim que o avião pousou, ele ligou para ela.

— Espero que esteja com as mãos sujas de argila — ele disse ao correio de voz. — Já sinto sua falta. Amo você. Me ligue quando chegar em casa.

Quando o Hawks chegou ao Bush Stadium para fazer exercícios leves, Ryan estava mais do que pronto para gastar energia. Exercitou-se tanto, na verdade, que Bobby, o treinador, teve que interrompê-lo.

— Já está bom, Ryan. Vamos nos preparar para jantar. Pronto para ir?

Ryan parou com o levantamento de peso que estava fazendo,

sabendo que precisava dar um tempo. Sendo o trunfo do time do Hawks, ele seria o arremessador do primeiro jogo. Sabia que era melhor poupar os músculos antes de um jogo, principalmente um jogo importante como aquele. Mas nunca havia se sentido tão escravo da frustração assim. Pelo menos, não desde o dia em que vira Vicki indo embora de sua casa, de bicicleta, depois de lhe contar que estava de mudança. Havia corrido atrás dela até perdê-la de vista, até as suas pernas não aguentarem mais.

Não fora ao jogo da escola naquela noite. Fora o único jogo a que não comparecera.

Só pensar nos olhos de Vicki nesta manhã — sabendo que ela chegara a pensar em deixá-lo de novo depois do que o ex-marido dissera — fez com que essas emoções ficassem rodando em sua cabeça. Mas eram maiores, mais fortes agora do que quando era apenas um garoto superapaixonado pela melhor amiga.

— Preciso cuidar de uns assuntos — disse, a caminho do vestiário. — Comerei alguma coisa mais tarde.

O senhor grisalho com quem ele vinha trabalhando na última década olhou-o bem nos olhos.

— Se precisar conversar, me ligue. Não importa a hora. Vou estar por aqui.

Ryan agradeceu pela atenção, mas só havia uma pessoa com quem queria falar agora. Pegou a bolsa e foi direto para o hotel, sem passar pelas duchas. O telefone dele tocou assim que fechou a porta do quarto.

— Oi, linda!

— Ryan. — Vicki parecia um tanto aturdida e tímida. — Oi.

Já haviam conversado por telefone um monte de vezes ao longo dos anos em que estiveram longe, mas esta era a primeira vez desde que haviam transado.

Nossa! Ele adorava a voz dela.

Mesmo o som da respiração dela.

— Oi — ele disse de novo, sorrindo ao ouvi-la colocar as chaves no balcão da cozinha.

— Está ocupado com alguma coisa?

— Não. Tenho a noite toda. — E planejava gastá-la com ela. — E você?

— Acabei de chegar.

Nunca antes ele tivera alguém esperando por ele, e a ideia de chegar em casa dali a uns dias e receber os beijos dela fazia com que se sentisse aconchegado. Adorava imaginá-la em sua casa.

A frustração que havia tomado conta dele o dia todo começava a se dissipar.

É claro que queria saber dos progressos na escultura e precisava garantir que ela não houvesse deixado o idiota do ex-marido atrapalhar nada. Mas, antes, queria ter certeza de que ela compreendia que essa distância toda entre eles não significava nada... e não o impediria de amá-la tanto quanto o faria se estivessem no mesmo lugar.

— Lembra o que ia me oferecer hoje pouco antes de eu sair? — Ele nem esperou pela resposta dela: — Sua primeira noite nua é hoje. — Ele sorriu ainda mais diante do silêncio de surpresa. — Espero que esteja muda porque está ocupada tirando a roupa.

Por fim, ela riu um pouco.

— Na verdade, estou aqui pensando se você ligou o canal de pornografia da televisão do seu hotel.

— Não preciso de pornografia. Tenho um monte de imagens em três dimensões de você na ducha, no ateliê, na minha cama. — Deixou que as imagens do que eles andaram fazendo nesses lugares enchessem a cabeça dela. — Coloque o telefone no viva voz, no balcão da cozinha, e tire a blusa.

— Está falando sério?

— Tem dez segundos para tirar a blusa, Vicki.

— Ou o quê? — A voz dela estava arfante, obviamente de tesão. — Você está em St. Louis!

Deus, como a amava! Como era divertida, forte e amorosa. Todos esses anos que ficaram separados ele procurara uma mulher como Vicki. Se ao menos tivesse se dado conta antes dessa semana de que não encontraria uma substituta para ela — de que era a única mulher que ele amaria — talvez não houvessem desperdiçado tanto tempo.

Não poderiam recuperar os anos perdidos.

Mas podiam aproveitar ao máximo o que tinham.

E certamente fariam isso!

— Tem razão — ele fingiu concordar em uma voz mansa, para que ela não se deixasse enganar. — Mas volto em cinco dias. — Ele deixou que ela registrasse a ameaça sensual, e a promessa, em suas palavras. — Acabou o tempo. Onde está sua blusa?

Ele a ouviu engolir em seco.

— Na minha mão.

— Jogue no chão.

O som do tecido caindo no chão da cozinha provocou nele tanto tesão que teve que se acomodar de novo nos shorts, ao afundar-se no sofá do quarto do hotel.

— Quero que tire sua calça agora. Me diga quando tiver tirado.

Ele ficou imaginando Vicki se equilibrando em uma perna e depois na outra para tirar a peça.

— Pronto.

— O que mais tem aí?

Ela fez uma pausa longa o suficiente para que ele soubesse que seria bom.

— Renda rosa.

— Seus seios ficam incríveis nesse sutiã. — Ele mal conseguia pensar. — Está usando a tanga igual?

— Eu a tirei junto com o legging. Espere aí, vou tirar o sutiã também.

Ele ouviu o clique do fecho.

— Pronto. Foi tudo.

— Nossa, Vicki! — Ele tirou o short e segurou o próprio membro. — Você está me matando aqui!

Ela riu baixinho ao telefone.

— Agora que já me tem nua pela noite toda, o que vai fazer comigo?

— Vou amar você, querida. — Não conseguiria esconder a emoção da voz mesmo que quisesse. Não queria jamais voltar a esconder seus sentimentos por ela.

— Ryan.

O sussurro do nome dele nos lábios dela reverberava em sua alma.

— Segure seus seios como eu faria se estivesse aí.

Adorou o gemido leve que ela deixou escapar antes de dizer:

— Queria que estivesse aqui. Me diga o que fazer, Ryan. Diga o que quer de mim.

Oh, inferno, ele quase perdeu o controle!

— Lamba os polegares e esfregue-os em você como se fosse minha língua. — Ele conseguia sentir o gosto dela tão bem como se estivesse na Califórnia, a pele sensível e tão doce em sua língua. — Nossa, como é gostosa!

— Adoro sua boca em mim. Seu queixo raspando e o jeito como chupa e morde minha pele quando perde o controle.

— Estou perdendo o controle agora. — Não podia vê-la sorrir, mas a conhecia tão bem que tinha certeza de que os lindos lábios estavam curvados nas pontas. — Quero que se toque mais.

— Onde, Ryan? Diga onde.

— Deixe a mão esquerda no seu seio maravilhoso e desça com a outra pela barriga até embaixo. Eu digo quando parar.

Uns instantes depois, uma inspiração suave lhe indicou que ela havia chegado à carne suave e molhada entre suas pernas.

— Você já parou, não foi?

— Eu... — ela ofegou. — Eu preciso...

— Sei do que precisa, querida. — Pois ele precisava também. Não só por hoje. Não só por alguns meses.

Para sempre.

— Primeiro, quero que me diga que gosto você tem. — Queria que ela suplicasse, mas foi ele quem disse: — Por favor. — Jurou escutar a lambidinha da língua dela nos dedos úmidos.

— Meio salgada. — Ela fez uma pausa. — Meio doce.

— Você é tão linda. Tão perfeita. — A respiração dele estava tão acelerada quanto quando fazia corrida de velocidade. — Vá até o sofá e deite. Finja que estou com você. Em cima de você. Penetrando você.

— Ah, nossa, Ryan! Sim.

— Está se tocando?

— Sim, e estou quase...

— Eu também. — Ele nunca sentira tanto tesão na vida, mas, em vez de dizer isso, as palavras que vieram foram: — Eu amo você. Tanto, tanto!

Ela deu um grito baixo de prazer antes de soprar na orelha dele:

— Amo você também.

Tendo a imagem nítida dela na cabeça e suas lindas curvas nuas gozando nas mãos dela, ele também deixou o controle de lado e seu gozo acompanhou o dela.

Vicki mal podia acreditar que acabava de fazer sexo por telefone com Ryan. E que havia sido *maravilhoso*.

Queria guardar esse aprendizado no peito junto com todas as outras vezes. Desejando-o o mais perto que pudesse, ela se virou no sofá para pegar o celular.

— Você ainda não está se vestindo, está?

Embora ele não estivesse ali para vê-la, ela ainda ficava envergonhada com a nudez... e com o fato surpreendentemente gostoso de que ele havia lhe pedido para se despir menos de um minuto depois que ela havia ligado.

Ela levou o celular à orelha e disse:

— Prometi um dia inteiro, não foi?

A resposta risonha estava plena de desejo insaciável. Ela sabia exatamente como ele se sentia. O orgasmo dela havia sido fantástico. Mas não o suficiente para saciar o desejo por ele.

— Espero que tenha cumprido a outra promessa.

Ela se enrolou no cobertor do sofá e se sentou. O recado que ele lhe deixara era cheio de amor. E de preocupação. Não queria acrescentar nada a isso. Porém, também queria — e precisava — ser completamente sincera com ele dali em diante. Estava cansada de mentiras.

Recusava-se a contar mentiras ao homem que amava.

— Tive um dia excelente no ateliê, ainda que todo mundo já tivesse lido a entrevista quando cheguei lá.

Ryan deixou escapar um palavrão.

— Imagino que James tenha aparecido.

— Todo mundo menos ele, na verdade. Sei que todos estamos

competindo pela bolsa, mas todos foram ótimos, principalmente quando souberam que Anthony faria parte da comissão. — Ela havia ficado bastante surpresa com o apoio de seus colegas artistas, e não só dos que considerava amigos.

— Ninguém quer ser traído dessa forma.

Vicki não se espantou com o fato de Ryan ter ido direto ao ponto. Se alguém achava que os atletas eram bobos ou sem noção, nunca haviam conhecido o seu jogador.

— E conhecem você, sabem como trabalha duro, como é apaixonada por tudo o que faz.

— Obrigada por sempre acreditar em mim. E por me amar.

Mesmo sentindo plenamente o apoio dele, teve que se enrolar mais no cobertor para tentar controlar o frio que sentia enquanto pensava em como contar a ele sobre a Itália.

— Aconteceu mais alguma coisa hoje, não foi? — ele perguntou.

Quando ela pararia de se surpreender com o fato de que ele a conhecia melhor que qualquer outra pessoa? E de que conseguia ler os silêncios dela melhor do que qualquer um que ouvisse suas palavras?

— Recebi um telefonema. Da Itália. Não foi do Anthony — ela disse, rapidamente, antes que Ryan pensasse mal. — Um importante museu de escultura contemporânea quer fazer uma exposição dos meus trabalhos.

— Isso é maravilhoso, Vicki! Por que não me contou logo?

— Porque... — ela sentia toda a distância entre eles e sabia como essa distância aumentaria se ela fosse para a Itália — ... eles não querem só minhas esculturas. Querem a mim também. Como artista-residente. Por um ano inteiro.

— A Itália é importante, não é? Mais que São Francisco.

Não podia mentir para ele.

— É, é muito importante.

Ryan ficou em silêncio por um tempo longo demais.

— Você sabe que minha mãe nasceu na Itália, não sabe?

— Sim. — Quando Vicki cumprimentara Mary pelo molho de tomate, ela contara que havia aprendido a fazê-lo com a avó italiana.

— E você também sabia que existe um time de beisebol italiano que não é muito ruim?

Rapidamente juntando as peças, ela disse:

— Você não vai jogar beisebol na Itália, Ryan.

— Seria divertido.

— Não seja louco — ela disse ao perceber que ele estava falando sério. — Não pode desistir da sua carreira por minha causa e por um ano na Itália que pode não significar nada a longo prazo.

— Sei que você nunca foi prioridade antes, nem com sua família nem com seu ex-marido. Não estava brincando quando disse que faria qualquer coisa por você. Qualquer coisa.

— Mas a sua carreira...

— Tem sido ótima. E sabe do que mais? Trocaria todas as vitórias por aqueles anos com você.

— Não, não trocaria. — Seus olhos ficaram marejados de lágrimas que tentava conter. — Mas amo você por pensar assim.

— Sim, eu trocaria — ele replicou. — E amo você também, *amore mio*.

Quando ele a chamou de "meu amor" em italiano, mais lágrimas rolaram.

— O museu me deu algum tempo para decidir, então não vá saindo do time ainda — ela contou com a voz mais leve que conseguiu, como se toda essa ideia de sair do Hawks fosse completamente despropositada.

E era. De jeito nenhum Vicki o forçaria a escolher entre ela e o beisebol. Sim, havia ouvido o que ele dissera. E acreditava nisso.

Mas como poderia se perdoar se deixasse que ele levasse isso adiante?

Quando se casara com Anthony, não havia se dado conta de tudo o que havia abandonado. Se desistisse de um ano na Itália, pelo menos faria isso de olhos bem abertos.

Sabendo que não fariam mais avanços esta noite, ela disse:

— Agora que já demos conta do meu dia, é sua vez de me falar do seu. Especialmente a parte em que ficou suado e seus músculos aumentaram.

— Bom — ele a provocou —, eu recebi um telefonema esta noite...

Durante a hora seguinte, eles compartilharam os pequenos detalhes sobre o dia, detalhes que não teriam importância para mais ninguém, mas que significavam muito para eles. E, depois que Ryan a convenceu de levar o celular para o banheiro e se enfiar na banheira, e ela começou a gritar o nome dele enquanto seguia suas instruções sensuais e travessas à risca, Vicki acabou esquecendo as preocupações da vida.

CAPÍTULO VINTE E CINCO

De bom grado Ryan passaria a noite com Vicki ao telefone, mas ela insistiu que ele dormisse um pouco antes do jogo. Havia sussurrado quanto o amava uma vez mais antes de desligar.

Mesmo com as suaves palavras amorosas e agradáveis repetindo-se na cabeça, ele não conseguia dormir.

Eles não haviam falado mais da Itália antes de desligar, mas era óbvio para ambos que um relacionamento a longa distância entre São Francisco e Matera seria quase impossível devido à carreira dele. Claro, havia uma ou outra semana em que ele poderia sair da cidade e se exercitar durante uma viagem, mas, assim que os treinos da primavera começassem, ele estaria preso a uma casa e a uma programação de viagens.

Depois de esperar tanto que Vicki fosse finalmente sua, ele queria — e precisava — de mais tempo de riso e de amor com ela. E não de menos, caramba!

Se lhe pedisse para desistir da Itália por ele, sabia o que aconteceria. Assim como havia se jogado na frente de um carro por um desconhecido no colégio, ela deixaria que ele a amarrasse ao amor dele.

A questão não é se ela ficaria. Já sabia que estava planejando desistir da residência na Itália e do sucesso que merecia depois de tantos anos em uma posição secundária por causa do ego do ex-marido.

O único problema seria quanto ela odiaria Ryan no final, depois de desistir de uma oportunidade como essa por ele.

De algum jeito, precisava impedi-la de fazer uma escolha da qual se arrependeria para sempre.

A lua ainda estava alta no céu quando Vicki desistiu de dormir. Sabia que Ryan não gostaria de vê-la dirigindo por alguns dos bairros mais escusos às três da manhã, mas não conseguia ficar na cama dele sem os braços fortes para envolvê-la. Havia até tentado se aconchegar no sofá, mas pensar na transa deles nas almofadas macias só lhe dera mais saudade.

Enquanto entrava no edifício vazio e escuro da instituição da bolsa, pensava: o que ele estaria fazendo agora? Estaria sentindo falta dela também? Ou estaria preocupado com a novidade sobre a possível residência na Itália?

Esperava que estivesse dormindo. Precisava estar descansado para o primeiro jogo das finais. E ela jamais se perdoaria se o desempenho dele não fosse o mesmo por causa de preocupações com ela.

O cheiro da argila a acalmou um pouco, além da promessa que havia feito a Ryan de se concentrar em sua escultura. De madrugada, antes de desligarem, ele a havia feito prometer de novo. E sabia que ele tinha razão, que, para ela, trabalhar com argila era sempre uma garantia de se sentir feliz.

Principalmente quando a outra garantia estava no Missouri.

Surpreendentemente, assim que se acomodou para trabalhar, as horas transcorreram até o sol nascer e encher o ateliê de luz. Foi só quando seu estômago começou a roncar de fome que percebeu ser quase meio-dia.

O que significava que precisava encontrar uma tevê — e rápido — para assistir ao jogo de Ryan.

Vicki pegou a bolsa e já deslizava pelo corredor quando Anne a encontrou.

— Estou morta de fome. Vamos comer alguma coisa?

— Não posso. — Ela ignorou o estômago, que protestava roncando alto. — O primeiro jogo do Ryan está quase começando. Preciso achar uma tevê.

— Conheço o lugar certo! É um bar esportivo com o barman mais lindo do mundo. Se eu for almoçar lá com você, vou poder paquerar. Ainda mais com a credencial de estar com a namorada do arremessador. — Anne sorriu sem timidez. — Siga-me!

Vicki jamais teria encontrado aquele bar sozinha e ficou feliz de ver que o jogo ainda estava no comecinho na imensa tela de tevê. Acomodou-se em um dos únicos bancos livres assim que Ryan se posicionou no jogo.

— Falando sério — Anne comentou ao passar o cardápio para Vicki —, esse seu homem é bonito demais para ser de verdade. A gente ainda pode ser amiga mesmo que eu continue fantasiando com ele, certo?

Vicki mal ouviu a brincadeira da amiga, pois a câmera deu um close em Ryan.

Ela se preocupou com a fisionomia dele... e com como ele parecia cansado. Sabia que o primeiro jogo de uma final era muito importante, mas mesmo sob pressão imensa ele sempre parecera relaxado, a ponto de qualquer um achar que o jogo não passava de uma disputa entre amigos.

Ela apontou a primeira coisa que viu no cardápio quando o barman lhe perguntou o que queria, mesmo sabendo que não conseguiria comer nada durante o jogo.

Ryan lançou um olhar para o rebatedor, ouviu o sinal, fez seu giro e lançou uma brilhante bola rápida sobre o *home plate* para o primeiro *strike*. Ela se sentiu menos tensa. Mas, quando os dois arremessos seguintes não atingiram o *home plate*, ficou tensa de novo.

Ela não havia apostado nada na vitória ou derrota do Hawks, mas sabia como o trabalho era importante para Ryan. Ele se sentia responsável não só pelo time que lhe pagava, mas também em relação aos fãs entusiasmados do Hawks.

A verdade era que Ryan não estava jogando bem, embora tentasse se recompor para encarar o batedor.

Depois de quatro outros lançamentos, o placar estava 3 a 1. Ryan perdeu feio o arremesso seguinte, levando os corredores à primeira e segunda bases, enquanto os dois melhores batedores do Cardinals estavam à espera. Os fãs, em pé no estádio, gritavam a plenos pulmões e tentavam provocar Ryan ao máximo. Só podiam estar para lá de descontentes ao ver o melhor arremessador da liga desmoronar.

De olhos pregados na tevê do bar, Vicki podia escutar sem dificuldade os comentaristas discutindo o incomum desempenho ruim de Ryan:

— O Ryan Sullivan sempre fez sua função parecer tão fácil. Em todos esses anos que o vi arremessar, não me lembro de já tê-lo visto engasgar assim.

Outro comentarista concordou:

— Não há dúvida de que está no auge em termos de idade e força. Mesmo assim, o primeiro jogo das finais é um momento ruim para qualquer jogador lidar com assuntos pessoais, mesmo sendo muito talentoso.

— Parece que o técnico acabou de pedir um tempo para ir dar uma palavrinha com ele — disse o primeiro comentarista.

— Se estão pensando em tirá-lo, este é um bom momento, antes que seu braço se canse. Assim, podem usá-lo por mais três dias, em vez de esperar quatro dias inteiros até a próxima partida com ele.

Vicki sentiu o coração paralisar ao observar o técnico dizendo alguma coisa a Ryan. Desejou saber fazer leitura labial para entender a resposta de Ryan ao balançar a cabeça e ficar firme no lugar.

— Sullivan acabou de ficar noivo, não foi? — perguntou o primeiro comentarista.

— Sim. O que ouvi dizer é que se conhecem desde a escola, mas só começaram a namorar recentemente. Parece coisa de conto de fadas, não é?

— Infelizmente — respondeu o outro homem — não parece que ele esteja vivendo um conto de fadas neste momento.

Não eram só os comentaristas que tentavam entender o problema. Os fãs que haviam se juntado no bar para torcer pelo Hawks também estavam se queixando da performance de Ryan. Felizmente, Anne estava muito ocupada paquerando o jovem barman na outra ponta do bar e não ouviu nada do que os comentaristas falavam.

Se Vicki não estivesse de volta à vida de Ryan, ele não estaria sofrendo agora. Mesmo assim, não conseguia se arrepender da semana que passaram juntos... ou do inesperado amor que haviam descoberto e revelado um pelo outro.

O técnico ainda estava conversando com Ryan, mas, quando ela olhou a tela mais de perto, percebeu algo diferente.

Seu corpo reconheceu o olhar determinado de Ryan, sobretudo o domínio dele. Provavelmente por ser o mesmo olhar que lhe lançava na cama e que sempre a desarmava.

Embora os comentaristas houvessem ficado surpresos quando o técnico voltou ao banco, deixando Ryan exatamente onde estava, Vicki não ficou.

— Parece que vai ficar na base por pelo menos mais alguns arremessos. Não entendo essa decisão, já que o Cardinals acabou de vir com seu melhor batedor. Ele bateu quarenta e nove homers durante a temporada normal.

— Agora é tudo ou nada para o Ryan Sullivan e o Hawks — o outro comentarista disse com voz abafada.

Ryan recusou os dois primeiros sinais até, finalmente, receber aquele que desejava. Sua fisionomia era o retrato da mais perfeita concentração — e de linda determinação — ao inspirar várias vezes, fazer o giro e soltar uma bola rápida que atingiu o canto interno do *plate* nos joelhos. Dois grandes lançamentos depois e o juiz gritou:

— Três pontos! *Strike* três! — indicando "fora" com as mãos e braços.

Depois de Ryan derrubar o quinto batedor com cinco arremessos, uma mistura de bolas rápidas e lançamentos, o estádio ficou muito silencioso. Então, uma vez mais, três brilhantes bolas diretas atingiram os cantos com precisão. Ryan não deu ao batedor a mínima chance.

O turno havia acabado. Ryan havia saído do buraco. E o Hawks estava de novo no jogo.

Pra valer!

Vicki festejou junto com todo mundo no bar quando um dos comentaristas disse:

— Parece que o Ryan Sullivan que todos conhecemos e amamos está de volta.

No restante do jogo, a determinação e a força de vontade de Ryan nunca se abalaram, a ponto de os comentaristas concordarem que talvez tenha sido seu melhor jogo. Embora soubesse que ele não veria a mensagem dela até o término do jogo e depois de lidar com a imprensa, Vicki pegou o celular e escreveu para ele.

Foi quando finalmente viu a mensagem dele para ela: *Amo você. Lembre-se de que prometeu arrasar no ateliê hoje.*

Ela sorriu diante da mensagem doce, porém dura. E respondeu: *Amo você também. Parece que estamos ambos arrasando hoje. Estou muito orgulhosa de você.*

Anne já havia voltado feliz para o ateliê com o número do telefone do barman no celular. Embora Vicki só tenha dado uma mordida no sanduíche, estava excitada demais para comer. Deixou uma nota no balcão e saiu correndo para o ateliê.

A maioria dos artistas dizia que o final de um projeto era a parte mais fácil, mas, para Vicki, sempre fora diferente. Os últimos dias em uma escultura sempre se arrastavam enquanto ela repensava, e aperfeiçoava, e depois repensava de novo a coisa toda, do começo ao fim.

Mas, surpreendentemente, em vez de se deter nesses importantes momentos finais, ela de repente sentiu que estava explorando um novo poço infinito de inspiração.

Amor.

Ainda que detestasse admitir que seu ex-marido pudesse ter razão sobre qualquer coisa que dissera naquela entrevista, a verdade era que o amor de Ryan a havia transformado completamente.

Conhecer de fato esse grande amor quando estava nos braços dele, e eles riam, se beijavam ou conversavam, era tão grandioso que ela realmente sentia a energia amorosa jorrando de seus dedos.

Vicki nem acreditava que estava sorrindo pelo fato de seu ex-marido ter dito alguma coisa certa. Será que havia finalmente conseguido sair do passado... e entrar em um belo futuro com Ryan?

Olhou para sua escultura. Uma das mãos era inteiramente masculina, a outra, feminina, mas forte. Havia trabalhado muito para que nenhuma delas agarrasse a outra e para que não houvesse desespero nelas. Apenas amor, puro, doce e verdadeiro.

De repente, deu-se conta, pela primeira vez, de que não precisava mais burilar essa escultura nem se preocupar nem duvidar dela.

Estava pronta. E era boa.

Muito boa.

Agradecia a Ryan pela bela inspiração que lhe havia dado naquela semana... e esperava recebê-la por um longuíssimo tempo. Ele era sua âncora. Bem ali, para protegê-la e lhe dar chão quando precisasse dele, mas sempre pronto para se desenvolver e explorar novas aventuras com ela.

Sim. Era assim que intitularia sua escultura para a bolsa: *Âncora*.

Novas ideias para outras esculturas surgiram, uma atrás da outra. A mão de um bebê na mão de seu pai. Mãe e filho de mãos dadas enquanto caminhavam por um campo de flores silvestres em vez de água. Outra da garota e do garoto, mais velhos, irmãos unidos como eram Ryan e seus irmãos.

Querendo compartilhar dessa alegria e entusiasmo com a pessoa que significava tudo para ela, Vicki pegou um trapo para limpar as mãos a fim de telefonar. Esperava que ele já houvesse terminado as entrevistas depois do jogo. Quando percebeu que todos os trapos estavam sujos demais para tirar a argila das mãos, levantou-se e foi pegar panos limpos.

Estava na ponta dos pés, tentando alcançar uma prateleira alta, quando ouviu passos no corredor.

Imaginando que seria Anne, para falar do barman, e ainda animada por saber que havia feito algo realmente bonito, Vicki se virou para cumprimentar a amiga com um sorriso.

Tarde demais, ela se deu conta de que não era sua amiga.

James Sedgwick entrava pela porta do ateliê e a fechava.

CAPÍTULO VINTE E SEIS

— Soube que você não foi ainda à recepção aos participantes da bolsa. — James parecia bastante satisfeito com isso. — Está todo mundo lá, então, estamos só eu e você neste edifício imenso.

Vicki havia ficado tão envolvida com Ryan, o jogo e em terminar a escultura que havia esquecido essa recepção completamente.

— Você não deveria estar no museu?

— Quando eu chegar, cheguei — ele respondeu com um dar de ombros arrogante. — Vão esperar por mim.

James já estava dentro do ateliê e passou a mão na escultura dela. Vicki sentiu o estômago revirar ao vê-lo fazer isso.

— A julgar pelo jogo de hoje, seu noivo obviamente queria que você estivesse em St. Louis com ele em vez de trabalhando no seu projeto.

É claro que James sabia que Ryan estava viajando. E havia esperado para encurralá-la de novo quando seu protetor estivesse longe.

— O Ryan fez um jogo brilhante — ela replicou. — Como sempre.

— Sim, suponho que sim. Depois de ter recuperado o controle das emoções. — Ele balançou a cabeça enquanto olhava a escultura. — Vejo que não considerou nenhuma das minhas recomendações para melhorar seu trabalho. A emoção está transbordando deste aqui. — Ele sacudiu a cabeça em sinal de desaprovação.

Mesmo com a distância entre eles, James estava perto demais, como havia estado tantas vezes antes. Mas, hoje, havia uma diferença.

Ela não tinha medo dele.

— Por que veio aqui, James? — Mesmo fervendo de raiva, ela permaneceu calma exteriormente ao perguntar.

— A ganhadora da bolsa do ano passado vendeu o projeto dela por um milhão de dólares. Ela recusou mais patrocínio neste último ano do que a maioria dos artistas levaria a vida toda para conseguir. Era talentosa, mas não tão talentosa para conseguir tudo por conta própria. Fui *eu* quem a ajudou, tanto com o programa da bolsa como com novos e interessantes contatos que podem garantir o futuro dela. Com você também pode ser assim, Victoria.

Vicki se lembrou das notícias da venda e das fotos da linda mulher cujo sorriso não refletia o olhar. Evidentemente, ela havia se vendido a esse homem horrível por um bom valor. Não admirava que Anthony e James tivessem sido sempre amigos. Eram farinha do mesmo saco, com a diferença de que seu ex-marido havia dado um passo além de fazê-la amante e se casado com ela.

Anthony a acusara de não chegar aonde queria pelos próprios méritos, e talvez houvesse nisso alguma verdade. Sobretudo porque havia pedido a Ryan para ajudá-la em vez de ajudar a si mesma naquela primeira noite.

A questão era que, em vez de ficar se recriminando sem parar por ter pedido socorro a Ryan, talvez devesse ver isso como um presente. Se esse homem desagradável em seu ateliê não a houvesse apavorado tanto, quanto tempo ela levaria para criar coragem e ligar para Ryan?

Ter perdido ainda que um só dos momentos suaves, engraçados, reconfortantes e de sensual safadeza que ela havia vivenciado com Ryan teria sido um crime muito maior do que pedir a ajuda dele.

Ela ainda receava que as coisas não dessem certo? Claro que sim, porque era humana. Cometera erros. Não confiara o suficiente em seus instintos. E se machucara nesse processo.

Mas, ainda que tudo isso fosse verdadeiro, ela amava Ryan o suficiente para deixar o medo de lado e arriscar-se por ele inteiramente — de coração e alma.

E por si mesma.

Não sendo mais capaz de esconder o desagrado por James nem tendo vontade de fazer isso, ela disse:

— Fico feliz que finalmente esteja sendo claro. Portanto, também vou ser bem clara com você. Seja lá o que for que eu conquiste, vou conseguir tudo por mérito próprio, e não porque você me manipulou como um bonequinho. Sei que vai votar contra mim, junto com o Anthony. E também sei que ambos vão fazer o que puderem para que o resto da comissão fique contra mim também. Mas nenhuma dessas coisas muda o fato de que eu não trabalharia com você por dinheiro nenhum no mundo.

Rapidamente, a fisionomia dele se contorceu em uma carranca detestável.

— Sendo assim, não faça isso pelo dinheiro ou pela fama. Faça pelo seu precioso jogador de beisebol. Tenho certeza de que o time dele e os fãs adorariam saber de seu noivado falso. Todos vão ficar com cara de tontos. — Ele a olhou de esguelha. — Se Ryan deseja mentir por você, você deve valer a pena. Estou lhe oferecendo o mundo, Victoria. Meu silêncio e apoio podem ser seus. Só precisa aceitá-los.

— Vá embora daqui!

Ele esboçou um falso sorriso. Falando em *falso*...

— Você é mesmo encantadora, não é? Tão encantadora que nem sabe ser convincente em sua mentira. Que prazer vai ser mostrar a você como a perversidade pode ser agradável. Vocês, tipos difíceis, são sempre mais divertidos. Vou dar tanto a você, Victoria. Muito mais do que Anthony. — Raiva e algo parecido com ciúme brilharam nos olhos dele. — Eu vi você primeiro, entende? Anos atrás, fui eu que notei você no grupo de estudantes, mas nunca pude nem me apresentar. Anthony roubou você de mim. Agora vou roubá-la de volta.

Ele reforçou as palavras indo até a porta e trancando-a. O clique soou terrivelmente alto no ateliê silencioso.

Na vida de Vicki, muita coisa estivera relacionada a dar atenção aos próprios instintos ou, pior, a não atentar para eles. Não se recriminaria mais por todas as vezes em que não havia prestado atenção a essas coisas. Mas comemoraria o fato de que finalmente havia começado a atentar para a vozinha no fundo de sua cabeça, que não recebera muito crédito, mas sempre fora mais esperta.

Neste instante, essa vozinha lhe dizia que James era cortês, culto, charmoso e rico o suficiente para conseguir sempre o que quisesse. Tudo, menos ela. E isso significava que ele não se viraria e se faria de morto quando ela dissesse não. Mesmo *gritando* não, não faria diferença — não em um edifício vazio.

Então, ela *jogaria* a palavra contra ele.

— Tem razão — Vicki disse por fim, à medida que ele se aproximava, com confiança e certeza.

Ela foi até a mesa cheia de esculturas, muitas delas esboços para a criação de obras que finalmente expressassem tudo o que suas mãos — e coração — guardavam.

— Ryan e eu não estamos noivos.

Os olhos dele encheram-se de júbilo.

— Naquela noite no bar, eu vi que ele nunca tinha beijado você antes. — Ficou furioso de novo. — Você realmente achou que tinha me enganado? Ninguém me engana, Victoria.

Ela havia contado com essa confissão para ganhar tempo. E funcionara. O suficiente para que chegasse perto das esculturas.

Ele se aproximou mais.

— Agora é minha vez de saber se você é doce.

Ainda que tomada de repulsa, ela se sentiu surpreendentemente calma. E firme.

Então, estendeu a mão para pegar a *Âncora* e jogá-la contra ele, mas parou antes de segurá-la.

Ela era muito boa, droga!

Boa demais para ser desperdiçada em um cara nojento como James.

Passou os dedos em uma de suas esculturas mais pesadas.

— Uma das coisas boas de ter um arremessador profissional como amigo: a gente aprende a acertar o alvo. O tamanho da sua cabeça só vai facilitar.

Ela estava prestes a erguer a argila para atirá-la nele quando ele cobriu a cabeça com ambas as mãos, recuando tão rápido como se estivesse de patins.

— Este é o último aviso para ficar bem longe de mim! — Ela levantou mais alto a escultura, preparando-se, mas, um instante antes de ela escapar de seus dedos, ele procurou a porta desajeitadamente e a abriu.

— Vou destruir você — rosnou ao sair.

Vicki ainda segurava a escultura acima da cabeça quando percebeu que ele havia ido embora mesmo... e que ela o havia assustado desta vez.

Esperou ficar tomada pelo choque, como havia sido quando ela e Ryan quase foram atropelados por um carro. Porém, em vez de lidar com mãos trêmulas e um coração acelerado, ela se sentiu bem. Como se finalmente dar voz — e mãos — à raiva a houvesse livrado de anos de frustração.

Como dissera a Ryan uma semana antes, não havia nenhuma garantia de que alguém acreditaria nas reclamações dela sobre o comportamento de James. Principalmente se ele já estivesse espalhando boatos sobre ela, mais provavelmente sobre *ela* ter dado em cima *dele*. Mas, se houvesse uma chance de impedir que outra pessoa qualquer viesse a receber as ofertas tão "generosas" de James, valia pelo menos tentar.

Vicki guardou a escultura na prateleira, limpou as mãos na camiseta e pegou o celular para dar alguns telefonemas importantes.

— Aqui é Vicki Bennet. Vocês precisam saber algumas coisas sobre seu colega de comissão, James Sedgwick.

CAPÍTULO VINTE E SETE

O Hawks ainda comemorava a primeira vitória nas finais, mas, embora os arremessos de Ryan fossem a principal razão por todo mundo estar tão eufórico, a pessoa mais importante com quem ele queria celebrar não estava ali. Nesses anos todos, já havia visto muitas vezes os caras saírem de fininho das festas para ligar para esposas e namoradas.

Agora era a vez dele.

Teclou o número de Vicki assim que saiu do bar, mas ela não atendeu. Havia prometido ficar com o telefone por perto para sentir a vibração, mesmo se estivesse trabalhando com os fones de ouvido ligados. Talvez tivesse que limpar as mãos antes de atender. Ryan não conseguia parar de se preocupar com James tentando algo com ela enquanto ele estava fora, embora o maldito viesse mantendo alguma distância nos últimos dias.

Quando caiu no correio de voz, ele disse:

— Não paro de pensar em você nem um minuto desde que nos falamos ontem à noite.

Sobretudo, havia pensado em como seria fácil se ela recusasse a residência na Itália de modo que ele continuasse a passear pela vida. Tão tranquilo quanto tudo sempre fora para ele.

Mas essa tranquilidade já havia passado do ponto.

Queria conquistar o amor de Vicki. Queria lutar de verdade pelo coração dela — e pela felicidade dela — a cada dia.

— Vou esperar você no meu quarto — ele falou, de modo provocador. — A gente perde menos tempo se você já estiver sem roupa quando me ligar.

O bar ficava a apenas alguns quarteirões do hotel, e ele estava prestes a entrar pela porta quando um táxi começou a estacionar diante do prédio. A porta se escancarou e tudo o que ele desejava aconteceu: Vicki pulou em seus braços.

Ela encheu o rosto de Ryan de beijos — o queixo, as pálpebras — até ele conseguir chegar à sua boca. Não queria nunca parar de beijá-la, não queria colocá-la no chão, mas, quanto antes fossem para o quarto, mais cedo ela estaria nua e ele faria amor com ela.

Entraram de mãos dadas, mas a caminho do elevador um grupo de adolescentes o cercou, pedindo autógrafos.

Quando ele hesitou, Vicki o tranquilizou:

— Temos todo o tempo do mundo.

Sem soltar a mão dela, ele deu os autógrafos e tirou fotos com os garotos, respondendo a intermináveis perguntas até conseguir se despedir. Quando percebeu que pegar o elevador significaria mais uma leva de fãs, ele a arrastou para a escadaria vazia atrás dos elevadores.

Assim que a pesada porta de metal se fechou, ele lhe disse:

— Quero ir para a Itália com você.

Ela passou os braços pelo pescoço dele, sussurrando em seus ouvidos:

— Quem precisa da Itália se tem uma escadaria em St. Louis?

Claro que ele tinha que beijá-la. E claro que o beijo rapidamente o levou a pressioná-la contra a parede cinzenta para ficar ainda mais grudado nela.

Quando ela sorriu, Ryan percebeu que as sombras do olhar dele, desde que chegara a São Francisco, haviam finalmente sumido.

— Não imagina o que significa você ter vontade de abrir mão de tanta coisa por mim — ela disse. — Mas não precisa. Não agora, pelo menos.

— Uma residência na Itália, em um museu importante, é tudo o que você sempre quis. Já fui premiado muitas vezes. Foi bom, mas agora é sua vez. Por que recusaria uma oportunidade dessas?

— Porque finalmente compreendi o que desejo, Ryan. O que sempre desejei. — Ela o beijou de novo. — Você é duro em todos os aspectos em que eu sou suave. Você gosta da multidão, o que para mim dá vontade de sumir. Você é tranquilo e desembaraçado; eu estou sempre me retorcendo para conseguir alguma coisa fora do alcance. Achei que essas fossem razões para que a gente não funcionasse como casal. Mas estava enganada, muito enganada. — Ela passou os dedos pelo maxilar dele. — Nossas diferenças são exatamente a razão de nos darmos tão bem.

— Duas metades da laranja.

— Exatamente. — Vicki sorriu. — É por isso que quero *você*, Ryan.

— Você me tem. Para sempre. E merece a Itália, também.

— Eu sei que sim.

Ele ficou paralisado diante do olhar dela, que lhe indicava que ela finalmente compreendia — e dominava — o próprio talento em toda a sua profundidade.

— Durante toda a minha vida adulta, tenho lutado por uma grande carreira, pelo reconhecimento. Meu ex-marido alimentou exatamente isso, tanto durante nosso casamento, quando o sucesso parecia sempre fora de alcance, como depois, com o divórcio, quando eu queria vencer só para esfregar na cara dele e mostrar como estava enganado a meu respeito. O telefonema da Itália deveria ter sido o momento mais importante da minha vida. Mas, embora tenha sido ótimo ser considerada e respeitada, eu finalmente escutei aquela vozinha dentro de mim.

Ela fez uma pausa e espalmou a mão bem no meio do peito dele.

— Essa vozinha fica dizendo seu nome, Ryan. A verdade, a *minha* verdade, é que a Itália não é um passo adiante se for também um passo distante de você e do futuro que estamos construindo juntos.

— Mas você vai ficar feliz com a bolsa em São Francisco se puder ter a Itália?

— Na verdade — ela o informou, erguendo uma sobrancelha —, tenho certeza de que não vou ganhar a bolsa.

— Danem-se o James e o Anthony! Seu projeto é brilhante. Os outros membros da comissão vão votar em você.

Ela fez uma careta.

— O James esteve no meu ateliê hoje. Ele tinha outra oferta tentadora para mim.

— Chega! — Ryan explodiu. — Eu vou...

— Você não precisa fazer nada. Eu já fiz.

Ela lhe contou tudo, cada palavra, cada nuance do que acontecera com James. E depois contou dos telefonemas que dera aos outros membros da comissão, narrando o que James havia feito, e provavelmente a outras mulheres além dela.

— Hoje, quando estava dando os toques finais no meu trabalho, lembrei de algo que eu já sabia há muito tempo, mas tinha esquecido. Desde a primeira vez, quando peguei uma bola de argila na aula de artes do professor Barnsworth, eu adorei como ela se moldava nos meus dedos. Desde que tenha isso, sempre vou ser feliz, seja fazendo esculturas de cachorrinhos em uma garagem ou tentando esculpir água em um ateliê bacana com meu nome em letras grandes. — O sorriso dela era radiante. — Tudo o que sempre quis, tudo o que sempre procurei, estava ali o tempo todo. Dentro de mim. — Ele sentia o pulsar do próprio coração na mão espalmada dela. — E você.

— Sei que queria ir mais devagar — Ryan começou, e enquanto dizia essas palavras ele tirou a corrente do pescoço dela e já estava de joelhos.

Não com os dois.

Mas um.

Vicki ficou boquiaberta, emudecida, embora o nome dele estivesse na ponta de sua língua.

— Sei que já faz uma semana desde que voltou para a Califórnia.
Sei que só tivemos dois encontros oficiais. Bom, um, na verdade, já que na outra noite eu só arranquei suas roupas e peguei você no ateliê, então talvez isso não conte como encontro oficial. E também sei que estamos em uma escadaria suja de um hotel de St. Louis...

Uma gargalhada foi saindo dos lábios de Vicki.

Porque, mesmo estando de joelhos, Ryan ainda era seu amigo.

Seu melhor amigo.

E ele a fazia rir... enquanto a fazia arder como jamais imaginara ser possível.

— Já perdi quinze anos sem você. Não vou perder nem mais um segundo. Você é tudo que eu sempre procurei. Tudo o que sempre quis. — Ryan deu uma olhada em suas mãos entrelaçadas, como a escultura dela ao vivo. — Naquela noite em que nos demos as mãos na água, lá perto de casa, senti a mesma coisa que você, Vicki. Que nada, nem mesmo a água que cava os rochedos, é mais forte do que nossa ligação. Nada nunca vai nos separar. Nem empregos, nem milhas, nem canalhas. Faça de mim o homem mais feliz do mundo. Diga que vai se casar comigo e usar este anel. — Ele abriu outro lindo sorriso que a deixou sem fôlego. — Quero ser o amor da sua vida de verdade desta vez.

Uma vez mais, todo o mundo dela se resumiu às suas mãos, ao gesto deliberado de estender a mão esquerda para Ryan e sentir a frieza do metal deslizando pela superfície de seu dedo anular, e depois a aspereza do queixo dele em suas mãos, ao segurar o rosto dele e beijá-lo.

— Você sempre foi o amor da minha vida, Ryan. E sempre será.

Um instante depois, ele a carregava nos braços e praticamente saltava pelos degraus acima.

— Em que andar você está? — ela perguntou, rindo.

— No décimo.

Ela riu ainda mais ao pensar nele subindo apressadamente dez andares com ela nos braços, mas nem tentou impedi-lo, pois aquele era sem dúvida o homem mais determinado que já conhecera.

Claro, não ficou surpresa ao ver que carregá-la por dez andares de escadas parecia tão fácil para ele. Ao escancarar a porta do quarto, ele quase nem parecia sem fôlego.

O que a surpreendeu, no entanto, foi quando ele a colocou na cama e pediu que ficasse ali, com sua deliciosa voz dominadora, e voltou para o cômodo da frente a fim de dar um telefonema. Imaginando o que seria, seu coração se acelerou por antecipação. Alguns minutos depois, ela ouviu uma batida na porta e Ryan agradecendo a alguém em voz baixa.

O olhar dele estava cheio de intenções travessas quando ele entrou no quarto, com as mãos para trás.

— Lembra o que eu queria fazer na nossa primeira noite juntos?

Ainda que não houvessem completado uma semana desde que fizeram amor pela primeira vez, aquela noite havia sido de tamanho prazer e sensações que ela só conseguiu dizer:

— Tudo?

Adorava o som puramente carnal do riso dele.

— Você sempre conseguiu ler meus pensamentos — ele a provocou. — Tire as roupas e eu vou mostrar a você.

Ele se sentou no sofá do outro lado, ainda escondendo alguma coisa nas mãos.

Mesmo depois de transar várias vezes, ela estava surpresa por ver que ainda tinham muitas "primeiras vezes", como se despir para Ryan. Havia feito isso ao telefone, na noite anterior, mas nunca pessoalmente. Ele sempre arrancava as roupas dela antes que pudesse fazer qualquer coisa.

Sempre tímida, era tentador arrancar rapidamente a blusa e a calça e implorar que ele se juntasse a ela na cama. Mas não seria justo com nenhum dos dois.

Devagar, ela se levantou da cama e andou até ficar diante dele. A cada passo o olhar de Ryan ficava cada vez mais ardente. Ela foi se sentindo mais alegre e menos nervosa.

Ele era dela. E ela era dele.

Sustentando o olhar dele, pegou a bainha da blusa e foi puxando pela cintura, pelos seios, centímetro a centímetro. Quando tirou a blusa pela cabeça, mostrando um sutiã de renda preta, Ryan suspirava.

— Linda, Vicki. Você é tão linda!

Ela sorria ao jogar a blusa para o lado.

— Espere — provocou —, tem mais.

Ela enfiou os polegares na cintura do legging, deslizando-a pelo quadril e revelando a tanga preta. Quando se livrou dela, Ryan abraçou o seu traseiro com as mãos enormes, puxando-a e beijando sua barriga, quadril e o tecido transparente da tanga.

A respiração dela estava acelerada e ficou ainda mais rápida quando ele deslizou dois dedos para dentro da calcinha — e dela. Em um instante, estava deitada no sofá, e ele deitava seu delicioso peso sobre ela enquanto se beijavam e se agarravam.

Talvez porque houvessem se apaixonado quando adolescentes, ela adorava o modo como sempre se atracavam no sofá, como se fossem dois jovens com tesão que não conseguiam se saciar, mesmo tendo a cama tão próxima.

Ele se ergueu um pouco, apenas para tirar o sutiã e a calcinha dela, e depois ficou admirando-a, em vez de voltar para os braços dela.

— Mal posso acreditar que você seja minha. — Essas palavras sussurradas estavam cheias de espanto. Do mais puro e infinito desejo.

E transbordavam de amor.

— Sempre — ela sussurrou. — Para sempre.

Queria puxá-lo para mais beijos, mas seu cotovelo bateu em algo duro. E frio, muito frio. E molhado.

— Desculpe — ele disse, dando um beijo nesse cotovelo. — Vou compensar você, prometo. — Ele tirou uma garrafa de champanhe do esconderijo. — Surpresa!

Ela tentou sorrir, mas era difícil, pois só conseguia pensar no que ele estava planejando fazer com o champanhe. Observou-o tonta de excitação enquanto ele tirava a rolha habilmente. Estourou-a e o líquido se esparramou pelos seios dela, fazendo-a rir de surpresa quando as gotas frias e espumantes a cobriam.

— Você fez isso de propósito, né?

Tudo o que recebeu como resposta foi um relance de sorriso safado antes de ele se abaixar e beijar a pele sensível, lambendo gota a gota. Quando chegou a um ponto particularmente sensível, e depois a outro, ela enfiou as mãos em seus cabelos, segurando-o junto de si.

Por fim, ele ergueu a cabeça, admirando-a com os olhos escuros e intensos.

— Acho que podemos começar agora.

Ele ainda não havia começado?

Ah, Deus... ela jamais sairia inteira desse hotel.

O que era ótimo.

Ryan queria saborear cada segundo com Vicki. Significava muito para ele que confiasse nele para amá-la como merecia ser amada.

Gentilmente, passou um dedo pela barriga dela até o umbigo.

— Sabe como chamam esta parte da mulher?

Ela balançou a cabeça, com os olhos arregalados e cheios de tesão.

— A linha do champanhe.

Um gemido suave saiu dos lábios dela, e ele teve que beijá-los de novo. Ela lambeu o espumante da língua dele, e ele ficou tentado a possuí-la naquele minuto, deixando de lado a garrafa de champanhe. Mas tinha a vida toda para transar com força e rapidez.

Esta noite ele queria acariciar.

Apreciar a preciosidade.

Amar.

Ele ergueu os braços dela acima da cabeça, um de cada vez, e a fez segurar com os dedos o braço do sofá. Ela arqueou as costas apenas o suficiente para provocar uma leve cavidade mais pronunciada em seu tórax.

Ryan olhou para ela, a mulher que ele esperara a vida toda para que finalmente fosse sua.

— Perfeita.

Com uma rápida lambida nos mamilos, ele despejou finalmente a bebida sobre ela. O champanhe acumulou-se entre os seios dela por um instante antes de começar a descer lenta e suavemente até o umbigo.

O gemido dele se fez soar no quarto antes que se inclinasse para lamber o líquido adocicado e espumante, da cintura até o peito. Vicki soltou pouco a pouco os dedos do braço do sofá, enfiando-os nos cabelos dele de novo, enquanto se arqueava em sua boca.

Em seguida, Ryan a tirou do sofá. Ele havia dado o melhor de si, devagar.

Mas, afinal, era conhecido pela agilidade.

Carregou-a para a cama e a deixou apenas o suficiente para colocar preservativo. Depois, penetrou-a fundo, e ela disse o nome dele, arfando.

Ele parou e a encarou.

— Naquele primeiro dia em que nos encontramos, quando eu fiquei em cima de você no gramado, soube que você era a garota certa.

Vicki sorriu, ainda mais bonita agora do que estivera naquele gramado havia anos.

— Eu também soube.

CAPÍTULO VINTE E OITO

Quatro noites depois, Vicki e Ryan entraram de mãos dadas no Museu de Arte Moderna de São Francisco, para a cerimônia da entrega da bolsa.

— Ele está aqui — a voz grave de Ryan vibrou de raiva.

Ele não era apenas seu melhor amigo e noivo, era um Sullivan. Sempre queria protegê-la — e vingá-la —, principalmente no que dizia respeito a seu primeiro marido.

Ela apertou sua mão quando Anthony cruzou o salão, vindo direto na direção deles.

— Fico feliz que ele esteja aqui. — E era verdade. Ela de fato gostava da oportunidade de ver o ex-marido de novo. Finalmente teria a chance de colocá-lo no lugar certo.

No passado.

Mas, antes que Anthony chegasse perto, uma linda mulher se aproximou.

— Você é a Vicki Bennet?

Vicki nunca a havia visto antes, mas a reconheceu mesmo assim. Era a mulher na foto com James. A mulher que havia vendido a alma para um maldito sádico por um prêmio de um milhão de dólares.

— Sim, sou Vicki.

— Sou Kris. Eu trabalhei com... — a mulher hesitou, fez uma pausa, recuperou-se — ... com James. Fui a escultora que ganhou no ano passado. Acabei de ouvir a notícia fantástica de que ele foi expulso da comissão. De todas elas, na verdade, incluindo a deste museu. — Antes que Vicki pudesse responder, a mulher disse: — Em geral não faço coisas desse tipo. — E então ela envolveu Vicki nos braços fortes de escultora em um abraço inesperado. — Obrigada por fazer o que eu não tive forças para fazer.

Vicki havia ficado bastante tempo ao telefone com vários membros da comissão durante os últimos dias enquanto estivera em St. Louis assistindo à primeira rodada de jogos de Ryan. Havia repetido várias vezes o que acontecera com James, mas só quando Anne lhe telefonara com a boa notícia da demissão dele, quando ela e Ryan estavam entrando no avião para voltar, tivera certeza de que haviam acreditado nela.

Os olhos marejados da mulher brilhavam quando se afastou um pouco.

— Nunca deveria ter dito "sim" para as ofertas de "ajuda" dele. Tudo o que tenho agora parece estar contaminado de feiúra. Vou embora, vou para um lugar novo, começar tudo de novo com gente que não saiba dos erros que cometi.

Nos últimos dias, Vicki andava ruminando sobre a residência da Itália, mas, de qualquer ângulo que a olhasse — e apesar da vontade evidente de Ryan de deixar tudo por ela —, não se via na Europa de novo. De repente, soube exatamente o que diria à curadora do museu.

— Eu soube que há uma oportunidade de residência de um ano na Itália para um escultor. Será que você estaria interessada?

A mulher arregalou os olhos.

— Está brincando?! Eu me enfiaria em um avião para a Itália neste instante. Não tenho nada que me prenda a São Francisco.

Ao passo que tudo que importava para Vicki estava bem ali.

Enquanto trocavam informações e Vicki prometia dar um telefonema para o museu assim que a cerimônia terminasse, ela acabou se dando conta de que não havia apresentado a mulher a Ryan.

— Kris, este é meu noivo, Ryan Sullivan.

Ela foi a primeira mulher que Vicki conheceu que não o olhou como se fosse comê-lo ao cumprimentá-lo. Vicki gostou ainda mais dela.

Depois que ela se foi, Vicki disse:

— Espero mesmo conseguir que essa residência dê certo para ela.

Ryan a puxou para si.

— Você é maravilhosa.

— Ela precisa da Itália. Eu, não.

Ele estava se inclinando para beijá-la quando perceberam que Anthony estava bem diante deles.

— Parece que finalmente vou conhecer meu substituto.

Ele estendeu a mão para Ryan com um largo sorriso no rosto, um sorriso que Vicki sabia ser falso. As mãos de escultor de Anthony a haviam atraído desde o início, mas, agora, ao ver as mãos dos dois homens se juntarem, ficou espantada com o tamanho pequeno e a palidez das dele.

Ele se inclinou para lhe dar um beijo no rosto, como se indicasse que não havia ressentimentos. Era surpreendentemente fácil deixar que bancasse o ex-marido benevolente quando não significava mais nada para ela.

Principalmente porque sabia que não poderia mais machucá-la.

— Não — ela disse em um tom bastante agradável —, o Ryan não é seu substituto. Você estava certo quando disse que eu não encontraria ninguém como você, Anthony.

Com isso, ela voltou toda a atenção para o homem que amava e que também a amava.

— Você significa muito mais para mim, Ryan.

Não pôde deixar de sentir um frêmito de prazer por Anthony ter que ver o noivo alto, forte, bonito e jogador profissional de sua ex-mulher pedir sua boca no meio do salão — afinal, ela era apenas humana...

Quando finalmente se separaram, Anthony já havia tomado seu lugar no palco com os demais membros da comissão. As luzes do palco brilhavam, e os nervos de dúzias de artistas vibravam, auspiciosos, na esperança de ganhar a bolsa. Receberiam bolsas um pintor, um fotógrafo, um artista digital, um estilista, um artista multimídia e um escultor.

À medida que anunciavam os ganhadores, um a um, Vicki sentia as mãos doerem de tanto bater palmas, principalmente quando Anne foi chamada. Não só o design das roupas dela era brilhante, mas ela

também criava todos os tecidos.

Do palco, Anne deu-lhe uma piscada, e Vicki abraçou Ryan ainda mais.

— Estou tão feliz por termos vindo. Não queria deixar de vê-la ganhando.

Por fim, chegaram à categoria de Vicki. Anthony se apresentou, segurando um grande envelope branco.

— Foi uma honra ter sido convidado a fazer parte da comissão da bolsa em escultura este ano. Parece que alguma essência mágica no ar salgado de São Francisco não só dá um pão caseiro sem igual, mas também parece operar uma magia em vocês todos. Recebendo convites para julgar competições semelhantes há trinta anos, sinceramente não sei se já vi um conjunto tão impressionante de projetos.

Era em eventos assim, Vicki precisava admitir, Anthony sobressaía. Em cima do palco, ele parecia confiante em sua posição e generoso com os elogios. E a verdade era que ela não teria se casado com ele se não tivesse qualidades compensadoras. Não tinha dúvida de que Anthony a havia amado. Mas ele não tinha capacidade para amá-la direito.

— Todos da comissão concordaram que a escultura vencedora era não só arriscada e comprometida com os sentidos, mas também muito bem executada e bonita. Fico extremamente satisfeito em oferecer a bolsa em escultura deste ano para Vicki Bennet.

Quando a *Âncora* foi trazida para uma mesa e iluminada por um *spot*, Ryan inclinou-se e cochichou:

— Como eu sempre soube. Você é brilhante.

Ela não estava preparada para este momento, não achava que tinha chances de vencer com James e Anthony na comissão. Provavelmente teria ficado ali, boquiaberta de surpresa, se Ryan não pusesse a mão em sua cintura e lhe desse um empurrãozinho.

— Vá lá ser estrela. É sua vez agora.

Os aplausos foram ensurdecedores quando ela subiu no palco. Ficara tanto tempo procurando uma validação que, ainda que não precisasse mais disso, por ter afinal aprendido a acreditar em si mesma, ser bem acolhida lhe fez bem. Muito bem!

Vicki recebeu o envelope e a bonita estatueta das mãos de Anthony. Nunca se sentira muito à vontade para falar diante de palestras, mas, esta noite, com Ryan — e com os amigos que havia feito — aplaudindo-a, sentia-se segura como nunca.

— Achei que sabia exatamente a razão de ter entrado em um avião em Praga para vir a São Francisco. Queria conquistar esta bolsa, claro, mas era mais que isso. Acreditava que precisava dela.

Ela deu uma olhada no troféu e no envelope em suas mãos por um bom tempo antes de voltar a olhar para o grupo importante de curadores, colecionadores, artistas — todas as pessoas que quisera tanto impressionar.

— Mas estava enganada.

Voltou-se para Anne, atrás dela no palco.

— Vim para São Francisco fazer amigos. — Olhou para Ryan, na plateia. — Vim para São Francisco para voltar ao passado e encontrar um novo amor. — Ele lhe soprou um beijo que ela jurou sentir no rosto. — Também vim para São Francisco a fim de descobrir do que era capaz. — Ela passou a mão na escultura *Âncora*. — Estou orgulhosa do trabalho que fiz aqui. Realmente orgulhosa.

Sorriu para todos os membros da comissão, reconhecendo o apoio deles.

— Muitíssimo obrigada por terem me escolhido este ano, mas receio não poder aceitar a bolsa.

Ao se virar e entregar o troféu e o envelope a Anthony, depois pegando a escultura, ocorreu-lhe que a última vez que o vira tão surpreso havia sido quando contara que ia deixá-lo.

Sabia que aceitar a bolsa seria bom para sua carreira, mas, de agora em diante, queria que sua carreira de escultora refletisse paixão e alegria, e não fosse um lembrete das sombras para onde James havia tentado arrastá-la.

Acreditava que teria outras oportunidades. E, até lá...

Vicki foi para os braços abertos de Ryan, tendo a escultura vencedora entre eles. Ele lhe sorriu.

— Posso levá-la para casa?

Os anos imediatamente desapareceram e ficaram apenas os dois de novo, um garoto e uma garota que eram amigos... e que acabariam partilhando o restante da vida juntos.

— Claro — ela disse —, se você não tiver outro lugar para ir.

Ele passou o braço pelo ombro dela, andando a seu lado.

— Nada é mais importante do que sair com minha melhor amiga.

Haviam atravessado meio salão quando ela sentiu o celular vibrando na bolsa. Deu a estatueta para Ryan segurar. Ficou surpresa ao ver o nome na tela.

— É Smith. Tem alguma ideia do que seria?

Ryan balançou a cabeça.

— Não. Ele não me disse nada.

Ela atendeu.

— Oi, Smith. Se quer falar com o Ryan, ele está bem aqui.

— É você mesmo que estou procurando, Vicki. Que bom que a encontrei! Será que poderia dar um pulo no set amanhã cedo? O cenógrafo vai estar aqui e queríamos conversar com você sobre algumas peças de que precisamos para o filme.

Ela ficara bastante calma ao lidar com Anthony e ao devolver a bolsa. Só agora sentia a cabeça zonza e os dedos formigando.

Reconhecia esse sentimento.

Inspiração.

— Adoraria me encontrar com vocês, Smith. Obrigada pela oportunidade.

— Sou eu quem agradece por você concordar em dar um pulo neste fim de mundo tão rápido. Vou enviar os detalhes da reunião. Traga uma obra que represente seu estilo, tá bom?

Ela deu uma olhada na escultura nos braços de Ryan.

— Acho que tenho a peça certa. Vejo você pela manhã. — E, voltando-se para Ryan: — Vou trabalhar com o Smith e o cenógrafo do novo filme dele. Você não teve nada com isso, teve?

— Garanto que não — Ryan respondeu enquanto ela guardava o celular na bolsa e ele lhe devolvia a escultura. — O Smith leva os filmes muito a sério. Não faria favores a ninguém. Quer você no filme porque você é o máximo.

Estava prestes a lhe dar um beijo quando um homem grisalho surgiu diante dela.

— Senhorita Bennet, gostaria de me apresentar. Sou o curador da Marina Gallery, de Sausalito. Estamos muito interessados no seu trabalho.

E, com isso, Ryan ficou ao lado de Vicki, orgulhoso, enquanto ela finalmente brilhava.

EPÍLOGO

Três semanas depois...

A turma toda estava na casa de Smith, e não havia nada de que ele gostasse mais do que observar a confusão criada por seus irmãos e irmãs e seus respectivos pares, e os filhos, enteados e cachorros. Apenas Ryan, que estava jogando em Detroit, e Vicki não estavam ali.

— Atenção, gente! — Lori gritou. — Se ele acertar este arremesso, ganhamos o campeonato mundial!

Até os bichos ficaram quietos quando Ryan viu o sinal do pegador, recusou os dois primeiros e disse sim ao terceiro. Foi fazer o giro e fez um lançamento que dividiu o *plate* ao meio. O batedor foi enganado, com o taco paralisado no ombro.

— *Strike* três!

Na tela, mesmo quando os jogadores do Hawks saíram do banco e pularam uns nos outros como garotinhos em uma caixa de areia, todo o interesse de Ryan estava em Vicki, na arquibancada, para quem soprou um beijo.

Lori abraçou Megan e Summer. Chase e Chloe dançaram com seu bebê, Emma, entre eles. Marcus e Nicola aproveitaram a vitória como mais um pretexto para se beijarem. Zach e Heather tentaram acalmar os cachorros excitados enquanto o filhotinho de *poodle* de Summer fazia xixi no meio de um dos tapetes caríssimos de Smith. Uma Sophie muito grávida de gêmeos e Jake ficaram onde estavam no sofá, e todo mundo veio abraçá-los e cumprimentá-los.

Smith dançou com a mãe, Mary, na cozinha. Juntos, tiraram da geladeira várias garrafas do melhor champanhe de Marcus e garrafas de suco de maçã para Sophie e Summer.

Houve mais gritos quando estouraram as rolhas. Depois de encherem todas as taças até a espuma escorrer no balcão da cozinha de Smith e todo mundo receber sua taça, Lori disse:

— Ao Ryan, por ganhar o campeonato mundial!

— E por ganhar o coração da Vicki também! — Sophie acrescentou, oportunamente.

Todos brindaram e depois se sentaram de novo, relaxados.

— Então, como vai a escolha do elenco? — perguntou Chase, deixando a taça de lado e sacudindo sua garotinha adorável nos joelhos.

— Bem — Smith disse. — Acabamos de contratar a Tatiana Landon.

— Ela estava maravilhosa em *Midnight Lake* — disse Chloe.

— E parece tão simpática nas entrevistas — Heather acrescentou.

— Ela é bonita — completou Summer. — Posso conhecê-la?

Ele bagunçou os cabelos dela.

— Claro que sim.

A família dele tinha razão. Tatiana era uma atriz de 21 anos, talentosa, amável e bonita. Engraçado que ele não houvesse pensado nela de novo desde que assinaram o contrato.

Não, era na irmã mais velha de Tatiana que ele pensava sem parar.

Valentina Landon era a guarda-costas da irmã mais nova... e obviamente não confiava nele nem um pouco — nem gostava dele.

Smith nunca permitia que uma mulher o distraísse no trabalho. E, já que estava finalmente dirigindo, produzindo e estrelando um filme em sua cidade natal, sua concentração andava maior que nunca.

Mesmo assim, enquanto pegava um rolo de papel na cozinha e se abaixava para ajudar Summer a limpar a sujeira que o cachorrinho havia feito em seu tapete, não parava de imaginar o que haveria por trás da armadura de Valentina Landon.